听雨集

周绚隆 著

凤凰枝文丛 / 孟彦弘 朱玉麒 主编

凤凰出版社

图书在版编目（CIP）数据

听雨集 / 周绚隆著. -- 南京：凤凰出版社，2022.3

（凤凰枝文丛 / 孟彦弘，朱玉麒主编）

ISBN 978-7-5506-3653-8

Ⅰ. ①听… Ⅱ. ①周… Ⅲ. ①中国文学—当代文学—作品综合集 Ⅳ. ①I217.2

中国版本图书馆CIP数据核字（2022）第025127号

书　　名	听雨集
著　　者	周绚隆
责任编辑	张永堃
特约编辑	孙思贤
书籍设计	徐　慧
出版发行	凤凰出版社（原江苏古籍出版社） 发行部电话025-83223462
出版社地址	江苏省南京市中央路165号，邮编：210009
照　　排	江苏凤凰制版有限公司
印　　刷	苏州市越洋印刷有限公司 江苏省苏州市吴中区南官渡路20号　邮编：215104
开　　本	880毫米×1230毫米　1/32
印　　张	10.125
字　　数	203千字
版　　次	2022年3月第1版
印　　次	2022年3月第1次印刷
标准书号	ISBN 978-7-5506-3653-8
定　　价	68.00元

（本书凡印装错误可向承印厂调换，电话：0512-68180638）

周绚隆

周绚隆，1969 年出生于甘肃庆阳。文学博士。先后毕业于兰州大学和山东大学中文系。曾任人民文学出版社副总编辑。现为中华书局总编辑。著有《陈维崧年谱》、《易代：侯岐曾和他的亲友们》、《克莱门特的〈金瓶梅〉翻译》等。

弁 言

“凤凰台上凤凰游”，是李白《登金陵凤凰台》之诗句，昔年我江苏古籍出版社立足南京、弘扬文史，而更名所由也。

“碧梧栖老凤凰枝”，是杜甫《秋兴八首》所吟咏，今日我凤凰出版社为学林添设新枝，而命名所自也。

30 多年来，凤凰出版社围绕中华传统优秀文化，彰显传承文明、传播文化、服务大众、贡献学术的出版理念，坚持以整理出版中国文、史、哲古籍及其研究著作为主的专业化方向，蒙学界旧雨新知之厚爱、扶持，渐已长成“碧梧”，招引了学界“凤凰”翩然来栖。箫韶九成，凤翥凰翔！嘤其鸣矣，求其友声！

“凤凰枝文丛”是本社与学界同人共同打造之文史园地，除学术研究论文外，举凡学人往事、经典品评、学术札记之文化随笔，旧学新知，无所不包。是作者出诸性情而诗意栖息之地，读者信手撷取而涵泳徜徉之处。

“凤凰鸣矣，于彼高冈。梧桐生矣，于彼朝阳。”

愿“凤凰枝文丛”成为我们共同的文化家园。

2019.5.22

前言

本书选收了我零星所写的一些散文随笔和学术文章，它们大都发表过，但未结集出版。

上大学选择读中文系的人，多数都怀有文学梦，但后来所受的学术训练，却使我们的写作越来越趋于理性和技术化，文字的灵性日渐丧失。有一段时间，我对此感到很困惑，内心有些挣扎。正是在这样的背景下，尝试写了一点散文和随笔。这次编辑的时候，重看过去的习作，觉得有些实在太幼稚，无法示人，只好舍去。

我自博士毕业，即进入出版社工作，虽未忘情学术，但学术于我，毕竟成了馀事。编书之暇从事研究，有时难免因所编书稿而引发思考，由此拓展开去，欲罢不能。但在出版社，并没有自由的时间能专心从事研究和写作，这常让自己陷于心有馀而力不足的遗憾之中。本书所选的四组学术文章，就清楚不过地体现了这种尴尬状态。这四组文章涉及四个话题，都有深入探讨的馀地，但苦于时间、精力不济，只能断断续续地进行。

我对《古诗十九首》发生兴趣，始于大学四年级时，本科毕业论文就是以它为对象写的。这组诗语言浅白，风格质朴，却有强烈的艺术感染力，个中缘由，值得深思。我曾想参照结构主义诗学的理论思路，结合传统诗话的经验批评，对它的诗性特征及其成因加以系统分析。原计划先对每首诗进行细读，再就共性的问题做理论探讨。无奈当时只写了五篇，就被别的事情打断。后因兴趣转移，未再继续。《古诗十九首》主题集中，数量有限，很适合做文本分析的实验。

《红楼梦》是中国小说史上的奇迹，在读博士学位期间，我受导师袁世硕先生的影响，写了第一篇红学论文，此后一直想仿照巴赫金《陀思妥耶夫斯基诗学问题》的方法，结合中国的叙事传统，对这部小说的艺术构成展开研究。我始终认为，中国古代的通俗文学（包括戏曲和小说）本质上都是喜剧性质的，而文学书写悲剧主要是在诗文中。《金瓶梅》和《红楼梦》的伟大就在于它们跳出了喜剧的写作逻辑，继承了诗文中表现悲剧的传统，表达了对生命的悲悯。可惜这项工作也只开了个头，收在本书中的几篇文章都很不成样子。

因为工作关系，我偶然进入了吴宓的世界，他那独特的个性和笃守传统的文化立场，在社会转型时期显得非常另类，立刻吸引了我。虽然目前只写出了三篇文章，但脑子里有很多话题在盘旋。如果将来精力允许，我计划以《被误读的吴宓》为题写成一本书。

“译事漫谈”中收的四篇文章，前两篇是因工作需要而写的，后两篇是编辑之馀的一点总结和思考。选这一组文章，多少想给过去学习英语的经历留个纪念。在这方面，我确实曾经努力过。

小时候喜欢在雨中独行，爱听沙沙的雨声，也惬意于旷野无人的寂寞。二十世纪八十年代中期以前，我老家庆阳一带气候湿润，雨季通常在八、九月间来临，能断断续续下一个月。所以雨声是我少年经验的重要构成之一，它让我感动，也让我怀旧。上大学时，曾写过一篇散文，题为《雨中飘零》，大概因为调子太灰，未能发表。虽然稿子早已丢失，但题目还牢牢地记着。后来读吴伟业的《梅村》诗，看到“闲窗听雨摊诗卷，独树看云上啸台”这两句，心里顿生感动，大有古人先得我心之叹。本书取名《听雨集》，即源于此。

承蒙凤凰出版社不弃，愿意将此书纳入“凤凰枝文丛”的出版计划。感谢姜小青兄的热情推荐，也感谢倪培翔社长和韩凤冉副总编的大力支持，人民文学出版社的杜广学先生在我生病期间帮助通读了全书校样。我会永远记着他们的情谊。

由于个人水平所限，书中的错误和不足定难避免，我愿意接受一切批评。

周绚隆

2021 年 7 月 16 日

目录

第三辑　读《红》偶得

第四辑　近观吴宓

第五辑　译事漫谈

第一辑　散文随笔

谈红说绿

中国人眼中的色彩，是细腻而多变的。不同的颜色或同一颜色的不同调调，往往自有一种情绪和味道。排除了这些微妙的差别，喜欢抽象的人可以把这种种的感觉归为两类：热烈的红与宁静的绿。

在民间，“大红大绿”是富贵的象征，老百姓们喜欢痛快、尽情的东西。《诗经·小雅·斯干》中就说：“朱芾斯皇，室家君王。”看来这也是有传统的了。难怪富人家的门窗栏杆都要漆成红颜色。不过，我倒不明白，何以佛家的寺院里，也到处是一片红的海洋——既然高僧们个个都是厌弃红尘、追求清虚的。而且用现在的眼光看，红色的热烈也与佛门的宁静大不相宜，所以和尚们也是耐不住贫贱的。现今的时代，从服装上看，“红男绿女”的描述早成了历史，男性在穿戴上的自由大大地受到了限制。小伙子们穿了红红绿绿的衣服逛街，那是时髦。很显然，人们对那种在服色上“男女无别”的时代依然十分留恋。在“红”与“绿”的搭配上，民间也同样“求全责备”。

到了文人手里，这一切都变了样。那些富贵的象征都化作感情的迷魂香，顿时成了有色有味的东西。不过，文人们多喜欢淡一些的调子，他们不像普通人那样实际。淡的色彩正好做梦，飘飘忽忽地寄托着许多情绪，丝毫不觉得碍眼。做了一个温柔的梦，便说是“粉红色的梦”；梦中若得了便宜，则又成了“玫瑰色的梦”。绿色一般只能做红色的陪衬。中国人对色彩的理解，是重情绪而不重视觉的。绿色的背景上，红色太少就是寂寞，就是孤独，仿佛颜色也知道孤立对手似的。虽然历史上曾有过一个时期，“大青绿”非常得势，但那是魏晋时的事。读书人前途黯淡，没有出路，心里阴阴地泛出了绿光，也可以理解。其实唐代的辉煌很快地就扭转了这一局面。诗人的心是多病的，他们喜欢“万绿丛中一点红”那样的搭配。那是哀怨的红，它被无边的绿色包围着，像一颗孤单无告的心，又似一位娇弱多情、无人怜恤的女子。色彩是淡淡的，愁则是酽酽的。李易安早晨起床时嗔怪丫头说：“知否？知否？应是绿肥红瘦。”用的也是同样的心思。中国人笔下的色彩最富质感，从来没人能像他们那样眼耳鼻舌并用的。从红色中他们可以分别出火辣的红、血刺的红、温软的红、凄惨的红等等来，绿色也有柔的、嫩的、油润的、鲜亮的种种。“红袖”代表佳人，“青娥”指丫鬟（当然要漂亮一点）；“红楼”（有时用“朱楼”）是美人的笼子，也是白马王子们心中的伊甸园，只能远观而不能近探。不然，何以所有诗词中红楼上的风几乎都是凉的、空气都是怨的呢？相比之下，“青楼”的颜色就不太怎么勾人心魂了，因为那是妓院，稍不小心，会有轻薄的嫌疑。当然，杜牧是不怕的。

关于绘画上的用色，民间的百姓和文人也走向了两个极端。农历旧年的门神，大抵以红和绿为主。偶或间以少许的黑、黄和紫色。不过，黑色仅是用来勾线，并代染须发的。黄和紫只作零星的装饰。脸是大红的，袍子是深绿的。而且常常由于套版不严，关云长的绿袍子遮去了半个火红的下巴。然而人们对此从不介意，我小的时候就常常想不通。山水画的用色，则以“灰淡”为主调，花青色尤其得天独厚。画家们差不多在所有的颜色中都要调点墨，以增强它的厚度和质感，并加深意境的层次，使自然环境显得障碍重重，迂回幽曲。人似乎永远也无法走出这不尽的山林。灰淡的青阴沉宁静而又开阔，使失意的人能看得远、想得开；深脆的绿清醒明丽而且幽深，得意者也不至于因高兴而忘乎所以。这正是中国画所特有的境界，是老成持重的。

秦腔

中国传统的剧种，没有一样能让我产生兴趣。说起来惭愧得很，旧式文人的某些修养在我身上连一点儿影子都找不到——大概就因为我并非出身于书香门第或世家大族吧！

小时候能够接触到的旧戏只有秦腔——我们那一带的人是嗜秦腔的，他们对京剧向来蔑视，母亲就曾不屑地说："京剧就像驴叫！"每逢收音机里有京剧唱段播出，大人们总是不耐烦地"啪"一下就将其关掉了。上初中的时候，偶然有一次听一位见多识广的老师向人说："京剧这东西，其实仔细听听也很有意思。"我还颇觉新鲜呢。

记忆里有那么一段时光，每年夏天都有大约一个月的时间是在外婆家度过的。父亲用自行车带着我，快要到达外婆家的时候，老远就能听见他们生产队的扩音机在播放秦腔，咿咿呀呀、嗨嗨啰啰地唱个没完。夏日的黄昏炎热而迟缓，在太阳将要落山的时候，这苍凉的调子格外让人感到不快。胡琴的声音像杀鸡似的，一下连着一下，割过来又割过去，眼看着太阳在西天悲伤地闭了眼，留下了天边的一抹残红。与此有关的另外一次记忆是在晚上，大约麦子已经打碾完了，突然间半夜里闹起了地震。那天晚上其他的情节全不记得了，只记得外婆他们全队的人都聚在打麦场上，随便撕点麦草扯条被子，横七竖八地躺了一地。我紧贴着外婆，通宵不敢入睡。其实当晚好像谁都没有睡着，人们兴奋而又紧张地交流着关于地震的各种传闻，就像一群受过惊的麻雀，惊魂稍定，便叽叽喳喳地吵成了一团。几只电灯泡彻夜亮着，但在无垠的夜空下，那昏黄的光线显得寂寞而又冷清。这时候喇叭里又放起了秦腔。此情此景，那唱段末尾拖腔的“啊……”字让我不由得想起了死人的咽气，辽远深沉中含着绝望，带出了世界末日的感伤。听着听着，我忽然有点想家了。

过了很多年，当“文革”的阴影退去以后，地方戏曾经繁荣一时。我们那边的农村，每到秋季农闲的时候总要演几场戏——当然演的都是秦腔。陇剧似乎也有，但比较受冷落。而且我也实在听不出二者的区别来。赶会看戏的经历也有，不过真正听清了舞台上的唱词和对白的只有一次——因为那是我唯一一次有机会挤到了台前。台上唱的是《回荆州》。只记得刘备哭了又哭，不停地用个大袖子去抹眼泪。孙夫人插金戴银，打扮得煞是好看，只是所乘的车子，实在有名无实——所谓车子，不过是一个士兵打扮的人双手与地面平行地举着两面旗子，旗子的外面各画一只轮子，孙夫人就站在旗子中间，一切的路还尽得由她自己去走。我看了只觉好笑。后来想想，也许这就是所谓的安步当车吧。陇东人在描述人哭的时候常常会说他“哭得像刘备一样”。另外还有一句顺口溜说：“娶了孙权他妹子，刘备哭了一辈子。”至于刘备的啼哭与娶孙权的妹妹有什么关系，我当时并未细究过，但对他的爱哭是真正地领教了。这种凑热闹的事以后还发生过，但都没有留下太深的印象，只记得在人群中蹿来蹿去来回地跑和站在炸油糕的小摊前咽口水的情景。再往后，对这样的场面就渐渐地失去了兴趣。

上大学的时候，读过贾平凹的一篇散文《秦腔》，觉得与我心有戚戚焉。不过他到底还是听出了那苍凉的调子中的热闹与繁华，我却只是觉其悲哀。听着听着，世界便又回到了那个不安的年月，人也不断地要沉下去，再沉下去。像恍恍惚惚地做了一个梦，梦中的一切都是熟悉的，却看不清晰，是熟悉中的生分，合情合理的荒诞，嘈杂热闹，却又寂寞遥远。

有一年冬天到兰州，一位爱好秦腔的朋友邀我去看戏，我虽然对秦腔谈不上有什么兴趣，但是感于他的盛情，也没好推辞。戏园子就搭在黄河滩上的空地里。土坯围墙上盖着塑料布作顶子，简陋寒碜中透着一种不合时宜的荒凉。掀开脏而破的棉布帘进去，里面摆满了大大小小的茶几和椅子。刚一落座，便有人上来陪我们说话。后来才知道这些人都是这里的演员。其中两个女的一边织毛衣，一边有一搭没一搭地和你找话说，然后就劝你点她们的一出戏。看看你没有要出血的意思，就见机迎着新落座的一拨人去了。园子里甚至有挎着篮子兜售油炸虾片和瓜子香烟的，推销到眼前的三炮台价格尤其不菲。点一折戏的价格是十元，但据邀我来的朋友讲，在演出进行的过程中，为了情面上的缘故，最好还得将演员捧一下。所谓捧，就是花十五元到戏台旁边的账房里买一条缎被面抛上台去，台下立马就有人放起鞭炮来，演员谢台后再拿着被面去换回应属于自己的十元钱——我想这大概就相当于古时候赠给歌女们的缠头吧，白居易《琵琶行》中的“一曲红绡不知数”，就是借这个来描述歌女当红的盛况的。朋友点了一折《下河东》，让一个陪了我们半天的男子去唱。在这里，女演员的戏据说比较叫座，男演员的生意常常不好做。也许是有感于知音难遇，那人在台上唱得声嘶力竭，但脸上所涂的厚厚的油彩却掩盖不住他眼神中的无奈，让人听得心碎。再后来是一个女的上场，虽然画了脸，却没有穿戏装。据说她可是这里最红的角儿，有一个搞房地产的张百万常来点她唱——果然刚一开腔，戏棚里的鞭炮声就轰鸣不已。她在台上扭扭捏捏地做了许多动作，可总是给人一种清汤寡水的感觉。由于缺乏必要的虚拟性，每个人的演出都有点刚一开场就想草草结束的感觉。戏棚内污浊的空气里充满着流浪的气息，虚浮，滑稽，俗气，怎么也勾不起记忆中的那份感觉来，那应该是恣意的宣泄，悠远、苍凉并且悲壮。而戏棚内是无根的浮萍，满脸谦卑地寄人篱下，又掺杂了太多的人生况味，与外面的世界极不协调。

初为人父

妻子的预产期快到了，朋友们见了总问想要男孩还是女孩，我当然说无所谓。生了女儿的人，对我的态度基本认同，但生儿子的人，则往往露出不信任的表情。我的老邻居就毫不客气地冲我说："得了吧，你还是想要儿子！"这使我对自己的态度也有点说不清楚了。实话说，父母很希望我们生个男孩，我自己则喜欢女孩儿——前提是要漂亮一点。回到家里，和妻子说起这事，她把头一撇，说："我想要女儿，我不想做婆婆。"看着她的表情，我想起了邻居的眼神，觉得妻子也像在说谎。

不过生男生女，这会儿已由不得我们了。妻子一见红，我马上陪她去了医院。入院的时候是晚上，大夫做完常规检查，告诉我一切顺利，但估计要等一两天才生，让我们不要着急。她进了医院，我心里倒是觉得踏实了许多。

鉴于她还没到临产期，我不必时刻陪着，所以第二天继续到了班上。整整一上午，办公室里电话一个接着一个，忙得不停。到了十点左右，电话铃再次响起，拿起来一听，是妻子的。她说医院刚才通知，可能得做剖腹产，要我赶快回去。我一听，有点懵了。昨晚入院，在门诊做检查时，大夫明明告诉我们可以顺产，怎么一夜之间就变了？我心里嘀咕着，忐忑不安地往回赶。在路上，接到一个朋友的电话，关心我太太的情况。听了我的介绍，她说："别着急，我马上就过去。"我嘴里虽在客气，劝她别来了，心里却巴不得她马上能到医院去。

赶到病房，妻子已经等急了，满脸不悦。我赶紧去找大夫，大夫解释说她羊水少，血糖高，所以得做剖腹手术。过了一会儿，主治大夫来找我们谈话，她一字一顿，满脸严肃地讲了手术中可能发生的种种意外——每一种情况都是要命的，听得人心里阵阵发毛。签字的时候，我的手直哆嗦。

这时，病房里又进来一个年龄稍大点的矮个子大夫，她十分关切地问我们："你们准备让谁做手术呀？"这个问题让我稍感意外，但也顿时有了一种绝处逢生的感觉——早在入院之前，就有人提醒我要给大夫送红包。开始时，我是发愁送不出去。特别是入院的当天晚上，医院里给了我一份"家属须知"，那上面明确规定"不得以任何形式给医务人员送红包"，所以我最担心遭到大夫们的正色拒绝。但中国人破财消灾的理念顽固地盘桓在我的脑海中，我对在医院里谈病人权利，一向也不抱任何信心。于是便抓住眼前的机会，虚心地向两位好心的大夫请教，问她们我们能不能点个大夫做手术。对我的问题，高个的主治大夫显得有点不高兴，但还是公事公办地告诉我："按照医院的规定，可以点主任。但是一个主任一周只能做两台，而且现在都已经点满了。"矮个子大夫有点急切地说："要不就教他们别点了，我做算了。我跟他们谈吧。"主治大夫于是退下，病房里就剩下我们夫妇和这位刚知道其身份的主任医师。我明白该把一直令我头疼的红包拿出来了，但是给多少合适呢？此前可没人告诉我个合适的数字。我又冒傻气地问她点名费是多少。话一出口，立刻就感到有点欠妥。但是主任很大度地笑了笑，说："算了算了。"她越说算了，我就越觉得不能少：没有底线的要价才最不好还价。我赶紧拿出六百元——取六六大顺的意思——递了过去，主任稍微推辞了一下，然后一脸无奈地收进了口袋。我还是不踏实，又问了问她手术的危险程度，她要我们放心，说不会有任何问题。临出门前，她告诉我，手术将在下午两点钟进行，到时麻醉师会找我签字。送走了主任，心里一下放松了许多，就单等着见麻醉师了。麻醉师也是手术的关键人物，绝对怠慢不得。

将近十二点时，我们的朋友来了。朋友是个细心的人，她一来，我心里稍觉踏实了一点。以她的经验，给麻醉师的钱数应在二百元左右。她麻利地检查了我们准备的各项用品，发现我们在匆忙中忘了带奶瓶和奶粉。由于离手术还有点时间，我决定到附近的一家超市去买一套。跑下楼打了一辆出租，刚走出不远，手机响了，朋友告诉我情况有变，手术提前了，让我马上回来。我赶紧让司机调转车头往回赶。

手术室外边围着不少人，他们也是等手术的。妻子已经被推进去了，朋友正在外边焦急地等我。然后我们一起焦急地等麻醉师出来。新的问题又开始让我犯愁了——当着这么多人，红包怎么送出去呢？琢磨了半天，我想了个办法：背过众人，把钱装到一个信封中，然后将信封折成小方块，紧紧地攥在手心里。手术室的门开了，出来一个微胖的男子，戴着大口罩，架着一副眼镜。他喊了妻子的名字，说："家属过来签字。"我挤过去接了纸和笔，贴在门上签了名——因为手里攥着钱，笔抓不紧，几个字写得歪歪扭扭。等我把签了名的纸递过去时，麻醉师已经看到了我手里捏着的信封，于是很友好地伸过手来和我握了握。他一点也没难为我，使我甚为感动——现在该送的都送了，就等着手术结果了。

手术还在进行着。朋友为了不让我着急，不断地说一些有趣的事，我勉强地听着，心里却总是一揪一揪的。有一种说不清楚的感觉紧紧地缠结在心头，使我对任何事情都不能集中注意力。窗外的世界已经绿树成荫了，马路上行人却很少，偶尔出现一两个人，大都行色匆匆，而且戴着口罩，与眼下的季节构成了反讽，使这个世界显得有点滑稽而不真实。北京正流行着“非典”，天空仿佛笼罩着一股妖氛，令人感到窒息。手术室的门开了一次，围在外边的人稍稍骚动了一下，又很快恢复了平静。朋友提醒我，再过一会儿我们就要见到已经等待了十个月的宝宝了。她很替我高兴。这时我的意识好像恢复了一点清醒，似乎感到一个重要的时刻就要来临了，心中突然涌上了一股复杂的滋味。但是激情就像空水管里的回声，只空洞地响了一下就消失了。我用左手掐了掐右手，木木的，没有感觉，整个人就像只剩下了一个躯壳，脑子里更是一片空白。这时，手术室的门再次打开了，里面推出了一个婴儿车，护士喊了妻子的名字，我们赶快围了过去。孩子躺在小车中，头红红的，满脸是褶子，跟我想象中的样子大相径庭，乍看上去，一点都不好看。朋友在旁边推着我说：“快看你的宝宝。”接着又问护士：“男孩女孩？”护士拖长了声音说：“儿——子！”这个消息并没能使我振作起来。朋友却高兴得像个孩子，催着我赶快给她的先生打电话。打完了电话，我脑子里仍然木木的，没有感觉。对孩子的性别我本来就没有什么期待，但这个结果又似乎是在预料之中的。我又把消息告诉了在家中等候的母亲，母亲听说是男孩，高兴得声音直发抖。

儿子是两点十分生的，两点半左右妻子被送回了病房。同病室的小黄从一大早去产房，到六点多才回来。小黄是顺产，生了一个女孩。也是红红的皮肤，满脸小褶子。傍晚的时候，两个小家伙开始在病房里一应一和地哭，甚是热闹。由于妻子刚做了手术，医院同意我当晚留在病房陪护。白天有朋友在旁照顾，还没感到太费劲，朋友走了以后，我就有了手忙脚乱的感觉。孩子第一次拉屎后，放声大哭，看着他细嫩的小腿，我不敢动手擦，只好放下他跑去喊护士。小黄的妈妈笑眯眯地说我："新爸爸且得锻炼呢。"等到人们都走了以后，我才开始仔细地审视襁褓里的婴儿。小家伙半张着嘴左右寻觅，两条腿不停地乱蹬，看上去娇弱无比。忽然间，一种无法形容的情绪袭上了心头，使我紧紧把他抱进怀中。我知道，从现在开始，将全心地呵护他，直到我的生命走到尽头。"莫我儿饥且寒，有过慎莫笪笞！"我忽然想起了汉乐府中那位母亲的临终遗言，眼睛不由得有点发涩。

这一夜，两个孩子不停地哭闹，我几乎没有合过眼。半夜里，孩子们总算安静了一会儿，两位疲倦的妈妈也已入睡。整个医院里这会儿都静悄悄的，值夜班的护士们也都不大进出行走了。我感觉有了点儿困意，便把两张椅子并在一起，蜷着身子躺了下来。躺下以后，身体没法伸展，根本睡不着。而紧张了一天的思绪却开始慢慢地放开了。我想到了孩子们的未来，不知道这降生在同一天，又在同一间病房里度过了他们人生第一天的两个孩子，各自会有怎样的命运。二十年后，当两个年轻人不期而遇的时候，儿子会不会像贾宝玉初见林黛玉时那样，说“这个妹妹我曾见过”？他们能认出对方来吗？人生有很多偶然，我相信，今天的一切对他们来说可能只是很多偶然中的一次。

迷迷糊糊中，儿子的一声啼哭打破了病房里的宁静，旁边的小女孩被吵醒了，也哭了起来。我检查了儿子的尿裤，发现他又拉了。这次我决定不找护士，而是学着护士的样子自己给他收拾。打开儿子的尿裤，慢慢擦干净他的小屁股，然后换了块新的。而那边，小黄也正在解她女儿的襁褓。这时，我脑子里突然冒出了一句话：道在屎溺中。我觉得初做父母的意义现在就全部体现在这里，具体，琐细，俗常。

四天以后，妻子出院了。离开医院前，医生给孩子做了最后一次检查，并叮嘱我们要保护好孩子的脐带部位。回到家以后，每天洗澡时，我们都格外小心。按照医院的说法，孩子的脐带一般在第七天会脱落。但是儿子的脐带到了第九天还毫发未损，母亲有点等不及了，她说这不大正常。母亲生育了我们兄妹四人，对她的意见我不能不重视。于是打电话向朋友咨询，她也说按理是该在七日内脱落。这让我更觉担心了。第十天一天，我不停地查看儿子的肚脐，但那个干瘪的小橛橛还是毫无愧意地竖在那儿。到了晚上洗澡的时候，终于发现它掉了，但脐窝里却黏黏的。母亲看了觉得不行，说脱脐后脐窝应是干的。为了求个放心，我试着给一个曾有一面之缘的儿科医生打了个电话，对方告诉我，脐窝里发黏可能是发炎造成的，不可掉以轻心。一重疑云还没拨去，母亲又忧心忡忡地提醒我，说儿子的鸡鸡好像小了点。听了这话，我如五雷轰顶，一下懵了。肚脐事小，鸡鸡事大！我感到问题严重了。当天晚上，一夜未睡好，心里盘算着第二天一早就带儿子去医院，不管外边“非典”有多严重。

第二天起了个大早，好不容易挨到八点，我先往医院打了个电话，问儿科门诊上午开不开。接线员慢条斯理地告诉我，由于闹“非典”，医院人手紧，上午儿科门诊不开，叫我下午一点钟去。没有办法，再急也只好等了。中午草草地吃了点饭，把儿子包裹停当，眼睛就一直盯着表。好不容易过了十二点，母亲催着我赶紧出门。这几天正是非常时期，关于“非典”的传闻一天比一天可怕，为了安全，我不敢坐出租。好在医院离家很近，于是就抱着儿子步行前往。到了医院，门诊室里只坐着两个护士，一问，才知道大夫还得临时打电话叫。护士让我先去挂号，然后等着。好不容易等来了大夫，我把肚脐的问题给她讲了，她揭开孩子的衣服看了看，说：“没事儿，有少量分泌物是正常的。”接着，又听了听儿子的心脏，并做了些其他检查。我看着她做检查，特意把儿子的鸡鸡往显著的位置挪了挪，等着她下结论。但是她仿佛没看见似的，示意我把孩子包起来。怎么办？是大夫没注意到，还是她不好意思说？我坐在那里直着急，一时不知该怎么开口。面前坐的三位都是女性，如果提出这个问题，她们会有何反应？可如果不提，真要被忽略了怎么办？调整了好几次呼吸，我还是硬着头皮，把问题挑明了。结果我的话一出口，就招来了大夫和护士的集体嘲笑。大夫还稍微克制点，强忍着笑冲我说："不小，他才多大的人！"两位年轻的护士则偏过头去直乐。虽然戴着预防"非典"的大口罩，但从眉眼处肌肉的剧烈运动和肩部的颤抖，我能感受到这个下了很大决心提出的问题，给她们带来了多大的快乐。至此，心中的石头才算完全落地，顿时觉得一身轻松。

出了医院一路快走。到家后一看，刚才在医院时还不停乱蹬的小家伙，已经在我怀里睡熟了，我则出了一身的汗，站在地上直喘。

忆清辉师

徐清辉老师去世转眼都十一年了。一直想写点关于她的文字，可每次只要回想起与她交往的点点滴滴，就思绪万千、百感杂陈，无法理出清晰的头绪。有时候半夜醒来，会忽然想起她，总觉得欠了她一点什么，内心殊感愧疚。几次要动手写，但面对电脑枯坐良久，都不知从何说起。

第一次见徐老师是 1987 年秋天。那年我考到了兰州大学中文系，9 月开学以后，系上安排了一周的新生教育活动，请一些资深教师，给我们办了几次讲座。其中有一讲是徐老师的“大学时期怎样学好外语”。班主任提前介绍过她的情况，我因而知道她是教外国文学的，而且在西方哲学和比较美学方面都很有造诣，还知道她英文极好，曾在普林斯顿大学进修过。印象中，似乎还提到她是独身。所以在后来很长一段时间内，我都以为她没成过家。

徐老师那天几乎是掐着点走进教室的，她身穿一套黑色西装，戴白手套，鼻梁上是深棕色的粗框眼镜，烫了大卷发，显得非常精神。这身打扮当时多少有点儿另类，令我印象深刻。开讲后，她声音洪亮，很有感染力。可惜那天只讲了十五分钟，剩下的时间她要大家提问和讨论。当时刚入学，同学们彼此还不熟悉，都有些拘谨，教室里非常安静，没一个人主动提问。我本来喜欢英文，很想听听怎么能进一步提高，没想到她一讲完就冷场了。心里很着急，希望能打破僵局，但又不知问什么好。

由于坐第一排，徐老师大概看出了我表情上的异样，就投来了鼓励的目光。我感到脸上一阵发热，情急之下突然想到一个问题，就问她以后学习应该以英式英语为主还是美式英语为主。她笑了笑，说学好哪一种都行。这一下，我精神稍微放松了一点，又问她学外语有没有什么诀窍。她很肯定地说："没有任何诀窍，方法只有一个，看不懂的时候要坚持看，听不懂的时候要坚持听。"这句话，我一直记到现在；这个方法，我也一直用到现在。

此后四年中，我再没机会和她交流过。在整个本科期间，虽然我知道有她这个老师，她却并不知道有我这个学生。她曾给高年级开过选修课，但因为限制人数，我无缘聆听。有两次外国学者作报告，徐老师担任现场翻译，她富于逻辑性的语言风格和优雅的气质，很令我敬服。学生社团请她做过两场报告，其中一次讲的是尼采和叔本华，我去听了。随后发生了八十年代末的那场风波，从此她彻底告别讲台。自那以后，校园里很少能再看到徐老师的影子。有一段时间，听人说她变得很怪，不愿与人往来，去找她也敲不开门。

本科时期，我受徐老师的影响，苦读英语，如饥似渴地读外国文学作品，也看了不少欧洲历史和艺术史方面的书，曾满怀信心地想将来搞比较文学。这个念头后来读了钱锺书先生的《旧文四篇》后，被彻底打消。我决定还是从中国传统入手，先学好古典文学。于是大学毕业后，考本校研究生时，选择了先秦两汉文学作专业方向。

大概是 1993 年春季，在写硕士论文的过程中，有一段时间经常去学校图书馆方志阅览室看书，那里有一套台湾版的《笔记小说大观》，里面有我需要的资料。在那里，意外地见到了徐老师，后来得知她经常来看方志。此时她已不复昔日的光彩，说话的声音变低了，语速也变慢了。一个长期研究西方哲学的人，为什么会对中国古代的地方志感兴趣呢，我颇感好奇。中间休息时，主动和她打了个招呼，她也友好地回应了我。连续多日下来，整个阅览室里只有我们两个人在看书，慢慢地，交流就多了起来。她问了我的专业方向，也问了论文选题，对我当初的专业选择表示认可。后来，听说她的《认知与会心——汉藏文化象征对照释读》出版了，还厚着脸皮登门讨了一本。关于她拒人于门外的传闻，我始终未能证实。

1994 年春夏之交，突然从系办公室听到一个震惊的消息：徐老师的儿子在上海跳楼自杀了。关于她儿子胡河清，我过去几乎一点都不了解，既不知道叫什么名字，也不知道是干什么的。徐老师有个儿子，这还是堂姐告诉我的。堂姐是在兰大校园长大的，胡河清十几岁到兰州的时候，她见过。当时我同时面对着考博、毕业答辩和办理离校手续等一系列事情，整日乱乱哄哄、忙忙叨叨。尽管这个消息令我震惊，但也顾不上多问。系里派了个副主任，陪她去上海处理善后，听说她在整个过程中，未掉过一滴眼泪。由于毕业在即，也由于她家遭不幸，一直到我去山东大学报到，都没有再见到徐老师。

1995 年暑期，我回兰州休假。我爱人硕士毕业，刚留校任教，我们开始自己起伙，解决一日三餐。一天早晨在兰大后门买菜时，突然碰上了徐老师。她见了我颇感意外，问了我的去向和近况，说欢迎我去她家坐坐。随后的日子里，除了埋头看书，有空就到她家去海阔天空地聊天，而且每次都谈到深夜。有一次很晚回到宿舍，我爱人已进入梦乡，开门进去，她被惊醒，懵懂中居然吓得大哭起来。徐老师学识渊博，视野开阔，捕捉信息和综合分析的能力都极强，虽然平时深居简出，对外边发生的事情却了如指掌。闲聊中，发现她对武侠小说非常喜欢，而且读得极多，讲起来头头是道。另外，她喜欢收集各地民间传说中的鬼故事。她的这一爱好我理解，她是要从这些民间记忆中寻找文化上的象征。记得有一次她给我讲，不仅杭州有虎跑寺，许多地方志里也经常有寺庙附近出现过虎的记载，原因就是佛教以虎为护法，所以对寺庙来说虎是吉祥的象征。还有一次，她讲到印度佛教对“缘”的理解与中国的不同。她说在印度佛教里，缘是一种随聚随散的东西，而到了中国却成了先验的东西，中国人相信“有缘千里来相会”。她的这番讲解，使我对《红楼梦》里“金玉良缘”与“木石前盟”的关系得到一种新解法，也让我重新审视了《红楼梦》的哲学观，专门写成一篇文章，发表在《红楼梦学刊》上。

我到山东大学读博士，选择了元明清文学作研究方向，导师是袁世硕先生。袁先生治学既强调历史主义，又坚持文学本位主义。他主张研究文学要搞清作品的外部关系，做到知人论世，又主张认真分析文本，让文学研究回到文学本身。用他的话说，作品的好和坏，都应该是可以用理论来分析证明的，学术不能简单地停留在赏析的层面。在他的要求和指导下，我系统地阅读了一些当时翻译过来的西方形式主义文论著作。阅读的过程中既有收获，也有困惑。1995 年寒假，我带着一些疑问去向徐老师请教，她提醒我不要被理论的表述形式所干扰，要注意抓背后的东西。徐老师对结构主义和符号学理论十分熟悉，通过与她交流，我意识到形式主义文论强调的不仅仅是方法，还有对待文本的态度问题。一次闲聊中，不知怎么提到了高尔泰《美是自由的象征》一书，她笑称那是“牢骚美学”，不是真正的学术。

徐老师跟我谈得比较多的是中国传统的问题。她对中国文化的生成过程和传播方式，有很多独到的看法。她认为中国文化像旋转的陀螺一样，是以同心圆的方式由中原向四周辐射的，中心地区一直在快速变化，许多过去的印迹反而在周边地带保留了下来。比如樱桃的读音，藏文的读法就和她老家海宁方言基本一致，这说明唐朝时期，中原的读法也是这样。因为吐蕃使臣在长安第一次接受大唐天子赏赐的樱桃时，自然也接受了这个名词当时的读音。她同时提醒我从文化和社会学的角度看待扬雄的《方言》。从生态文明的角度，她指出我们常说的“大河里有水，小河里不干”这句话是站不住脚的，正确的提法应该是“小河里有水，大河里不干”。对于“滴水之恩，当涌泉相报”这个江湖古训，她也不以为然，斥其宣传剥削思想。搞西方哲学出身的徐老师，晚年对中国文化兴趣极浓，曾倾注了大量心血去研读。她曾推荐我读《谭嗣同集》，要我注意里面表达的对革命的血祭精神。对于八十年代那股否定传统的浮躁之风，她尤其不以为然。有一次谈到未来，她告诫我要懂得尊重传统，善待古文明，静下心来研究问题，不要受别人干扰。用她的话说：“别听有些人在那瞎喳喳。”每当我读书有急躁情绪时，她总是说：“不要急，慢慢来，路长着呢。”参加工作以后，她还这样在电话里安慰过几次。

1996 年寒假，博士毕业前的最后一个假期，当时正面临毕业去向的选择。去看徐老师时，和她说起找工作的艰难，她极力建议我往北京努力。她毕业于北京大学，许多师友和知交都在北京，所以对北京的印象非常好。当时兰大中文系的领导有意要我回母校工作，一个直接的原因是我爱人已经留校做了老师，我回去算是顺理成章。她说虽然心里也希望我回去，这样可以常见面，也方便一起做事，但理智告诉她，“与其相濡以沫，不如隔江湖而相望”，为了未来发展，她宁愿我走远一点。后来经过艰苦的努力，我总算被人民文学出版社接收，进了北京。知道消息后她大为高兴，给我来了一封信，祝贺我“find a good job”。

2001 年夏天，她在电话里表示想秋后出来走走，顺便看看北京的师友，我听了喜出望外，极力怂恿她早点动身。9 月份打电话过去询问行程安排，她说还没有最后定，但让我提早给她选个宾馆。我当时刚刚搬新房子，家里有地方住，就邀请她来住我家，这样好照顾，也便于聊天。我爱人因我的关系，和徐老师也熟，以前每当我回济南后，她会时常过去看望徐老师，偶尔也替她借借书和买买东西。写到这里，想起了一件趣事。记得有一年寒假，徐老师说要请我们夫妻吃奶油焗大虾，约好了日子到她家去吃饭，谁知从下午 5 点进屋坐下，一直聊到晚上 10 点，吃饭的事她连提都没提。临到要告辞的时候，她才从容地拿出一盒冰冻大虾说：“今天厨房的灯坏了，奶油焗大虾做不成了。但还是有办法让你们吃到虾的，自己拿回去油焖吧。”出门后，我们为此乐了好半天。

时间过得飞快，转眼就到了10月中旬，单位突然临时派我参加即将在昌平举办的全国首届古籍编辑培训班，培训期为十天。因接到通知比较晚，规定21号报到，19号我才匆匆办好报名手续。完了赶紧给徐老师打了个电话，问她来京的时间。她告诉我已买了20号的车票，正好21号到京。21号是个星期天，她解释说选择这个日子是为了方便我接站。按照通知要求，培训班成员21号上午要在中华书局集中，然后统一乘大巴前往昌平。由于事出偶然，徐老师又难得来一趟，为了不扫她的兴，我决定先不告诉她要参加培训的事。

按以往的经验，这趟车应该中午到北京西站，我准备先把她接回家，再直接去昌平报到，这样就要单位派车送我。放下电话，赶紧找领导说明情况，申请了用车。本以为这样安排可以两全了，谁知21号大老远赶到车站，从上午10点一直等到下午两点，仍迟迟不见火车的影子。到问事处一打听，才知道当日正赶上第一天火车提速，这趟车到站的时间被调到了4点以后。我和单位司机原来约好的出发时间又恰恰是4点。万般无奈之下，我急忙赶回家，把情况告诉了爱人，让她立刻再去接。司机送我到培训点时，天已经擦黑了。因为没能亲自接站，我感到十分过意不去，晚上给家里打电话，向她表达了歉意。

随后两天，我几乎一有空就往家里打电话，她的情绪听上去都还不错。但爱人私下告诉我，因为我不在，她感到徐老师似乎有些无聊，说是想早点回去。听到这个情况，我 24 号晚上硬着头皮向培训班请了假，第二天上午就乘一辆顺车回到了城里。到家的时候，徐老师外出了，将近中午才进门。我事先没告诉她要回来，想给她来个惊喜。三年没见，她明显苍老了不少，身体也比以前要显得虚弱。寒暄过后，沏上茶我们就开始谈天。

这一次谈话的内容和以往有些不同，记得刚开始还聊了一些社会新闻和文化动态，慢慢地就转到了她的家庭和个人经历。说实话，关于她的家庭，我虽曾略闻一二，但她本人以往从未正式提及，我当然也没敢问。徐老师受过西学训练，她的价值观受西方影响至深，所以和她交谈的时候，我从不触及她的私人世界。

那一天，基本都是她在讲，我只偶尔插嘴问些小问题。她先从自己的父母谈起，说到家庭，说到儿子胡河清，也说了些我过去从未听说过的她个人的事。其中最令我震惊的是，1989 年她曾自杀过一次。她说在那个难眠的夜晚，她决定要放弃了，就用一把刀片在脖子上拉了一道，然后躺下等死。血流了很多，她原以为等流干了就可以平静地离去，但由于刀片没切到动脉，血后来慢慢凝住了，自己却在不知不觉中睡着了。等一觉醒来，天已放亮。这时她开始重新考虑自己的选择，觉得既然上帝暂时还不愿收留，那就继续活下去做点事。联想到别人说她怪，说她不肯见人，我猜测大概是那个。她的《认知与会心——汉藏文化象征对照释读》，就是在那次康复以后写成的。我在图书馆遇见她的时候，她正在计划做一个关于生态思想的课题。

那天她给我看了脖子上的伤痕，我问她兰大有没有人知道这件事，她说只有中文系总支书记詹秀知道。说到詹秀，我忍不住想多说两句。在我见过的政工干部中，这个人是最正直、最善良的。我们进校的时候，他就是中文系的总支书记，他对学生的爱护，完全是发自内心的。二十世纪八十年代末，我们曾见证了人性中的反复，詹秀老师却始终让人感到温暖。他后来做了兰大的党委副书记，几年前听说因患骨癌去世了。似乎在很长一段时间里，他都在给徐老师提供帮助，但自己从不对外讲。徐老师说她来京前，专门给詹秀打过电话，告诉他要到我这儿来，说“免得让老詹觉得我这个怪人不知跑到哪去了”。

那天从中午一直聊到黄昏，徐老师后来动了感情，语气有些激动。我爱人下班回来做好晚饭，她只象征性地吃了一点，等我放下筷子，又接着往下说。但是，我突然注意到她讲话时喘得越来越厉害。当时觉得可能是累了，就劝她停下来休息，反正我已准备请假一周来陪她，时间有的是。等她进屋以后，我又处理了一些别的事，临睡前去卫生间，忽然发现她房间的门缝里还透出灯光。以为她还在看书，就隔着门劝她早点休息，却没有回应。我心里不踏实，回屋穿上外衣，又到门口叫她，还是没有回应。推开屋门一看，我立刻惊呆了，只见她仰卧在床上，双手紧抱在胸前，口吐白沫，放在桌子上的背包也被抓到了地上。我急忙抓住她冰冷的双手，把手臂向身体两侧平着撑开，然后腾出一只手掐住她的人中，同时喊我爱人打急救电话。救护车到了，大夫给她量血压，发现血压异常高，马上就打了一支降压针。我们焦急地等着情况好转，大夫的表情却一直不见放松。过了近一个小时，情况稍微稳定了一点，大夫让我赶快找人抬她下楼，送医院抢救。我和一个保安，跌跌撞撞地用担架把她抬下五楼，疲劳加上紧张，感到自己整个人都快虚脱了。

车把我们送到离家最近的朝阳医院，医生问了情况，马上开始急救。她时而清醒，时而迷糊，有一阵儿醒来，对我说："小子啊，你赶回来救我一命。我们算是性命之交了。"说完一笑。再一会儿醒来，又对我说了两句英语。从显示器上看，她的心率和血压一直不稳定，我的心一直悬着。凌晨一点左右，医院下了病危通知书，要家属签字，我知道徐老师已没有家人，只好签上了自己的名字。签完字，过去看了一眼，她还在昏睡。急救室里空气有些混浊，我看看无事可做，就出来透透气。

坐在医院空荡荡的走廊里，一种强烈的无助感袭上心头。不知道下一步该怎么办，也不知道她的病情能否好转。

突然，想起了詹秀老师。徐老师说临来前给詹秀打过招呼，詹现在又是校党委副书记，我觉得应该马上把这边的情况告诉他。辗转查到詹书记家的电话，也顾不得已是深夜，就拨了过去。詹书记在电话里要我别急，说该怎么做就怎么做，会让中文系马上派人过来。打完电话，再进去看了一眼，徐老师睡得很安稳，血压也似乎比较平稳了。

好不容易挨到天亮，我爱人过来换我回家休息。虽然一夜未曾合眼，但真躺到床上，人感到就像浮在空中似的，反倒睡不踏实。似乎没一会儿，电话铃响了，是爱人从医院打来的，说老师已暂时过了危险期，转到心脏内科了，让我赶快带钱去办住院手续。一切办好，我去找大夫了解病情，得到的答复是心脏主动脉瓣膜关闭不全。再见到徐老师，她已经醒了，但各种管子插了一身，折腾了一夜，人显得更加虚弱了。她告诉我，她对医生说，昨晚把两个年轻人吓得不轻，医生说不是吓不吓的问题，是你的病情太凶险。看到我，同病房的一个老太太问她："这是你的儿子吗?"她摇摇头说："我没那个福气，我们是朋友。"我赶紧说："我是她学生。"医生跟我谈了徐老师的情况，建议马上手术，置换人工瓣膜。

不久，兰大来人了。他们和学校、医院两头沟通后，征求了徐老师本人的意见，决定先采取保守治疗，等她体力恢复一点，再进行手术。大约过了一周多，病情稳定以后，就把她接回了兰州。回到兰州，继续住院治疗，中间曾两次准备手术，据说北京的大夫都约好了，但都因她血压突然升高而不得不临时放弃。最后，她自己彻底放弃了手术的打算，在电话里告诉我已决定采取保守治疗。因为有过上次发病的经历，我劝她雇个保姆在家，临时好有个照顾。她同意了，但不知为什么，不久又辞了。我想也许是她一个人生活多年，有了一些自己的习惯，多个人在家里，感到很麻烦吧。

此后，一有空就给她打电话，常常一聊就一个多小时。兰大很多老师也向她伸出了援手，但徐老师病后易怒，对不少人发过脾气。我偶尔听到一点，就劝她要保持克制，她没反对。

2003 年“非典”爆发期间，我不停地和她通话。其中一次，她说做过一个梦，梦见自己到了雅典，周围全是花，美极了。还说她过去一直想去欧洲看看，但是现在看来没有机会了，整天只能困在屋子里，一点办法都没有。从她的话音里，我感到她很寂寞，于是决定去兰州看她一趟。

待“非典”的阴云刚一散开，我找了个出差的机会，和一个同事去了兰州。办完单位的事情，专门腾出一天时间去看她。她新搬的房子我是第一次去，虽然比过去宽敞了一些，但凌乱如故。知道我要来，她特意让人代买了两个大西瓜和一个哈密瓜，要我拿给同事吃。她讲了自己这两年的病情，也问了我家里的情况，然后就说到对自己后事的安排。好不容易才见面，一上来就面对这么个沉重的话题，我本能地表现出了回避的姿态。徐老师看出了我的心不在焉，有些火了，一下子声音提高八度，冲我吼了一句：“你到底听着没有?!”相处多年，这是她唯一一次对我发火。我赶紧表示我是在听，但这个话题听起来过于沉重，真实的情况也许不至于那么严重。她的语气随即和缓了下来，说她对生死其实看得很淡，我好不容易来一趟，对有些事她不能不有所交待。

她还告诉我，自己已留了遗嘱，准备将遗体捐献，虽然心脏有问题，但其他器官是健康的，都可以用来支援生命。另外，她将把自己全部的外文书和笔记留给我。说等她走了以后，我离得太远，就不必来了。因为有遗嘱，自然会有人把这些东西转交给我的。她甚至还叮嘱我要好好爱护自己的妻子。听着听着，我的眼泪快要涌出来了，赶紧转头掩饰一下。那天我们其实谈的时间不长，一是因为有前一次的教训，我怕她累着；二是她谈完话我们都陷入了沉默。

临别的时候，那两个大西瓜太沉我没有带，只带了哈密瓜。她坚持送我出门。兰州的6月气温还比较低，楼道里的穿堂风吹在身上很凉，她颤巍巍的身子看上去更显得单薄。走进电梯的那一刻，我突然意识到这可能就是我们的最后一面了，忍不住鼻子一酸。

2003年4月，我儿子来到了这个世界上，在熬过“非典”的恐怖之后，一家人都在为这个新生命忙碌着。回京后，和徐老师通过几次电话，她那边一切如旧，情况似乎已完全稳定了下来。大概8月下旬，又打过两次电话，都是占线的声音，以为她在和别人聊天，就没在意。9月3号晚上，兰大的朱钰老师打来电话，说邻居发现徐老师家的灯好多天没见亮，插在门口的报纸也多日未取，问我是否最近与她有过联系。我感到情况有些不妙，让她赶快找人去看。放下电话，试着拨徐老师的电话，一直是忙音。心里感到不踏实，就给文学院院长赵小刚打电话，请他赶紧安排人过去看。过了大约一个小时，兰大的电话来了，传来了不幸的消息。据说大家打开门进去，发现徐老师俯卧在卧室门口，一只手往前伸着，地上吐了一摊血，大概已去世多日。检查了一下电话，发现是坏的。我问兰大后事怎么处理，他们说学校刚开学，马上又要过教师节，院里希望能从快，遗体告别准备安排在6号举行。我决定去送她最后一程。

9月4号下午，我乘飞机到兰州，6号与大家一起在华林山参加了最后的告别。当哀乐奏响的那一刻，一个和徐老师同龄的女老师禁不住失声痛哭起来，这一幕我至今难忘。那里面有同辈人的一种复杂情绪，我虽然不完全了解，但能体会得到。等把骨灰接到，一切安置就绪，我就坐当天下午的飞机返回北京。那天正好是星期一，飞机落地以后，天空下起了瓢泼似的阵雨。

在我孩子出生前，徐老师说如果是女孩，她想给取个名字，如果是男孩，则建议让袁先生取。她认为袁先生福高寿高，让他给男孩取名比较吉利。她用《论语》中“素以为绚兮”的典故，建议女孩可叫“素以”，说与我的名字联系，有纪念意义。但我爱人听了不喜欢。儿子出生后，我遵照她的建议请袁先生给取名，袁先生辛苦取了四个，结果我们一个都没用，之后见到师母，被她好一顿数落。

后来看到徐老师的遗嘱，里边说：“我选定周绚隆博士继续我未竟的学业，我们虽无师弟名分，但有缘有深度交流，小周对我的了解，恐远过于长期、日常相处者，因为对他，我展示出了真性灵了。”回想与徐老师的交往，我们的谈话主要都围绕学术和文化，很少议及身边的人事，她也不太提及别人的短长。只有一次，说到判断人的标准时，她强调了两点：好人看长，老实人自私。她举了个例子，有一年她准备调到上海社科院去，对方派人来外调，中文系有人趁机说了她的坏话，外调的人拿听到的意见向教研室主任刘让言先生求证，结果刘先生拍着胸脯对来人说：“以我对她的了解，她绝不是这样的人。”这事刘先生并没有向她提起，她还是后来从上海那头听来的。她感慨地说，自己与刘先生素无往来，没想到老先生关键时刻却能仗义执言。由此又联想到“文革”期间，有时候一句话就可以救人于水火，但一些平素表现老实的人则宁可沉默。她要我注意观察，说老实人不会仗义执言，关键时刻也不说良心话。这两条我都记在心里。

如今岁月轮转，十一年时间转瞬即逝，她给我的那两箱东西，一直存放在办公室里，惭愧的是，我在学业上并没有什么收获。年轻时的种种宏愿，都化作了如今的一地鸡毛。

今年春节期间，因为惦记着要写这篇文字，注意搜看了一些关于胡河清的文章，发现胡晓明兄对徐老师颇有非议，心里感到很意外。另外也有些文章对他们的母子关系表示不能理解。说实话，在胡河清去世后，我也有过类似的困惑，但鉴于当时的情况，始终没敢问。虽然如此，在日常的交谈中，还是有些点点滴滴涉及了他。

记得有次讲到当代的文学批评问题时，她说有人曾对她大力赞扬胡河清的文章，她的回答是："我看了，年轻人在胡说呢！"我从这句话里，隐约听出了一位母亲的自谦与得意。还有一次，她提到二十世纪六十年代初，兰大化学系有个青年教师自杀，有些人对此上纲上线。但江隆基校长在大礼堂开会时，却当着全校的面表态说："这个年轻人不愿意干了，他选择了放弃，我们尊重他。"我想，老校长的这句话，在她经历丧子之痛后，可能曾反复回响在她耳畔。

胡河清走后，兰大也有些传闻，徐老师不可能不知道。在她发病前的那个下午，讲到胡河清时，她长长地叹了口气说："这个小子，我始终不明白他为什么要这么做，最后连一句话都没有留下。"又说："这小子可把我伤得不轻。我的身体本来挺好，但从上海回来，好久都出不了门。”她说自己是O型血，性格好斗，多年来不曾为任何事流过泪，但胡河清让她破例了。我忍不住问为什么儿子从小没有跟她一起生活，她愤然地说：“这都是我母亲做的孽。她认为女儿靠不住，就想把孙子抓在手里。”这个回答令我惊愕，但又无法再问详细。

她向我叙述了一个细节，说上海老家有一面大圆镜子，河清小时候臭美，特别喜欢用来照自己，但到了生命的最后时刻，他连自己都不愿意再看了，用一块布把它盖了起来。后来清理她的遗物时，我看到了一张照片，上面是一个用方格床单罩着的带木架的镜子。她说，到上海那几天，她一直就住在儿子的房子里。讲到动情的时候，她突然抛出了这么一句话：“他们胡家人都有一个神经病的根！”

徐老师出事后，兰大保卫处和老干部处的人为了找遗嘱，把屋子翻得很乱。9月5号清理遗物时，我发现脚下的乱纸中，有一封她写给张寅彭的信，其中有这么一句：“台湾女孩的钱请你退回去。”不知出于什么原因，这封写在8开稿纸上的信没能寄出。现在回想，很遗憾当时没把它留下来。多年以后，我带着这个疑问向寅彭兄打听，才得知了事情的复杂性。前不久翻看她遗留的笔记，发现里面有一份1988年填写的《干部履历表》，在“家庭成员”一栏里，她写道：“父母均已去世，并无其他家属。独子一名胡河清，在上海独立生活，近期无联系。”在遗嘱里，她把一应与胡河清有关的东西都交付给了早年的学生王作人，说“作人对我亡儿河清有印象，故一应与河清相关的照片遗著都寄托给他，或可代我保存吧”。又说“河清遗物中存有四颗红豆，56年黄佩玉回广州从红豆树下收来分赠好友的，我的几颗放在家里，河清长大后很珍视，所以四十年后，小红豆仍然艳红、光泽、坚如玉石，非常坚贞不变”，建议朋友们有意者拿去做个装饰。

最后，顺便提一下胡复旦先生。严格地说，我并没有资格写他，因为我们的生活从无交集。胡先生与徐老师是同班同学，毕业后一起分配到了兰大。关于他的基本情况我不了解，也不打算多说，只是想就自己知道的情况提供一点材料，免得人们在一些问题上以讹传讹。

在前面提到的那份《干部履历表》里，徐老师对自己的婚姻关系做了这样的说明：“协议离婚由于对方声称病中右手不能写字（签名）而未办完，现已开始写信，协议最终手续亦可进行办理。处在此种最后终结情况时，虽在法律上尚未自由，却也不宜作为完全存在‘配偶’处理。对方有关现实情况我也已不知道。特加说明。”贝苏尼在怀念胡河清的文章中说，她曾受姨妈之托去苏州找胡复旦先生代办离婚手续而未成，那么这个“病中右手不能写字”的理由，很可能就是她给传递的。

胡复旦先生我没见过，他的老同学孙正荃对他的评价是："天生一副好嗓子，天生是个干文艺的料，却天生的胆小，于是在没完没了的批斗中便吓成了无法言语的那种病。"徐老师那天晚上则说他："作为一个男人，为人父，为人夫，担不起自己的责任。"如果把这两方面的话联系起来看，他们关系破裂的原因是可以揣测一二的。如今，上辈子人的恩怨都已结束了，作为晚辈，我之所以重提这些事，只是希望能做些澄清。

胡复旦先生去世后，家人给兰大发了份电报，中文系让人通知了徐老师，却把电报弄丢了。徐老师托人去索要，中文系当时的负责人颇带调侃地说："怎么，难道还想再嫁人吗?"徐老师闻讯勃然大怒。她后来对我说："这是侮辱人的话!"

今年是胡河清去世二十周年，安徽教育出版社要出《胡河清文集》，他们听说我了解一些徐老师的情况，希望能写点东西，我当然不能推辞。在这里，我力求详细地记录下关于老师的点点滴滴，之所以不厌其烦，就是觉得自己作为一些事情的见证人，有责任讲出来。对于徐老师曾经的一家三口来说，世人怎样评说现在其实已无关紧要，只是活着的人应该知道真相。我祝愿他们三人在天堂相见时，彼此都能忘却曾经的烦恼，也希望老师在天国里多些快乐，多些鲜花。

兰大的奇人往事

一夜醒来，岁序进入了 2017 年，正是我上大学三十周年的时候。三十年的岁月风霜和扑面尘沙，磨灭了许多当初的记忆。中国的大学经过多年扩建、扩招，现在也都非复旧观，即使故地重游，亦难拾旧梦。如今回首当年，诸事多已模糊，但有那么三个人，始终在我脑海中保持着清晰的记忆。他们不是什么专家学者，也未曾身居要津，但在二十世纪八十年代的兰大校园里，举止多少都有点另类，至今回顾起来，几乎成为我校园记忆中最难忘的形象。其中一个人，甚至使我对当年的学校生活，回想起来多了点温暖的感觉。

记得大学第一个学期快要结束的时候，我们都进入了紧张的复习阶段。那时的兰州大学校舍比较紧张，而陌生的同学又不肯共享一张书桌，每到自习的时候，大家就挨着教室到处找座位，有时甚至会为此发生争执。有天晚上，我好容易在旧文科楼一层南头的一个教室找到个空位。进门扫了一眼，里面全是陌生的面孔，只能一落座就埋头看书。教室里很安静，偶尔有人出入，都尽量轻手轻脚，以免弄出响动，影响大家学习。大约晚上九点多，教室前门突然被猛地推开，一个老人快步走上讲台。他个头不高，穿深蓝色的中山装，留着中分的头发，显得很威严。此人二话不说，拿起粉笔在黑板上写了一行外文，然后转过身来，对着一屋子惊愕的眼睛，快速说了一句什么，然后稍作停留，又飞快地跨下讲台，转眼离开了教室。整个过程前后只有几分钟，我们还没有反应过来，就已经结束了。一开始，我以为是哪个系的老师来上辅导课，要临时占用这个教室，不由得心生怨意，但很快就发现这种担心是多馀的。教室里刚刚掀起的一点骚动，不久也平复了，大家继续各干各的事，就像什么都没有发生一样。整间教室，仿佛一个平静的池塘，突然被人丢了块石头，石头沉下去以后，水面又恢复了原来的样子。

我那时进校不久，对一切都还陌生，刚才发生的一幕着实使我吃惊不小。看着周围同学若无其事的样子，心里又十分不解。这个老人在黑板上写了什么，我一点印象都没有了，只清楚地记得不是汉字，这可能是当时引发我好奇的主要原因。这表明他曾受过专业训练，有过教授外语的经历。等我冷静下来，方意识到他可能有精神方面的问题。但他写的那行外语，又使我忍不住觉得他可能是个身怀绝技的高人。需知那时候，正是校园里学外语的风气刚刚兴起时候。而曾经读过的一些伤痕文学作品，又给我提供了往这方面联想的样本。

自那以后，我每走在校园里，都会不由自主地四处留意，希望能再见到他。遗憾的是，我永远都没再见到这个身影。大概过了一年多，偶然听人说跃进楼里死了个老人，他独居在那座筒子楼中的一间房子里，死后多日才被人发现。我马上就想到了那位一直未再见到的老人。我知道这样的联想并没有任何依据，但它给我心中存在已久的疑问画上了句号。二十世纪八十年代，中国刚刚结束“文革”不久。一些曾经的才俊，青春岁月被消耗在了无休止的运动或劳动改造中，等到获得平反时，许多人早已风华不再，且与时代拉下了距离，个别人则因不堪折磨而出现了精神问题。这个像旋风一样曾经倏来倏往，又像蒸汽一样消失于无形的老人，应该有过很不平常的遭遇。我虽然未得其详，却不能忘记。

相比之下，有一个人我却几乎每天都能碰到，因为他的出现是有规律的。基本上每天早饭后、午饭前和午休后，在学生往来最密集的羽毛球场上，都有他活动的身影。一开始，我没太在意，经同学们提醒，才发现了他的特别之处。大冬天的早晨，他常穿一条大短裤，独自抱个录音机跳迪斯科，一幅旁若无人的样子。呼啦圈流行的时候，他玩呼啦圈。再往后，他弄了件新玩具——铁锨。那是一把崭新的铁锨，锨柄修得很光滑，没开刃的锨头是黑色的，锨脖子上还系了块红布。他常常拿着这件刀不是刀、枪不是枪的怪兵器，在那挥来挥去地玩，看不出有什么套路和招数。他的这些行为常常会引起过路的同学驻足围观，但他全不在乎，脸上也毫无表情。

时间久了，我渐渐看出了点门道：他其实是需要观众的。他选择的活动地点和时段，都是人流最集中的。兰大的羽毛球场在一食堂旁边，靠近学校南门，家属区的人进校上班，二号楼、三号楼、五号楼、六号楼的学生由西往东去新文科楼上课，都要经过这里，研究生楼和七号楼的学生由东往西去二食堂吃饭或旧文科楼上课，也要从旁经过。所以每当我们早饭和午休后去教室，或者上午下课回宿舍的时候，路上都能看到他的表演。有一天早晨，他的健美操招来了掌声，紧绷的脸上突然绽放出了笑容，跳动的节奏也提高了一倍，引得围观者的掌声更响了。我当时恰好路过，目睹了这一幕。

提到这个人，有认识的老师称他为“杨疯子”。他身材高大，硕大的脑袋上留着爱因斯坦的发型，白发衬着黑红的面庞，裸露的肌肉看上去很健壮。尽管他舞铁锨没什么章法，但跳健美操、跳迪斯科或转呼啦圈，都是够水平的。真正令我佩服的是他玩自行车的功夫。有一天晚饭时分，我从图书馆出来，门前的环形路上行人稀少，意外地碰见他骑一辆二八式自行车，双手平举，不扶车把，快速从旁一掠而过。此后，就经常能在这个时段看到他在这条路上骑自行车，都是大撒把，双手时而平举，时而并拢，时而前后摆动。不知从何时起，他对自己的车技进行了升级，等我注意到的时候，已经能直立着站在疾行的自行车座上了。这真令人惊叹不已！他是怎么上去的，又是怎么下来的，如何保持速度，如何控制转弯？对我来说都是疑问。但研究他的车技不是我的专业，再说一个“疯子”，根本不值得我去跟踪观察。不过他也有失手的时候。记得有一年夏天，在校园迎面碰见，发现他双臂、双腿和半只脸上都有大片的擦伤，显然是半侧着扑倒后造成的，似乎摔得不轻。看着他走路一瘸一拐的样子，心里不由暗自好笑。

“杨疯子”其实叫杨振中，他还有一个爱好是书画。有一天上午，课间休息时，我从新文科楼靠北的窗子望下去，看到他正往排球场西侧的围栏上挂字画，由南到北已挂满了一长排的条幅。等第二节课一结束，我飞快地跑下楼去观赏。球场上已聚满了人，当时上午第一门课刚结束，正是换教室上第二门课的大课间时候，往来路过的同学免不了会凑进来围观。杨振中则高扬着他的大脑袋，远远站在一旁听收音机，仿佛这一切都跟他毫无关系似的。我泛泛看了一圈，他的这些东西都是在半成品的卷轴上直接下笔创作的，全是绢质材料，这样虽省却了装裱的麻烦，但也没有宣纸的墨色效果。坦率地说，他的字并没有临帖的基础，但写得比较熟。画则完全是初学水平，笔墨构图都很稚拙。这次的收获是从落款中知道了他的大名。

自从那次见了他的字，我才知道家属院进门东西两侧楼旁的黑板报，都是他的杰作。有了这个发现，我路过时会格外留心看那两块黑板。板报更新得很勤，每次更新时黑板都要重新刷墨。有一次正巧看到他在往上抄东西，每写一行字，都要歪着脑袋端详半天。报头、报尾的空白处，还画了不少花卉图案。更令我意外的是，有一天出家属院后门，抄近路从一栋楼前穿过，发现最西头门前的水泥地上，也写满了整齐的粉笔字，明显是杨振中的笔迹。我据此推断他可能就住在这里。杨振中是干什么的，我始终不清楚。记得有个夏天从他的楼门前路过，见他坐在马扎上看报纸，旁边一把椅子上放着水杯。这么多东西搬进搬出比较麻烦，估计他就住在一楼。门洞两旁的墙上，此时也画满了粉笔画。他一边看报，一边和不远处一个老太太说话，嗓门洪亮，中气极足。听口音应该是甘肃天水一带的人。

杨振中精力充沛，活力四射，可算是兰大校园里的一道风景。有一年毕业季，我曾见有即将离校的女生拉他照合影，他很乐得配合。虽然他不被许多人理解，但一直自娱自乐，似乎过得很充实。遗憾的是，在我研究生毕业前，他因一次意外突然去世了。具体死因不得而知，听说好像是食物中毒。

大概从本科三年级开始，我常去学校图书馆的古籍阅览室看书。当时管理这个阅览室的人叫赵君圭。他身高大约一米七多一点，面色红润，一头雪白的短发，走路身板笔直，步履轻捷。说话有较浓的湖南口音，总是慢悠悠的，经常会带个“喔”字，声音拉长了还要拐个弯。这个阅览室的读者不多，赵先生对人很热情，总是问一答十，有时会追到座位旁边来给你解释，等注意到你开始工作了，才突然刹住，回到自己位置。

相处得久了，我慢慢知道了一些他的故事。这些故事有他本人讲的，有从别处听来的。赵先生是武汉大学中文系毕业，“文革”前跟随刘绶松先生读研究生。二十世纪六十年代初，刘绶松被借调到社科院编写《中国现代文学史》，他也跟到了北京。在社科院，他见过许多名人。他曾绘声绘色地给我说，在社科院的时候，他写过很多大字报。“灭四害”那阵子，他随大家一起驱赶麻雀，中间休息的时候，钱锺书先生曾拍着自己的腿说：“小赵，你可真能写啊！”“这话让我很惭愧。”赵先生补充说。研究生毕业后，他被分派到兰州大学中文系教现代文学。那时从各大名校分来的年轻教师虽然比较多，但赵先生这样的研究生则属凤毛麟角，应该曾经也风光无限过。据他说，自己当时讲课很受学生欢迎，比后来自命权威的一个女教授要好得多。对个人后来的遭遇，他很少提及，我也不便多问。但从中文系别的老师那里，多少听说了一些，只能拼凑个大概。

“文革”期间，赵先生被打成“右派”，遭了不少罪。据说隔离审查期间，他曾翻窗逃跑，被抓了回来。再后来，又被遣返回乡参加劳动改造。这种巨大的身份落差，给他的身心造成了怎样的伤害，我无法得知，但可以想象此中的人生况味。底层社会的贫穷，农业生产的艰辛，“右派”头衔的低人一等，终于磨掉了这个不可一世的青年身上所有的棱角。我注意到，他后来和我这个口无遮拦的晚辈聊天，出语是比较谨慎的，谈到人事时会有吞吞吐吐的现象。而对看管阅览室这个差事，他非常负责，从不迟到，很注意领导对他的印象。

“文革”结束后，赵先生获得平反，落实待遇，回到了曾经严重伤害过他的兰大。他是哪年回来的，又是怎么回来的，我都不清楚。不过他的业务已彻底荒废，不能再上讲台，学校只能给他安排个看守阅览室的闲差。他孤独一人离开，又孑然一身回来，始终没有成家。没有家庭，当然就没法分配住房，只在一字楼的单身宿舍得到了一间栖身之所。恢复工作以后，据说他曾有过一次婚姻，但维持的时间很短。女方带着两个女儿嫁给他，等到被调入兰大并安排了工作，他们的关系就结束了。这是我听中文系一个老师说的，说这话的人对他不无嘲讽之意。据我所知，他对组建家庭一直怀着期待。我认识他以后，有一次学校调整住房，他说自己想换个大点的房子。“将来说不定还要结婚呢。”他慢悠悠地说。

赵先生喜欢和我谈学术，他节衣缩食买了很多书，很以此为自豪。有一次见到我，他很开心地说："前几天晚上，刘文英还到我屋里来查过书呢。"刘文英是当时哲学系的主任，治中国哲学史有一定影响（此人后来调到了南开大学，几年前已因病去世）。每次聊天，只要谈到学术，他都说自己有很多东西想写。我终于忍不住问："为什么不抓紧动手写写呢？"他的脸上立刻露出了痛苦和无奈的表情，仍是慢悠悠地说："不行啊，好多书都还没看，有些书根本就买不到。书没看，怎么能写东西呢？"一开始，我真以为他在等待所需要的资料，但渐渐地发现，他把太多的精力花在了别处。他订了好几份报纸，每天上午从收发室取回来后，就坐在办公桌前，从头到尾把每一版都要仔细看完。他还集剪报，到手的报纸看完后就分类剪贴，弄了好几大本。他曾颇为得意地给我展示过这些成果。

有一年暑假，我在校园碰到他，一手牵着个小女孩，一手拿着饭碗往食堂走。他说那孩子是他侄孙女。孩子还小，见了陌生人很拘谨，紧紧地依在他身旁，装束上能看出是刚从农村来的。他们走过以后，我从背后看了一眼，一老一少甚是亲密。我顿时觉得赵先生其实很寂寞，这孩子大概就是他主要的亲人了吧。

后来学校调整住房，赵先生终于在家属院二号楼分到了一套一居室。这房子并不是独立的单元房，因为厕所和厨房得两家共用，所以不具备基本的私密性。此时他已经退休，但还接受返聘，继续看管那个阅览室。分了房子，他很高兴。有次周末，邀请几个相熟的学生到家里聚餐。他负责采买，我们一起动手做菜。那天的鱼是我烧的，他吃了连连夸奖，说味道好，而且烧得嫩。那是我的厨艺第一次被外人认可。说实话，以后多次烧鱼，都没有那次成功。

硕士毕业前，有一次周末去爬皋兰山。下来的路上，意外地碰到他正在一个拐弯处休息，陪伴他的是两个我不认识的女生，他们还要继续上山。我跟他打了个招呼就下来了。印象中，这似乎是最后一次见面。不久，我离开兰大去了济南，中间回去，就再没见过他。

赵先生为人正直，心地善良。多年后每当想起他来，心中就有一种温暖的感觉。我向兰大的熟人打听他的境况，许多人都不知道，后来终于找到一位知情人，则说他早已不在人世了。他是在哪里去世的？临终前身边有人陪伴吗？这成了悬在我心头的巨大问号。

不够知己的纪念

——忆杨绛先生

杨绛先生在她 105 岁的时候，平静地走了。根据她生前遗愿，后事从简，没有开追悼会，也没有告别仪式，最后送别她的只有极少数戚友。杨先生一生为人低调，不慕荣利，喜欢安静。后事的安排，体现了她一贯的行事风格。

尽管杨先生和她的戚友们刻意保持低调，但她去世的消息传出后，媒体还是做了铺天盖地的报道。也有记者打电话来要我谈谈与先生的交往，我都婉拒了。我想把对她的纪念珍藏在心里。同时在她的去世成为媒体报道的热点，记者们四处捕捉新闻的时候，我也不愿意跟风而上，冒充知己。

和杨先生相识，是沾了我所在出版社的光。他们夫妇都是我社的重要作者，平日里免不了要打交道。2000 年前后，我刚参加工作不久，钱先生的《宋诗选注》重印出版，责编弥松颐先生要给杨先生送书，问我有没有兴趣一起去见见。我当然乐于去，只是心里有些忐忑，怕在老人面前说话露怯，所以见面的时候略微有些紧张。那天具体谈了些什么，如今都记不清了，印象中聊得还算愉快。话题似乎一直围绕着钱先生和他的学术，中间好像也问过我一些问题。杨先生大概觉得我还不算很外行，后来提出说有个东西要给我们看看。说完就从里屋抱出一本手工装订的大厚册子，封面题签写着“复堂师友手札菁华”的字样。册子里贴的全是晚清著名学者和词人谭献的友朋书信，其中很多作者都是政界显要或文化名流。老人说这原本是她公公的藏品，后来给了钱锺书先生。这批东西共有八大册，拿给我看的只是第一册，其中包含着有关晚清社会各个方面的丰富信息。我想它们如果能被整理出版，对于研究晚清社会和学术文化都有重要意义。于是试探着向杨先生提出了出版的建议，她说将来可以考虑，还答应会交由我们出版。

那次见面以后，转眼三年多过去了，我无缘再去登门拜访，出版《复堂师友手札菁华》的事也没什么进展。虽然不好继续追问，心里却始终不能放弃。一次去看望吴学昭老师，听说杨先生已准备将一些文物捐赠给国家博物馆，我立刻想到了这批东西。我的态度是，文物交给国家固然是最理想的归宿，但考虑到大陆博物馆与图书馆的普遍做法，捐赠的文物和图书一旦入库，往往侯门一入深似海，很难重见天日，其所承载的文献价值与文化价值也会因之埋没，有负捐赠者的初心。所以我主张在把文物交给国家的时候，应考虑把文化留给大众。吴老师性格豪爽，有极强的文化责任心，对我的观点表示支持。她也认为对于珍贵的纸本文献，出版是最好的保护，所以慨然答应帮我促成此事。有了她的帮助，这件事很快就定下来了。

就具体操作的问题，杨先生特意约我上门谈了一次。这次见面谈得很轻松，主要就该书的出版提了两点要求。一是为了文物安全考虑，她希望我们制版时能到她家里来扫描，免得把原件带出去发生丢失或损坏。二是她不要求我们付任何报酬，只希望将来出版时，书的定价不要太高，好让更多的人购买使用。这都是合情合理的建议，而不要底本费则是对我们的最大支持，令我既意外又感动。

我们商定扫描工作只让一位技术人员来操作，免得人多给老人的生活带来不便。但杨先生希望我能每天陪在那儿，以便有问题随时交流。她还客气地说，如果只有你，午饭就在我这吃，但有个工作人员，我就不留你了。我笑说若要吃饭，就是给头上脸了，她听了大乐。这一次，我们就这批书札有了较多的交流，它们其实原是谭献的家藏。1911 年春，袁昶夫人六十大寿，谭献之子谭紫镏托当时的无锡图书馆馆长徐彦宽介绍，请钱基博先生为撰寿序。钱先生序成而不受润笔，谭氏即以这批书札相酬。书信涉及作者一百多人，近五百馀通。钱基博先生对之做过精心整理，并为部分作者撰写了小传，与书信一起粘贴在毛边本上。前面还有一篇题记，系他口述，钱锺书先生笔录，详细介绍了这批书信的来源、内容和价值等。杨先生要我把这个念给她听。题记的最后一段说：“余常患儿子不谙世故，兀傲自喜，诋痴儿不解事。今读袁昶书，曰子弟能有呆气方能读书，今儿辈皆有软熟甜俗之韵，奈何！辄欲以此为诸儿解嘲，何如?”杨先生听后笑了，给我解释说：“‘软熟甜俗’其实是指他的宝贝小儿子说的，不是指钱先生。”我听了心下暗乐，钱老太爷明明说的是“皆有”啊！但又不敢和她争辩。同时忍不住私自好奇，生性幽默的钱先生，在听到其尊公的这番议论时，会是何样的表情呢?

接下来的十多天，我每天早出晚归，陪着那位负责扫描的技术员守在杨先生家里，顺便也看看带去的稿子或书本。我们工作时尽量轻手轻脚，不弄出响动来，怕影响老人的作息。杨先生每天上午和下午精神好的时候，常出来与我聊聊天。时间一久，彼此慢慢熟悉了，谈话的内容就多了起来，从历史到时事，都会涉及，有时也谈到一些人事。多数时候是杨先生谈，我听。记得有一次谈到社科院文学所的往事，提到的许多老人我都熟悉，听来颇为有趣。这次谈话还大大改变了我对几个人的印象。对我来说，这几个人是前辈，是我仰视的对象。但论年龄和辈分，杨先生又是他们的前辈，所以看到了我不曾看到的一面。有一次谈到现实，她说年轻人应该努力学习，多读书，不要浪费光阴，要对未来有信心。由此提到社科院一位颇受思想界尊重的已故领导，她说自己曾与之交流过想法，并当面提醒他说："你这样会害了年轻人的。"这句话令我印象深刻。

有一天，不知怎么谈起了先秦诸子，她讲了自己对《论语》的印象。末了，问我有没有大字本的《左传》，想借来看看。第二天，我把文学古籍刊行社 1954 年影印的《春秋左传集解》带给了她。这书字大，但没有标点和注释，杨先生说她看没问题。多年后，我读她的新作《走到人生边上》，发现里边对《论语》和《左传》有大量引用和分析，意识到那次谈话时，她可能就正在对一些问题进行思考。

我们的扫描工作进行得很顺利，每扫完一本，会提前告诉杨先生明天要哪一本，好让她早点准备出来。扫描到第五册的时候，那天早晨刚一进门，她的保姆就对我说："这次多亏了奶奶心细，不然就冤枉好人了。将来都说不清楚啦。"这话让我有点莫名其妙。杨先生紧接着也从屋子里出来，见我就说："周先生，我们差点就要犯错误了！"见我一脸茫然，他们说出了事情的原委。原来她一开始觉得对我们并不是很了解，为防发生意外，在把每一册交付扫描前，都要提前和保姆在每页做上记号。说着她把第五册上已标的记号指示给我看——其实就是用铅笔标的页码，很小的阿拉伯数字，写得很轻。她不提醒，我确实未曾注意。他们前一晚在给第五册做标记的时候，意外地发现中间有许多页被人齐根剪掉，出现了空缺。杨先生说，这套东西曾被某机构借去用过，还回来时钱先生未再过目，她过去又从来不看，没有想到东西早已失窃。她笑着说："要不是我们这次清点时提前发现，将来一定会怀疑到你头上，那就是冤案了。"这倒确实出乎我的意料之外。随后她表示，要就这些信札的失窃问题写个启事，让我们印在书中，这就是后来收入书中的《手札若干纸失窃启事》的写作缘起。

扫描工作完成后，我曾发愿要对这批书札做释文和注解。但工作刚开了个头，就感到困难重重。因为要想对这批信札做深入整理，必须得对谭献的交游做全面研究，还得对涉及的每个作者有较深的了解，否则若对其中提到的人和事都不甚了了，很难不出错误。出版社本身的工作从那时起又日重一日，平时几乎很难静下心来投入大量时间做研究。最后只好知难而退，决定只做影印。我们最初从节约成本的角度考虑，准备只印单色。但版制好了，又觉得这样做有些可惜，既不能显示书札的原貌，也对不住杨先生的美意，一时下不了决心开印。这样一拖就是数年。杨先生虽然始终没催，但我无颜再去见她。这中间我因用眼过度导致右眼网膜脱落，杨先生听说后还以为是为了整理这部稿子造成的，通过吴学昭老师向我表达关切，更令我无地自容。

最后，为了保证不失真，我们决定还是改用四色印刷。于是废掉原来的方案，对书稿重新编辑处理，也重新制版修版，经过无数折腾，到 2015 年初终于印了出来。书出来了，杨先生却因病住院，不能马上送到她手中。到了 5 月份，听说她已出院回家，遂约定 12 号上午和同事小胡去给她送书。

多年不见，杨先生身体已大不如从前，而且听力下降严重，我跟她说话都得用手写。她那天精神很好。我见面就给她道歉，说书没能很快出来，一直没脸来见她。她笑笑说没关系，我们做事她放心，说这话时眉眼中全是慈祥。她对我说了许多鼓励的话，令我颇感惭愧。然后提到自己的身体，说眼睛看东西不行了，验光配镜很费事，但换了新眼镜还不理想。我把新出的书拿给她看，她表示满意，但指着封面上钱基博先生的题字做了个鬼脸，捂着嘴直笑，说："这是我公公的字，就是烧成灰我也认得。他写得不好看。"我故意逗她，在纸上写："诋毁公公，在过去犯七出之条。"她大乐。谈话久了，怕她累，我们提出告辞。她说："我当然不能指望你常来看我，但我信任你。"

那次告别以后，一直还想找机会再去看看她，但隐约听说她精神不好，很快又住院了。我给她保姆打电话，了解了一些情况，知道医院里也不便探视。到了今年 5 月底，突然传来了她去世的消息，悲伤之外，是无限的怅然。

我因工作上的这点事偶然认识了杨先生，全部的交往也都是围绕着这本书的出版。但因为有了一点交往，所以对她产生了好奇。嗣后的日子里，陆续读了她的一些新作，对其人生和家庭才有了较多的了解。最初知道她，是在二十世纪八十年代，读了《干校六记》、《将饮茶》和《洗澡》。真正了解她的过去则是通过读《我们仨》和吴学昭老师的《听杨绛讲往事》。《杨绛全集》出版以后，我又借机重读了她的全部创作。关于其在创作和翻译方面的成就，学术界早有定评，无需我再饶舌。真正引起我注意的是《走到人生边上》和《坐在人生的边上》，它们是了解杨先生晚年思想状态和人生态度的关键篇章，极有思想价值和现实指导意义。

杨先生一辈子活得明明白白，走得也干干净净。她经历了二十世纪中国社会的全部动荡，又经受了中西两种文明的洗礼，早已修炼得世事洞明，人情练达。但她不肯曲随阿世，虚掷光阴，更拒绝无聊的周旋与应酬。在近百岁高龄的时候，还不断在叩问人生的本质，思考生命的意义，保持了一位智慧老人永不放弃的求索姿态，这使其远远超出了大多数作家和学者的高度。现实中许多人怀着各种目的去接近她，杨先生对此自然不能不有所戒备。她不愿拂别人的面子，但对过分的要求也绝不答应。不求名利，也不愿被人利用和欺骗。她有一篇文章的题目就是《请别用我做广告》（遗憾的是，杨先生刚一去世，坊间立即冒出了一本所谓“经杨绛先生亲自审阅”的《杨绛传》，公然绑架了故去的老人欺蒙读者）。老人做事非常讲原则，和我们合作多年，从来没有就任何一本书的起印数和版税率提过什么要求，但对个别人假出版社之名谋取私利的行为，却十分“计较”，一点也不宽容。有的人因个人要求得不到满足而对她有怨言，说她不好打交道，其实都是罔顾事实的狭隘之见。她在自己生前捐出了全部收入以资助母校的贫寒学子，又向国家捐献了所有家藏文物，这些东西的总体价值如今已难以数计。我想，只有修得了大自在的人，才能把名利二字看得如此透彻，摆脱得如此干净。

杨先生说：“我的‘向上之气’来自信仰，对文化的信仰，对人性的信赖。”这是她百岁高龄时的自白。在我看来，人性的培养永远离不开文化的熏陶，而文化的传承则需要人的坚守。中国近代以来几乎每次重要的历史转折都是通过暴力革命实现的，这种依赖暴力的倾向也深深影响了文化界，在思维模式上形成了偏执的非此即彼的二元定式，使大众的文化选择和价值评判极易流于简单和粗暴。杨先生去世后，虽然没有举行任何追悼仪式，但各类媒体还是自发地以不同方式表达了纪念和哀思。这期间偶尔也出现过一点不友好的声音，代表性的意见不外乎两点。一是认为杨先生对他们的“文革”遭遇写了不少，而他们其实并不是受害最深的人。持这些观点的人似乎忽视了一个事实，即他们毕竟是受害者而非加害者。难道只有让他们受尽折磨，才能令太平年代挑剔的批评者们称心么？另一种对他们不满意的意见是，他们虽然位高望重，却对苦难和社会不公保持了沉默，缺乏担当的勇气和斗争精神。二十世纪的中国是与苦难相伴的，生于斯长于斯的知识分子，能历尽劫波而在事业上有所成就，需要极强的定力和韧性。在这个问题上质疑她的人，应该认真看看《走到人生边上》这本书。杨先生夫妇立志贡献一生于学术文化，要达此目的必须保持内心的自由与宁静，所以他们有意与外部世界保持了一定的疏离。为了追求内心的宁静，她凡事选择了忍让的态度。她说："细细想来，我这也忍，那也忍，无非为了保持内心的自由、内心的平静。"他们的社会影响力完全来自对文化的贡献，而不是通过攀附权力或借用公共资源制造出来的。对此感到不忿的人们，应该清楚地认识到这个事实。文明的社会既需要斗士，也需要智者。而实际的情况是做斗士易，做智者难——我是指真正意义上的智者，以自私为本质的世故和油滑不算。

在生命的最后十多年里，杨先生常与衰病相伴，她说："我孤独一人已近十年，梦里经常和亲人在一起。"为了表达对亲人的思念，她以无比坚强的毅力，从容地打扫干净了他们一家三口曾经生活过的空间，完成了亲人们未能做完的事情。同时，还在不停地锻炼自己的精神和灵魂，探究生命的本质和终极意义。她说："老人的前途是病和死。我还得熬过一场病苦，熬过一场死亡的苦，再熬过一场炼狱里烧炼的苦。老天爷是慈悲的。但是我没有洗炼干净之前，带着一身尘浊世界的垢污，不好‘回家’。”为此，她写下了自己晚年最重要的两篇作品——《走到人生边上》、《坐在人生的边上》，这很容易让人想起卢梭的《忏悔录》和《漫步遐想录》。我相信这里面也有杨先生对自我的拷问。她说：“了解自己，不是容易。头脑里的智力是很狡猾的，会找出种种歪理来支持自身的私欲。得对自己毫无偏爱，像侦探侦查嫌疑犯那么窥伺自己，在自己毫无防备、毫无掩饰的时候……捉住自己平时不愿或不敢承认的私心杂愿。……一个人如能看明自己是自欺欺人，就老实了，就不偏护自己了。这样才会认真修身。”这段话简直就是她的夫子自道了。过了三年，她又写道：“我得洗净这一百年沾染的污秽回家。我没有‘登泰山而小天下’之感，只在自己的小天地里过平静的生活。”这就是她的人生。我曾无数次地推荐身边的年轻朋友读杨先生的这两部作品，特别是《坐在人生的边上》，其中有很多生活的智慧，值得人们精神迷茫时参考。

我与杨先生的接触并不算多，但自从认识她以后，一直在远距离观察她、阅读她，多少算是有点了解，对于一些问题也有点自己的看法。虽知交浅须防言深，知己不容谬托，仍愿用以上的文字，表达对她的纪念。

有女同窗

《通往查济的路上》是一本散文集，它的作者叫刘琼，是我大学同学。

从 1987 年秋进入兰州大学中文系算起，一晃就过去三十三年了。不知是基于怎样的考虑，兰大中文系那时招生是一年多，一年少。多的一年招两个班，少的一年一个班。86 级是两个班，到我们就只一个班，全班 54 人，男女生数量基本相当。我们入学的基本年龄大都在十八岁以上，但偏偏有四个十六岁的早熟品种，混到了我们班上，刘琼就是其中之一。

当年，中文系学生英语多数不好，我们班却有些特别，有几个同学英语成绩一直不错。记得新生入学以后，学校组织了一场英语竞赛，分文、理科两个组，文科组四个一等奖，我们班占了三个，刘琼也是其中之一。

刘琼是安徽芜湖人，对当时的我来说，那是个遥远而陌生的地方，江南的风物和水乡生活都超出了我的想象力。我对江南的印象，除了文学和影视作品外，主要得自同宿舍几个南方哥们儿的日常叙述。刘琼虽然年纪小，但她似乎少年老成，不像另外一个兄弟那样稚气未脱，至少我没感到她和我们年龄上有差距，也可能因为女生心智普遍早熟吧。

那时候，中国改革开放刚开始不久，整个社会的物质水平远不如今天发达，贫富分化也没有今天严重，同学们大都生活简朴。记得军训结束以后，那套军装我们都穿过很长一段时间，刘琼似乎偶尔也穿。但到了四年级，她画风一变，打扮起来了，一袭团花的风衣，玳瑁框的眼镜，踽踽独行于校园中——人工湖畔时常也能碰到。

八十年代的中文系，学生创作的氛围比较浓，我们班有好几个诗人，文艺方面有特长的也不少——个别同学现在还保持着登台表演的热情。我既乏文采，又无特长，只能对同学们表示仰慕。记得第一年元旦时，班上搞联欢，刘琼就跳过一个舞蹈，身段煞是好看，说明她是有这方面才能的。但她并不热衷于表演，也没有参加过学校的此类社团。

刚上大学，年少的我们青涩而腼腆，除几个谈恋爱的家伙外，男女生之间的交往并不多，大家普遍比较拘谨。我和刘琼算是聊得多的，也仅仅限于专业和阅读方面的话题。我们对未来都没有明确的方向，只知道按兴趣随意阅读，偶尔会交流一下对某本书的看法。这时候，我总怕自己读得不够透，怕自己知道得比别人少。如今想来，这大概是我当时仅有的一点攀比心理的表现吧。在我的记忆中，刘琼是女同学中读书比较用功的，也肯动脑子思考。

大学毕业前，我因为考取了本系的研究生，不用参加毕业分配。刘琼则暂时选择了回家，去了马鞍山农委。她曾经告诉我，不准备在那个单位待很久，而想去南方的高校读研究生。作为本地人，我当时不会想到西北的条件，对她这个江南女子来说有多艰苦。

写到这里，不由得想起了一件往事。有一年秋天回学校，在西安火车站换车，候车室里人流拥挤，我老远看到了同班章国勇的影子，立马不顾人多，大声呼叫，拼命挥手。老章显然听到了我的喊声，却只点了一下头，旋即湮没在了人流中。上了车，由于买的是站票，一个人寂寞，我就一节一节顺车厢找，终于发现了他。见面就责问他怎么不打个手势，国勇一脸苦笑，指着脚下的两只黄帆布提包说："你知道这是啥？"我当然不知道。经解释才明白，他居然从江西老家带了两包大米回来。原来国家粮食政策那时还没放开，兰州大学有一阵每月只给每个学生供应五斤大米。"你们那个馒头实在太难吃了！我要买个煤油炉自己煮饭！"老章恶狠狠地说。我这才明白，候车室里的老章，两手各拎着一包大米，根本抬不起来。对南方的同学来说，初到西北，要适应的应该不只有饮食习惯一项。

刘琼铁了心地要回江南，恐怕与此不无关系。

她果然没有食言，只在马鞍山待了一年，就考入了浙江大学，研究生毕业后进了《人民日报》社。我再次见她，已经是 1996 年冬天了。那时我即将从山东大学博士毕业，来京求职，在报社与她见了毕业后的第一面。后来我也如愿来京，加上两家住得又近，见面的机会很多。从平常的交流中知道，刘琼的工作干得很出色，当然也很忙。难得的是，她一直没有放弃写作，时常有作品发表。

拿到《通往查济的路上》，我先看她写自己家乡和家人的文章。尽管早年那个让我神往的江南，如今已不再神秘，但刘琼心笔下的安徽，我还是陌生的。在她的笔下，查济沿途的历史遗迹和自然风景，都承载着徽州沉甸甸的人文和历史，这是作为游客的我所体会不到的。《泗水流，静静流》主要写皖北，由泗县的地理位置、历史沿革说起，写到泗州戏，进而联想到唐诗宋词中对泗水的书写。作者的思绪信马由缰，在时空中随意穿越，看似不太经意，却展示了她对这块土地历史的熟稔和对故土的关切。

《祖父的青春》是刘琼第一次写她的成长环境。以前我并不了解她的家庭背景，记忆中似乎读过一篇她写姨妈的文字，针线很细密，但与她的关系不很直接。这篇文章让我知道她有一个享受离休待遇的爷爷，青春时有过浪漫的往事。老人的风光历史，带给刘琼最直接的好处是，大学时代，她可以每月额外从爷爷那里得到 15 元补助，这在当年可不是小数字。刘琼有一篇写到青海湖游玩的文章，不知道为什么没有收到这本书中。对当时的我们来说，去青海湖是件奢侈的事儿。虽说穷而好游的不乏其人，多数都情侣搭伴儿。我只到研究生二年级，才下决心去了一次。刘琼是跟谁去的，她没有说，但每月 15 元的额外补助，使她的游玩不再显得奢侈。

不论是谈历史文化，还是写人，刘琼都深得散文写作“形散而神不散”的秘法。她敢放开了写，又能在恰当的时候及时收住。《延边，与敏赫有关》，最能体现这一点。这本来是一篇游记性质的随笔，目的是写延边。但文章开头从自家对门的朝鲜族小男孩敏赫写起，然后转入正题。文章结尾两句是：“敏赫今年要读大学了。敏赫妈妈说他将去首尔留学。”把朝鲜族人、延边和朝鲜半岛特殊的文化圈巧妙地串在了一起。这种手法，她在文化散文的写作中用得很熟练。

在《通往查济的路上》中，占绝对篇幅的是文艺评论。这既是刘琼的专业，也是她的工作。她所服务的媒体平台，给了她发挥专业特长的好机会。作为评论家，刘琼近年很活跃，不断参加各种研讨会，当然也不断地写评论。让我欣慰的是，她一直保持着内心的纯净和清醒，拒绝无聊的吹捧。在《学客正沦为掮客》一文中，她写道：“学客是学术界的掮客。什么是学客？学者而兼门客。顾名思义，学客混迹于学术界，不是怀抱学术探研、知识传播的人文理想，而是以此为谋生平台，周旋于学术和商业两个圈子，日常表现就是混圈子、跑会议、说套话。他们是学术界的华威先生，风光、忙碌，但比华威先生还要可恶，因为他们往往不仅不学无术，还结党营私、媚官趋商，为了‘可怜见的’一点银子，毫无道义和原则，外表还冠冕堂皇煞有介事。”学术腐败，于今为甚。“文化垃圾‘日积月累’，学客‘功不可没’。”处在刘琼的位子上，她看到的东西应该很多。这篇文章绝非无的放矢。

我注意到，刘琼最近写了许多文化散文，谈诗论词，说花品草。她在谈论女性与文学的关系时曾说：“女性是天然属于文学的。从美学的角度，如果把艺术的类型分为阴性和阳性，文学属于阴性艺术，它在向内挖掘的能力和表意的丰繁细致性上，是其他艺术形式望尘莫及的。……文学的阴性气质，与女性的情感方式、语言习惯、思维逻辑是协调的。”（《女性与文学五题》）这个论断是否准确，我不敢断定，但它表明了刘琼对于自身写作的态度。

在我的记忆中，刘琼有个习惯性的动作，每当脑袋稍稍一歪，脸往上扬，就是要跟你辩论的架势了。人到中年后，她日趋成熟，肢体语言大为丰富，不见了早年单纯的痕迹，但年少时的锋芒丝毫未减。在《是谁折断了“情怀”的翅膀》中，她写道：“青年没有凌云之志，社会焉能进步与发展？脚要踏在土地上，眼睛要向着云端，生命才能脱离蝇营狗苟，社会才能进步。”我恍惚又回到课堂辩论时的感觉——那时候刘琼年纪还小。

这两年，刘琼经常应邀参加我单位举办的一些文学活动。她曾大喇喇地指着我，对我的同事们说：“他是我看着长大的。”

说不尽的汉武帝

与当下历史剧所普遍采用的戏说方式相比，正剧无疑能在人们的心里激起更大好奇——人们期待着从中了解历史的真实样子。但这种好奇往往容易导致一种误会，会使普通的观众把戏中的故事当成实际的历史。

前段时间，《汉武大帝》播出获得了空前成功，一时间好评如潮，评论中有一种响亮的声音，一致都说它忠于历史。对于这部剧，我断断续续看了一部分，总体感觉不错。说实话，很长一段时间以来，我是回避看历史剧和古装剧的，主要就是受不了这类片子的粗制滥造和荒唐无聊。《汉武大帝》我是看下去了，而且还愿意看。我觉得，这部戏在整体剪裁上很紧凑，对一些人物关系和主要事件的处理也很到位，陈宝国的精彩表演更给全剧增色不少，这些都是很吸引人的地方。当然，问题也不是一点没有，如对司马迁的处理就让人感觉差了一些，但这些并不会妨碍普通观众对它的欣赏。

我所担心的，倒是这种所谓“忠于历史”的提法。不过这种担心并不全是冲着电视剧来的，有一半是对着我们的观众和评论界的。

说得绝对一点，历史是没法“忠于”的。

且不说我们与西汉隔着两千多年的时空距离，就是与武帝同时的司马迁，他的记载也不能说完全客观。

《史记》、《汉书》提供给后人的其实只是一个历史梗概，要重现这一段历史，大量的细节得重新补充。

说到细节，名堂可就多了，同样的一句话，一脸严肃地讲和神情诡秘地讲，效果会截然不同。这里涉及一个叙事策略的问题，它直接影响着人们阅读时的感受。

比如《史记》中记载的尽是汉武帝迷信神鬼、上当受骗的事，而且记载不厌其详，《汉书》的记载相对就要全面得多。如果没有《汉书》，后人对汉武帝形象的认识肯定要大打折扣了。所以对史家来说，应当警惕对细节的迷恋（班固对司马迁的《史记》最不以为然的就在这些地方）。

而对电视剧的导演来说，则应尽可能地捕捉和补充细节，这是安排场面、刻画人物最为有效的手段——蹩脚的细节设计当然不能算在内。所以历史记载的简略，恰恰给了电视剧编导们一个大大发挥的机会。

对电视剧来说，这种发挥只要不出格，只要能达到表现的目的，完全是合理的。但对于想从中了解点历史的人来说，则难免会上当受骗。因此“忠于”一说是要打折扣的。

回到《汉武大帝》，有几个细节就是靠不住的。如最早说过让梁王做储君的乃是汉景帝本人——此话当然也中窦太后的心意，只是景帝说了没有当真，而太后与梁王听了都当了真而已。电视剧将其改为是太后一意主张让梁王做储君，并且还逼着景帝表了态。另如钩弋夫人，《汉书》只说她“从幸甘泉，有过见谴，以忧死”，电视剧为了表现汉武帝的英明远识，改成他为防止在自己百年之后出现皇后掣肘、外戚乱政的局面而将其赐死。这样改编虽然并不符合历史实际，但对于表现汉武帝的生性多疑、刚愎自用和杀伐决断却是有积极作用的，不但没有破坏他性格的完整性，而且有助于对其形象的塑造。所以对电视剧来说，完全“忠于”历史未必就一定好，要想让戏好看，有时候也得对历史稍稍地“不忠”一下。

历史上许多真实的内幕和细节，正如电视剧中汉武帝的一句台词说的：“天知道呢！”人们常说，政治就像演戏，戏中所演的政治，不是儿戏，也近于儿戏。

放弃了对电视剧的幻想，喜欢“求真务实”的人难免感到遗憾——心中悬着的念头还没有落实呢。

历史上的汉武帝到底是怎样一个人？对于这个问题，不同的人会从不同的角度给出各自的答案。研究军事史的人，会告诉你汉武帝时期如何北击匈奴、东征朝鲜、南服南越，以及每一次重大战役是怎样打的；研究历史地理的人，则可以给你画一幅汉武帝时期的帝国疆域图，这样的地图记载着我们民族过去的骄傲；研究外交史的人，当然要自豪地告诉你汉武帝时期如何开通西域——张骞和苏武是使臣中永远不会被人遗忘的明星；研究经济史的人，要告诉你汉武帝时期如何实行盐铁专卖，增加国家税收；研究政治史的人，会告诉你汉武帝如何加强中央集权统治，增强朝廷的控制能力，从而使汉王朝走向鼎盛。

这些虽然都有一定的道理，但都是旁观者的视角，是不计切身利害的观点。

翻开历史，我们永远能看到一群群无言的身影，他们永远是背景，史书中没有他们的名字，代表他们的只有数字。汉武帝时期的对外战争，汉朝军队死伤人数动辄成千上万。即使几次出使西域，派出的使团也常常去多回少，有时甚至有去无回。张骞第一次出使时带去了一百多人，最后仅二人生还。这些触目惊心的数字对于相隔久远的我们来说当然不会造成太深的刺激，但其现实的伤痛却在距其不远的后世诗文中被反复咏写，所谓“边庭流血成海水，武皇开边意未已”即是一例。

由此出发，又涉及一个如何看待汉武帝的问题。有学者指出，对汉武帝的功过应该是四六开，甚至是三七开。我觉得这样的处理太过简单。因为根本的问题不在于具体如何评价，而在于要确定怎么样的判断标准。毕竟，用现代的法律标准对一个两千多年前的人进行评判，并没有多少实际意义。

产生歧义的原因主要在于不同的人们所持的标准不同：有人坚持政治标准，有人坚持道德标准，而这两者是互相矛盾的。政治有强烈的目的性，强调的是结果；道德则强调过程的合伦理性和合理性。

所以，在政治上合理的，常常不一定合乎道德的标准，所以不择手段就成了政坛黑暗的一个代名词。相反，合乎道德法则的，又并不一定能适应政治的游戏规则。矛盾的凸现应该引起我们更深的思考：一个人可以影响历史，但不能决定历史。决定历史走向的是各种力量的合力。

所以对汉武帝，我倾向于另外一种立场，更愿意对他进行描述。

我始终认为汉代在我国历史上具有十分特殊的地位。

我国历史上曾经发生过三次大的文化融合，而且这三次都是在由乱而治的过程中实现的，每次融合都带来了文化上的大繁荣。第一次融合就发生在汉代。

秦以前，中国的文化分别以黄河流域和长江流域为中心，形成了中原文化和楚文化两大分支，虽然两种文化在战国纷争的局面下也时有交流，但各自始终保有自己的特色——尤其楚文化一直在中原受到鄙视和排斥。秦代虽然统一了全中国，但因天祚太短，制度上的统一尚未彻底完成，加以秦人起于北方，对南方文化抱排斥的态度，所以秦的统一并不稳定——特别在文化心理上还没有形成统一性。

汉代秦以后，承袭秦制，在加强制度建设的同时，进一步加强了文化的统一。特别是汉兴于楚，汉初统治集团中的许多人都是楚人，他们把楚文化带到了中原。这样楚文化开始在中原得到重视，与中原文化取得了平等的资格，两大文化支流才真正地开始了融合。

到了汉武帝时代，这种融合基本完成，其主要标志是出现了散体大赋这种新的文体。这次文化融合的最大意义是形成了一个文化共同体，同时也使全中国初步形成了统一的文化心理。此后，统一的国家观念一直深入人心。另外，后世作为传统的许多东西，也是从汉武帝时代开始确立的。

如对于儒术的尊崇，确立了儒家学说在此后近千年封建统治中的核心地位。武帝以前，儒学与其他诸子之学基本上是平等的，孔子也只是一个普通的学者。但自从汉武帝“罢黜百家，独尊儒术”以后，这种局面就彻底被改变了。

有了这样一个核心作保证，中国文化在经历魏晋南北朝大动荡的时候，才能不被外来文化吞没，并在隋唐以后重放光彩。

对此，我只能说是时势造就了英雄。但对漫长的中国历史，能施于如此深远影响的，又有几个人呢？这恐怕又不完全都是偶然吧？

诚然，刘彻并非完人。他的暴戾、强横、自大、专制，让人恍惚中看到一个魔鬼的影子常常出现在他的身旁。但是纵观历代的皇帝，有几个不是有着这样那样的魔鬼附身的呢？所以问题的根子还是在于体制，专制使最高的权力不受任何约束，人性中的各类魔鬼自然时不时地就会探出头来！

钱锺书选唐诗[1]

这本书的名字原来不叫《钱锺书选唐诗》，它是我们根据书稿的内容另取的。杨绛先生在稿子的封面上，原来题写的名称是"《全唐诗》录 杨绛日课"，钱锺书先生又补题了"父选母抄，圆圆留念"八个字，基本道明了它的性质。后来由于钱瑗教授不幸早逝，杨先生就把这部由她亲笔抄录的稿子，赠给了吴学昭老师[2]。吴老师在征得杨先生同意后，抱着学术为公的态度，决定将其公开出版，以供有兴趣的读者研究和参考。

我们很荣幸地得到了出版该书的机会，并受吴学昭老师委托，对书稿做了必要的整理。作为负责这项工作的人，需要对这部稿子的产生过程和它的特点，略作说明。

① 本文是为人民文学出版社 2020 年版《钱锺书选唐诗》所写的后记。

② 稿子的封面上有杨绛先生的赠语："此八册抄本，赠吴学昭留念。绛 2009 年 2 月 17 日。" 按，原稿实为九册。

由于钱锺书和杨绛先生在世时，从未对外提起过这部稿子，学界几乎无人知道它的存在。而它的产生，其实牵涉着一桩旧案。

杨绛先生在《我们仨》中说：

翻译毛选委员会的工作于一九五四年底告一段落。锺书回所工作。

郑振铎先生是文研所的正所长，兼古典文学组组长。郑先生知道外文组已经人满，锺书挤不进了。他对我说："默存回来，借调我们古典组，选注宋诗。"

锺书很委屈。他对于中国古典文学，不是科班出身。他在大学里学的是外国文学，教的是外国文学。他由清华大学调入文研所，也属外文组。放弃外国文学研究而选注宋诗，他并不愿意。不过他了解郑先生的用意，也赞许他的明智。

虽然钱先生当时心存委屈，但《宋诗选注》的问世，既证明了郑振铎先生有知人之明，也证明"不是科班出身"的钱锺书于古典文学造诣很深。杨先生接着又说：

锺书在毛选翻译委员会的工作，虽然一九五四年底告一段落，工作并未结束。一九五八年初到一九六三年，他是英译毛选定稿组成员，一同定稿的是艾德勒。一九六四年起，他是英译毛主席诗词的小组成员。"文化大革命"

打断了工作，一九七四年继续工作，直到毛主席诗词翻译完毕才全部结束。这么多年的翻译工作，都是在中央领导下的集体工作。集体很小，定稿组只二三人，翻译诗词组只五人。锺书同时兼任所内的研究工作，例如参加古典组的《唐诗选注》。

这两段文字至少说明了一个事实，那就是二十世纪后半叶，社科院文学研究所的宋诗和唐诗选注工作，都是在当时的所领导统一部署下开展的。

这两项工作的最终成果《宋诗选注》和《唐诗选》，虽然都是人民文学出版社出版的，但两本书的成书过程和命运截然不同。具体说来，《宋诗选注》是由钱先生独立承担的。用杨绛先生的话说："选宋诗，没有现成的《全宋诗》供选择。锺书是读遍宋诗，独自一人选的。他没有一个助手……那么大量的宋诗，他全部读遍，连可选的几位小诗人也选出来了。他这两年里工作量之大，不知有几人曾理会到。"（《我们仨》）杨先生这里说的绝对是实情。虽然选宋诗的难度要更大，但钱先生的工作效率却极高。《王伯祥日记》1956年4月9日曾提到："翻阅默存《宋诗选》初稿之一部，盖日前所中寄来征求意见者也。"[①]

① 张廷银、刘应梅整理《王伯祥日记》，中华书局，2020年。

这时候显然才只有部分样稿。1957 年 6 月 1 日记云："所中散会时默存以所撰《宋诗选》稿本全部属校读。"接下来从 6 月 3 日到 6 日，每天都有看稿的进度记录，到 6 日"全稿看完"，7 日"午后写信复默存，对所撰《宋诗选》提意见，备明日赴会时面交之"。8 日午后"参加本所座谈会，顺以《宋诗选》稿面还默存"。从《王伯祥日记》的记载看，大概到 1957 年 5 月，《宋诗选注》就已基本定稿。到出版前，对所选的作者未再做增删（倒是 1963 年第二次印刷时，迫于当时的特殊环境，删掉了一位诗人——左纬和他的作品）。《宋诗选注》于 1958 年 9 月顺利出版，很快就受到了学术界的肯定和读者的好评①，成了选本中的经典。

相比之下，《唐诗选》的成书过程要曲折得多，出版也比《宋诗选注》晚了整二十年②。从《王伯祥日记》看，文研所的《唐诗选》计划开始于 1956 年 9 月，最初议定

① 虽然在 1958 年底的"拔白旗"运动中，钱锺书先生文研所的同事胡念贻、曹道衡和出版此书的人民文学出版社编辑周汝昌、黄肃秋等，都集中写文章对该书的"资产阶级观点"做过批评，但日本京都大学的小川环树 1959 年在《中国文学报》上发表了《钱锺书的〈宋诗选注〉》一文，对其做了高度肯定，其后，夏承焘先生又发表了《如何评价〈宋诗选注〉》，再次说了公道话，否定的声音从此就消失了。

② 《唐诗选》于 1978 年 4 月由人民文学出版社出版。

由王伯祥、余冠英、陈友琴、王佩璋四人合作。但后来因为种种原因，这个工作一度主要落到了王伯祥先生的身上。到1960年初，王伯祥先生的稿子已完成了相当一部分，其2月22日日记中说："默存来招，即同往冠英家。冠英、友琴都在，即展开《唐诗选》具体工作讨论，篇目大致已由默存选定，约明日友琴来我家商定落墨。"此后1962、1963两年，在《王伯祥日记》中都有关于钱锺书参与讨论《唐诗选》稿子的记录。但据后来成书的《唐诗选》前言说："本书初稿完成于一九六六年，一九七五年进行修订。参加初稿和修订的有余冠英（负责人）、陈友琴、乔象锺、王水照同志。钱锺书同志参加了初稿的选注、审定，后因另有任务，没有继续参加。"[①] 从1966年到1975年，因为下"干校"，这项工作中断了九年。据参与此项工作的王水照先生回忆，重新修订是在地震棚里进行的——那个后来被证实是伪造的所谓回纥诗人坎曼尔，就是这时加进去的。这部稿子在修订时经过了大删大改，钱先生负责撰写的"王绩等十七人"稿子[②]，最后只留了

① 王伯祥先生原来做的稿子似乎因某种原因未被采用，所以《唐诗选》前言最后只对他简单提了一句："王伯祥同志在世时也对这项工作给予不少帮助。"这大概是对他1962年以后参与审阅、讨论其他人撰写的《唐诗选》书稿略表的谢意。

② 《容安馆札记》第七百二十九则说："诸君选注唐诗，强余与役，分得王绩等十七人。"（商务印书馆，2003年，第1886页。）

王绩、王勃两家，原来所选的诗大多也被换掉了[1]。《唐诗选》前言里说，其“选录的标准服从政治标准第一、艺术标准第二的原则”。这个标准估计就是这次修订时提出的，余冠英先生对旧稿的删改应遵从了这一原则。

杨绛先生说：“锺书选诗按照自己的标准，选目由他自定，例如他不选文天祥《正气歌》，是很大胆的不选。”[2]由此看来，经历了十年政治运动磨砺后，对于钱锺书先生1960年代参与“选定”的《唐诗选》篇目，余冠英先生显然认为有些不合时宜了。虽然杨绛先生说“锺书肯委屈，能忍耐”（《我们仨》），但不等于对这些事情会完全无动于衷。据王水照先生说，“文革”后他从上海回到北京，《唐诗选》前言起草好以后（署名是余冠英、王水照），余先生对他说：“钱先生对我们组里都有意见，你的前言给他看看。”钱先生看完前言后，曾给王水照写了五页信，但坚决表示不愿署自己的名。显然，他对后来成书的《唐诗选》是持保留意见的——特别是对其选诗的标准。

对钱锺书先生的中西文学造诣，学界已有定评，无须

① 《唐诗选》和《钱锺书选唐诗》，只有王绩的名下，选的都是《在京思故园见乡人问》和《野望》这两首，可证这是钱锺书先生原来的选目。

② 按，《宋诗选注》没选《正气歌》，正是“拔白旗”时被批判的理由之一。

赘言。其于中国古典诗歌阅读之富，涵泳之深，迄今尚无人能及。遗憾的是在选注唐诗的工作中，一开始只让他扮演了个配角，而到成书时，他更被摈为跑龙套的角色。杨先生一再强调他心里的“委屈”，恐怕与这事多少也有些关系。

杨绛先生在《记钱锺书与〈围城〉·钱锺书写〈围城〉》中说：“钱锺书选注宋诗，我曾自告奋勇，愿充白居易的‘老妪’——也就是最低标准；如果我读不懂，他得补充注释。”这透露了她在学术上对钱先生有多方面的支持。所以对钱先生在选唐诗过程中遭遇的不快（有志难伸），她非常理解。为了帮他排解郁闷，作为“贤内助”，她鼓励钱先生独立选一部唐诗，专门选给她看。钱先生接受了她的提议，遂以《全唐诗》为底本[①]，每天选几首，她也每天抄一点。如此日积月累，最后形成了这部稿子。这就是她在封面上题写“《全唐诗》录 杨绛日课”的缘由。这场选诗和抄诗的工作，据杨先生说是“一九八五年一月一日起，一九九一年六月十九日止，共八册，抄六年”。但是在原稿第一册孟浩然《晚泊浔阳望庐山》诗旁，却有她的一条批注说：“1983年十一月中旬书。”说明这

① 钱先生在《宋诗选注》的序里曾说：“《全唐诗》虽然有错误和缺漏，不失为一代诗歌的总汇，给选唐诗者以极大的便利。”《宋诗选注·序》，人民文学出版社，2019年，第18页。

项工作可能在1983年就断断续续开始了，到1985年才变成名副其实的“日课”，比较有规律了。这部稿子抄成后，虽然没有对外公布，但在私密的范围内，是否曾跟人谈起过，我们不得而知。有消息说，胡乔木同志生前就曾劝钱先生选注唐诗，想必也是事出有因的。

由于不抱商业目的（不是出版社的约稿，没有字数、体例上的限制），也不受组织干预（非单位委托的任务，选什么不选什么可以自己决定），所以这是一部非常“任性”的选本。《唐诗选》共选了130馀位诗人的630多首作品，本书则选了308位诗人的1997首作品，单从体量上就可以看出，它的覆盖面是很大的。这多少可以弥补钱先生在《宋诗选注》的序言里所感叹的那种遗憾：“我们在选择的过程里……尤其对于大作家，我们准有不够公道的地方。在一切诗选里，老是小家占便宜，那些总共不过保存了几首的小家更占尽了便宜。”[①] 以唐代的大诗人为例，《唐诗选》里杜甫选了71首，白居易选了30首，本书中杜甫却选了174首，白居易选了184首。相反，李白在《唐诗选》选了64首，本书却只选了23首。很显然，钱先生完全没有顾及李白在唐代诗坛的所谓地位和影响力，他关注的只是作品本身。晚唐的小家像曹松，《唐诗选》只选了他1首诗，本书则选了9首。刘驾在《唐诗选》里

①《宋诗选注·序》，第17页。

只选了 1 首，本书则选了 17 首。《唐诗选》中，只选了曹邺的《官仓鼠》，本书含这首共选了 16 首。裴说在《唐诗选》里根本没能挤进去，本书则选了他 10 首诗和 2 联残句。以上这几组数字，只是笔者随手抽检发现的，如果把两本书的选目仔细对比一下，除却《钱锺书选唐诗》本身的体量较大这一客观因素外，还是能看出钱先生在取舍标准上有明显的个性。

《唐诗选》前言里说："我们尽可能选取一些思想性和艺术性结合得好的作品，艺术标准中还考虑到能代表唐诗的特点。"[①] 所以，《唐诗选》更准确地说应该叫"唐代诗人的诗歌选"，而《钱锺书选唐诗》则是"有唐一代诗歌的选集"；《唐诗选》是板着面孔的严肃文学的展览，《钱锺书选唐诗》则力图展示活泼的唐诗的方方面面。所以，它既选了大量以创作闻名的诗人的作品，也选了像唐明皇、宣宗皇帝、则天皇后、江妃、章怀太子等非诗人的作品；既选了思想性强的像杜甫的《新安吏》、《石壕吏》和"三别"等诗作，也选了像韩愈的《嘲鼾睡》、曹著的《与客谜》这类有趣味性而毫无思想性可言的作品。

对文学欣赏中的主观性问题，钱锺书先生在《谈艺录·六》中有所论述："人之嗜好，各有所偏。好咏歌者，

① 中国社会科学院文学研究所选注《唐诗选·前言》，人民文学出版社，2009 年，第 23 页。

则论诗当如乐；好雕绘者，则论诗当如画；好理趣者，则论诗当见道；好性灵者，则论诗当言志；好于象外得悬解者，则谓诗当如羚羊挂角，香象渡河。而及夫自运谋篇，倘成佳构，无不格调、词藻、情意、风神，兼具各备；虽轻重多寡，配比之分量不同，而缺一不可焉。”[①] 这从另一个方面也告诉我们，所有的诗歌选本其实都是主观的产物。我们评价一个选本的好坏，其实并不是看它有多公正，而是看它有没有特色，和这个特色所代表的文学观如何。就具体作品而言，决定一首诗好坏的因素很多，但在钱先生看来，其大端不外乎“情韵”与“思理”两个方面。他曾说过：“予尝妄言：诗之情韵气脉须厚实，如刀之有背也，而思理语意须锐易，如刀之有锋也。锋不利，则不能入物；背不厚，则其入物也不深。”[②] 他还进而把这种观点扩而大之，用来概括唐、宋诗之别：“唐诗、宋诗，亦非仅朝代之别，乃体格性分之殊。天下有两种人，斯分两种诗。唐诗多以丰神情韵擅长，宋诗多以筋骨思理见胜。”[③] 这两点似乎可以被看成他选诗的主要依据。

除了具备情韵和思理的诗歌之外，对在诗歌中抒写了前人所没表达过的经验，刻画体物生动传神，或在诗歌

①《谈艺录》，生活·读书·新知三联书店，2013年，第110页。
②《谈艺录》，第341页。
③《谈艺录》，第3页。

史上承上启下、开风气之先的作品，他都给予了关注。如章怀太子的《黄台瓜辞》，对处在太子位上那种战战兢兢的心态的表达，过去是很少见的。有意思的是，在王初的名下（本书选了他 8 首诗），杨先生有这样几句批注："锺书识：大似义山，已开玉溪而无人拈出。八日。"字是杨先生写的，话是钱先生说的，可以想象，他几乎是按捺不住地跳出来强调了一下。可惜这样的文字只有一处。想必在选诗、抄诗的过程中，他们夫妇对有些作品是有过讨论的，钱先生评价王初的这几句话，显然给杨先生留下了深刻的印象。有些诗人的残句，因不成章，纵使表达的思理、经验非常独特，或取喻新颖而传神，传统的诗歌选本一般都不会关注，但钱先生认为有价值的，也予以收录。如裴说的"读书贫里乐，搜句静中忙"，"苦吟僧入定，得句将成功"，薛涛的"枝迎南北鸟，叶送往来风"，潘佑的"劝君此醉直须欢，明朝又是花狼藉"，高蟾的"君恩秋后叶，日日向人疏"，等等。

晚唐诗风的变化影响着宋初诗歌的发展，对历史转折时期诗风的影响与继承，钱先生似格外关注。据《容安馆札记》第七百八十九则云："晚唐小家，仅知求工字句，至谋篇之大，章法之完，概乎未知。"[①] 可证他对晚唐小家的总体评价并不算高。但本书最大的特色，恰在于选录了

①《容安馆札记》，第 2488 页。

大量晚唐小家和他们的作品。这或许是对《唐诗选》当年修订时大肆删除这些小家的一种纠正。王水照在《读〈容安馆札记〉拾零四则》中说："此书（按，指《唐诗选》）初选600多首，其中小家约占十分之一。1962年时学术环境较为宽松，入选了不少罕见而又有艺术特色的小家作品，这些作品大都没有前人的注释可供参考，因而我们都推给了钱先生。……但《唐诗选》后在1975年修订时，这些小家显已不合时宜，就被大加删节了（时钱先生和我都未参加具体的修订工作）。"

本书原来只是一个诗歌白文的选录（就连许多诗序杨先生也没有抄），钱先生既没有为它撰写前言，也没有拟作者小传和正文注释。我们的整理工作主要分两个方面。一是用中华书局的标点本《全唐诗》对校了杨先生的抄录稿，纠正了一些原稿的笔误，并给全书加了标点。杨绛先生在抄录诗稿的过程中，有些随意的记录性文字，则照原来的顺序和位置，用专色随文排列，以尽量保存它的原貌。也正是考虑了这个情况，本书的诗人排序，完全依照杨先生抄录《全唐诗》的顺序，没有按生年先后重新调整。二是组织力量给每位入选的作者撰写了小传，并对所有作品做了简单的注释。由于有《宋诗选注》那种个性鲜明、学术化色彩极强的诗人小传和注释风格在前，我们明知这项工作吃力不讨好，甚至会招来责难，但考虑到学术界之外还有大量普通读者存在，为减轻他们的阅读困难，觉得这项工作还是有意义的。

比较遗憾的是，《钱锺书手稿集·中文笔记》和《容安馆札记》虽已影印出版，但由于钱先生的手稿不易辨识，限于时间和精力，这次整理本书稿时，我们未能充分利用。钱先生在阅读唐人诗集时随手所做的笔记，里面有许多针对作家的即兴议论和对具体作品的点评，若能辑补到本书每个诗人的小传或作品的注释中，将能让读者更加清晰地领会他选诗的意图。如《中文笔记》(二)第293页评宋之问云："五古惟《夜饮东亭》('春泉鸣大壑，皓月吐层岑'。下句乃少陵'五更山吐月'之祖)、《题张老松树》('日落西山阴，众草起寒色')二首可采。下首尤散行有气骨。此外皆平平。七言长篇《明河篇》尚谐畅，亦乏精警。五言律亦稍露本质，兆尽初唐被服纨素之体，然亦鲜圆妥者。《陆浑山庄》居然右丞之先声。馀则迁谪三律('马上逢寒食''阳月南飞燕''度岭方辞国')与《渡汉江》五绝('近乡情更怯，不敢问来人')唱叹无穷，清而善怨，初唐之杰作。"又如同册第280页评刘希夷云："按希夷当时不为人重，及孙翌撰《正声集》，以其诗为集中之最，品题不谬。初唐人五七言古体，绮丽中而能掉臂出清新者，唯此君耳。"又云陈子昂："《感遇》三十八首，格调已古，然词意芜杂，在张九龄下。特以诗体高蹈自若，人始遂见重耳。"同册第294页论顾况云："大历诸家皆清丽近人，独逋翁峭直。所以皇甫持正称其

‘穿天心’而‘出月胁’也。‘上古’十三章质而切，古而达。……七古歌行尤出锋露颖，新健无伦。……近体亦清劲，讲意不讲格，然不如古体。”（按，省略处为征引的例句）论严维时还说：“唐人工五律者多，宋人工七律者多。”针对具体作品的评价，也是有例可援的，如同册第 279 页说骆宾王“《在狱咏蝉》序更胜诗”，乔知之“《绿珠篇》居然能放笔直叙”。这两首诗本书都选录了。

另外，《谈艺录》和《七缀集》中有些议论，对我们认识诗人，理解作品，也是很有帮助意义的。比如《谈艺录》中评白居易时说：“香山才情，昭映古今，然词沓意尽，调俗气靡，于诗家远微深厚之境，有间未达。其写怀学渊明之闲适，则一高玄，一琐直，形而见绌矣。其写实比少陵之真质，则一沉挚，一铺张，况而自下矣。故余尝谓：香山作诗，欲使老妪都解，而每似老妪作诗，欲使香山都解；盖使老妪解，必语意浅易，而老妪使解，必词气烦絮。浅易可也，烦絮不可也。”① 钱先生的这段文字，旨在揭出，白居易的诗歌为追求浅易而会流于烦絮。他只是想就此给人们提个醒，并不是要否定白居易的成就。否则就不会一口气选他 184 首诗，比《唐诗选》多出了近五倍，更不会在开头说“香山才情，昭映千古”这种貌似自打嘴

①《谈艺录》，第 497 页。

巴的话。我们注意到，《唐诗选》李贺的诗注中，就有不少地方吸收了《谈艺录》中的观点。《七缀集》中《中国诗与中国画》一文，在论及王维《杂诗三首》之二（“君自故乡来”）时说：“王维这二十个字的最好对照是初唐王绩《在京思故园见乡人问》……这首诗（按：指所举的王绩诗）很好，和王维的《杂诗》在一起，鲜明地衬托出同一题材的不同处理。王绩相当于画里的工笔，而王维相当于画里的‘大写’。王绩问得周详地道，可以说是‘每事问’（《论语·八佾》）；王维要言不烦，大有‘“伤人乎?”不问马’的派头（《论语·乡党》）。王维仿佛把王绩的调查表上问题痛加剪削，删多成一，像程正揆论画所说‘用减’而不‘为繁’。”[①] 王绩的《在京思故园见乡人问》和王维的《杂诗三首》，本书中都已收录，有兴趣的读者自可参照这段文字，比较二者写法上的异同。

最后需要特别说明的是，选、录唐诗，只是钱锺书和杨绛先生学术生涯中一个小小的插曲。他们本来只是打算自己选、自己读，把它作为日常生活的一种调剂，抄成诗录，留赠女儿。虽有人鼓励他选注一部唐诗用于出版，但钱先生已非当年选注宋诗的年龄，体力、精力都不支持他再做这种极度耗神的工作。所以，眼下的这个选本从严格意义上说并没有完成，就连它的选目都只能算是初稿。因

①《七缀集》，生活·读书·新知三联书店，2016年，第20页。

为没打算把它用于更实际的目的，钱先生甚至都没有翻读过杨先生抄录的稿子（否则有些笔误是会被纠正的），更不会对选目做更严谨的推敲。笔者之所以在前面说它是一部“任性”的选本，不仅因为它充分体现了钱先生选诗的主观立场和独特视角，还因为它未经仔细地打磨。阅读本书的读者，一定要充分地认识到这一点，庶可使其免遭求全之毁。

由于这本书，我们不可避免地提到了中国社会科学院文学研究所的《唐诗选》。站在今天的角度来看，《唐诗选》虽成书于特殊的历史时期，多少会受点时代的局限，但负责其事的都堪称饱学之士，而且工作态度非常认真，所以该书仍不愧为优秀的选本。如今市面上的唐诗选注本虽然不少，真正能超过这个版本的还没有。我们期望读者关注《钱锺书选唐诗》，绝不是要因此否定《唐诗选》的价值。有心的读者，如果拿两个本子比较着看，说不定能有意想不到的发现和收获。

由于我们对唐诗缺乏专门的研究，对钱先生的著作了解也不深，这个整理本和这篇说明性的文字，难免会有很多不足，恳请广大读者批评指正。

第二辑 读《古诗十九首》札记

岁暮的独白

——兼谈《行行重行行》的结构

行行重行行，与君生别离。相去万馀里，各在天一涯。
道路阻且长，会面安可知。胡马依北风，越鸟巢南枝。
相去日已远，衣带日已缓。浮云蔽白日，游子不顾返。
思君令人老，岁月忽已晚。弃捐勿复道，努力加餐饭。

《行行重行行》是“古诗十九首”中的第一首。清人陈祚明《采菽堂古诗选》卷三曾评其为“用意曲尽，创语新警”，朱筠《古诗十九首说》则称其“真得三百篇遗意”。统观两家之言，皆可谓知者。初读此诗，人们会很自然地想起《诗经·秦风》中的《蒹葭》来，特别是其第五句乃径从《蒹葭》“溯洄从之，道阻且长”两句中化出，更易使人产生这种联想。不过相比较而言，《蒹葭》在写法上是创造了一个空灵的意境，所以主题比较朦胧含蓄。《行行重行行》则舍去了对时空背景的渲染（虚拟的背景不计）[①]，只用思妇当下的内心独白来直接揭示她的心理，主题非常鲜明。所以独白的运用是这首诗在艺术上的一个突出特点。

诗的开头二句横空而来，用一种不耐烦的口吻直接入题。首句四个“行”字叠用，以一“重”字相连，既道出了游子在外的行程之远，也点出了其离家之久。次句紧承其意，用“生别离”三字进一步说明这是一次令人刻骨铭心的永别。“生别离”一语乃化用《楚辞·九歌·少司命》“悲莫悲兮生别离”的成典，前人早有指出，此不赘述。这两句看似平淡，却深含着闺中之人，对那背井离乡、杳无音讯的游子无尽的牵念。所以音调低沉而凝重有力。下面的四句继续申足首二句的意思。所谓“万馀里”和“天一涯”均是思妇的推测之词，并非实写，但它们很好地传达了一个信息：游子虽已离家日久，音讯全无，但闺中的思妇仍在时时计算着他离家的日子，并不断地推算着他的大致行程。“道路阻且长”两句语气渐缓，声音渐低，道出了女主人对与天涯游子相会的渴望和对眼前关山阻隔的无奈。特别是最后一句用“安可知”打住，更有一种低回凄咽的感觉，显得语有未竟，凄凄切切。全诗行文至此，抒情达到了高

① 此诗的一个明显特点是淡化了背景，诗中只有“岁月忽已晚”一句隐约点出了时间，但其一半的目的还在于营造气氛和烘托主题。对背景的淡化自然可以突出独白的作用，便于它在诗中取得支配性的地位。

潮。接下来七、八两句，借用古代歌谣中的两个比喻宕开一笔，笔触随之从思妇当下的心理，转到了漂泊天涯的游子身上。于是在紧接着的四句就出现了两个虚拟的场面：一个是外在的游子仍在四处漂泊，且离家越来越远，形容也日益消瘦；一个是游子已为“浮云”所蔽（指另有新欢），无心反顾。这当然只是诗中的女主人公所能相见的两种可能，也是她在悲伤之馀思绪的一个转移。经过这一过渡，她的心情已渐趋平静，所以结尾四句便淡淡道来，仿佛是在自言自语一样。“思君令人老”一句中的“老”字既有年龄衰老的意思，也有心力交瘁不胜思念的内蕴，可谓一语双关。而“岁月忽已晚”一句，既表明她自春至冬，让一年的大好时光在相思的痛苦中忽然流逝，同时也暗示着对重逢的失望。这也是对上一句进一步的解释。于是在末两句她便只好弃置不提，惟有遥相祝福，以无奈的口吻结束而已。

英国学者提尔亚德（E. M. W. Tillyard）在其《直陈的与曲现的诗歌》（*Poetry, Direct and Oblique*）中曾将诗分为“直陈的诗歌”与“曲现的诗歌”两类。前一类诗是率直地陈述作者所欲传达的思想，后一类则不直接说明作者的意旨，而是借助韵律、意象、隐喻和其他一些艺术因素将其显示出来[①]。如果按照他的这种方法来分，《行

① 提尔亚德的观点转引自（美）苏珊·朗格《情感与形式》，中国社会科学出版社，1987 年，第 257 页。

行重行行》显然应是属于第一类的。因为它的前六句和末四句其实都是思妇的内心独白，只有中间六句过渡性的文字可以算作是背景声音。从诗性效果来讲，这种独白是可以将抒情主人公的内心世界，直接诉诸读者心理。也就是说，在这首诗中，抒情主人公的内心世界是完全向读者敞开的，我们用不着再从文字背后，去体会诗人所欲表达的内容。和“曲现的诗歌”不同，“直陈的诗歌”能够吸引读者，不是靠丰富的意象、生动的隐喻，也不完全是靠优美的韵律，有时候，它在这些形式的运用上甚至可能很粗糙。比如汉乐府民歌中的《上邪》：“上邪，我欲与君相知，长命无绝衰。山无陵，江水为竭，冬雷阵阵夏雨雪，天地合，乃敢与君绝。”虽然这首诗在形式和技巧上实在乏善可陈，但这并不妨碍它作为诗的表达效果。当然《行行重行行》在诗的形式上要比《上邪》完整得多，但它和《上邪》一样，还是要借助人物的独白来抒发感情。在它们面前，读者可以说不是被吸引了，而是被彻底感动了。它们打动读者，完全是靠独白中传达出来的感情的炽烈和深沉。同样的情景在《诗经·郑风·褰裳》中也可以看到：“子惠思我，褰裳涉溱。子不我思，岂无他人？狂童之狂也且！”此诗虽然用了一种戏谑的口吻，但那虚拟的情人并未在诗中出现，所以它仍然是诗歌运用独白的一种形式。

在诗歌中，独白的成功运用起码可以收到两重效果：

一是能起到直入人心的效果。因为这类诗往往不需要借助读者的理解和想象，来实现其目的，它试图与读者的心灵直接对话，以引起感情的共鸣；二是能使诗歌显得言简意赅，省去不必要的枝蔓，以便更好地突出主题。如果就这两方面来论，《行行重行行》对独白的运用无疑是非常高明的。苏珊·朗格曾认为：一切诗歌都是要努力创造一种生活的幻象。如果我们不否认，中国古代大多数思妇诗，都是男性诗人揣摩女性心理而创作的话，我们就不能否认她这一论断的正确性——起码在这类诗中是如此。她还认为这种“生活的幻象是建立在开篇第一行诗上，那行诗必须将读者或听众的注意力从交谈的兴趣转移到文学的兴趣上来，即由现实转到虚幻上来”[①]。这话说白了就是诗的第一行应能够抓住读者的注意力，把他从现实的世界拉到诗歌所营造的虚幻世界中来，以便充分地感受和欣赏它。《行行重行行》首六句的独白就成功地做到了这一点。此诗首句的叠字既突然又新奇，而且音节响亮，节奏急促，使人乍一读来便欲罢不能。随后的五句顺水直下，一气写来，显得环环相扣，速度极快，容不得人有迟疑的馀地，直到你一口气将其读完。至此，读者已完全进入了诗歌指定的世界中，而且也基本上接受了它的主题。紧接

①（美）苏珊·朗格《情感与形式》，第 242 页。

着中间六句的背景声音又巧妙地调开了读者的注意力，使其稍得调整思绪。然后再由末四句的独白将其从对远方游子的种种遐想中再次唤回到对思妇当下心理的关怀中来，并在人们还在期待下文时就已为全诗划上了句号，使其戛然而止，只剩篇末的祝福尚久久地回响在人们耳畔。应该说，在这首诗中，这两段独白所起的作用并不一致：从叙述的速度来讲，第一段独白比较快，第二段则比较平缓；从表达的感情色彩来看，第一段比较强烈，第二段则比较平静；从在诗中所起的功用来讲，第一段在于点题，第二段则是在深化主题。这样，此诗在结构上的独特之处也就显示出来了。

关于《行行重行行》的结构，前人的意见并不一致。金圣叹《唱经堂古诗解》云其“通首板作四解，而起结两句，另作一顿”[①]。马茂元《古诗十九首探索》则说：“全诗可分两个部分：前六句写离别，是追溯过去的状况；后面十句写相思，是申诉现在的心情。”[②]其实这两种说法都很值得商榷。问题的关键即在于，大家都没有注意到该诗在艺术上的这种独特性：对独白的反复运用。如果考虑到这一点，我们就不难发现它实际上是由三部分构成的——这在前面的论述中已经被提到了。也就是说，开头六句的

①《金圣叹全集》（四），江苏古籍出版社，1985年，第737页。
②《古诗十九首探索》，作家出版社，1957年，第129页。

第一段独白应为一个部分，中间六句的背景声音应为一个部分，最后四句的第二段独白也应为一个部分。这样从各部分的功能来看，第一部分的独白是为全诗设定了一个虚拟的情绪化的背景，其目的在于破题；第二部分的背景声音主要是起了过渡的作用，其目的在于调节诗歌的节奏和读者的情绪，为下文的生发作铺垫；第三部分的独白则表现了女主人公眼下的心情，其目的在于深化主题。这个结构可以列表如下：

独白（前六句）——→背景声音（中间六句）——→独白（末四句）

↓　　↓　　↓

（虚拟的情绪化情景）　　（女主人公眼下的心情）

↓　　↓　　↓

破题——→过渡——→深化主题

对于《行行重行行》的这种结构，前人虽未曾给以充分的注意，但对其行文上的某些特点的认识，却并不乏慧眼。如吴淇在《古诗十九首定论》中就曾说：“‘行行’六句，一直赋去，如骏马下坂；忽用七句八句作二比顿住，以下却缓缓赋来，格调最好。”从全诗的运笔速度和节奏来讲，这番评论应该是十分准确的。尤其值得一提的是方东树在论此诗时所说的一段话：“古人作书，有往必收，无垂不缩，翩若惊鸿，矫若游龙，以此求其文法，即以此通其词意，然后知所谓‘如无缝天衣’者如是，以其针线密，不见段落裁缝之迹也。”[①] 方东树虽然并没有认识到，《行行重行行》是如何运用抒情主人公的两段独白来结构全诗的，他所谓“无往不复”“无垂不缩”，当然也不是就这个问题而言的，但他无意中启发我们对这首诗的结构有了新的认识。即这两段独白在首尾互相照应，既在回环往复中层层推进，一步步深化了诗的主题，也使全诗的结构处在一种有效的张力之下，所以不论轻重缓急都非常有序，显得变化灵活，腾挪有法，如“天衣无缝”。

① 《论古诗十九首》，见隋树森编《古诗十九首集释》卷三，上海中华书局，1936 年，第 73 页。

透视心灵的“窗口”

——兼析《青青河畔草》中的“藏”与“露”

青青河畔草，郁郁园中柳。盈盈楼上女，皎皎当窗牖。
娥娥红粉妆，纤纤出素手。昔为倡家女，今为荡子妇。
荡子行不归，空床难独守。

一

在“古诗十九首”中，这是唯一用第三人称手法写成的思妇诗。所以诗的作者是从外边的世界向园中的窗口进行窥望的。这样，他就可以灵活地运用镜头，去选择最富有“包孕性片刻”[①] 的画面来组成诗中的情景。这正是《青青河畔草》能以极简约的文字传达出最深长的情思，千百年来令人感动不已的秘密所在。

① 钱锺书《读〈拉奥孔〉》，《七缀集》，生活·读书·新知三联书店，2002 年，第 48—56 页。

诗的开头两句先由远及近地对环境进行渲染。首先写远处河畔“青青”的春草，次写近前园中“郁郁”的垂柳，点出春深的情景。于是怀春的主题便在此情景下展开了。紧接着的四句，镜头停在楼上的窗口里，集中笔墨由整体到局部对“楼上女”进行描绘。“盈盈”和“皎皎”是总体的印象。“娥娥”和“纤纤”则是局部的特写镜头。在晚春浓柳的簇拥中，在窗内幽暗的背景上，出现了这么一个形象，应该是十分显眼的。因此她便吸引了观者的全部注意力。全诗到此终止了画面描绘，笔锋一转，开始抒怀。这样，诗中的视角画面便先由周围的环境转移到人，再由整体的形象到局部的特写，镜头是由远到近不断过渡的。但是，楼上人的视线却和观者的视线正好方向相反，她的眼睛是带着内心的思绪由近处向远方展开的。绵绵春草，漫无边际，生遍了河畔两岸，并蔓延到天涯海角。它也同时带着楼上少妇的思念伸向远方。诗人的视线是在窗口收住的，而楼上人的视线则是由窗口延伸出来的。于是，窗口便成了连接着“内”与“外”的关键。

《青青河畔草》使“窗口”这一意象有了新的含义。首先，作为一种现实的存在，它既连接着楼中的天地和外边的世界，也明确了这种内外的分别，是封闭的象征。对于楼上的人来说，窗口是一个框子。它裁去了世界的其馀部分，只给她留下了一幅固定的画面。这就使人的思绪很容易集中在一个点上，不断地向纵深发展。于是春闺中的无聊和寂寞便愈发显得强烈和持久，令人不由得会产生“守着窗儿，独自怎生得黑”（李清照《声声慢》）的感觉。其次，对于楼外的观者来说，窗口又是人们透视思妇内心世界的唯一入口。它既收拢了观者的视线，又突出了思妇的形象，使她渐渐地超越周围环境中的一切遮挡，在观者的心中占据了主要地位。于是结尾四句，诗人再通过人物自己的独白来揭示其内心感情，就很容易激起读者的共鸣。因此，《青青河畔草》中的窗口意象便成了全诗画面的焦点。全诗最后四句的点题之笔，既是通过窗口从思妇内心引发出来的，也是通过观察者对窗口形象的理解和窗内生活的同情，而使其深化的。窗口沟通了“内”（窗内—内心）、“外”（窗外—外表）这两个不同的世界和层次，使其达成了一种非视觉的统一。

诗的背景似乎是在一个十分幽静的地方展开的。然而正是在这样一个地方，人们突然在柳丝中发现了一个暴露的窗口，并把惊异的目光停留在那位“皎皎当窗牖”的“盈盈楼上女”身上。这样，整个画面构成了一个双重封闭的状态：人在楼中，楼又在树丛中。但是，楼上人并不甘于这种封闭和寂寞。窗子被打开了，她正透过树丛向外面的世界眺望。这里有个细节值得注意：“娥娥红粉妆，纤纤出素手。”《诗经·卫风·伯兮》中说：“自伯之东，首如飞蓬。岂无膏沐，谁适为容？”司马迁《报任少卿书》中也记一古谚云：“士为知己者用，女为悦己者容。”那么，诗中这位形影相吊的女子，这样盛妆登楼又是为了谁呢？诗的结尾四句对此作出了明确的回答。原来她打扮好是在时刻等待着远行的荡子归来。所以“纤纤出素手”一句便紧接着点明她不是站在窗后的随便什么地方，而是紧紧地贴着窗口。这就进一步强化了她内心的迫切和渴望之情。不管她是怎样的“盈盈”“皎皎”“娥娥”“纤纤”，在这样一个四望无人的环境里，同样都显得黯淡无光了，陪伴着她的只有空虚和无奈。

很显然，上述的这一切全都是从楼上的窗口中透露出来的。如果说彻底的隔绝使人对封闭的处境尚然麻木的话，那么诗中这种透过窗口的窥望，则使其时刻感觉着被束缚的痛苦。这就更加深了楼上女子的悲剧。而这种透过窗口的窥望，正涵盖了乱世女子的共同不幸。张籍《望行人》中有“秋风窗下起，旅雁又南飞”的句子。另李清照《醉花阴》:“莫道不消魂，帘卷西风，人比黄花瘦。”用的都是同样的手法。但不同的是，《青青河畔草》中的女主人并不甘于这种不幸，她在重重封锁中竟坦然地唱出了“空床难独守”的心中之声。这进一步表明生命并没有停止抗争，现实的苦闷反而强化了她对自己生活权利的肯定和执着。无怪乎王国维称此诗“可谓淫鄙之尤。然无视为淫词、鄙词者，以其真也”①。

① 王国维《人间词话》，上海古籍出版社，1998 年，第 16 页。

另外还有一点需要补充说明，《青青河畔草》中所描绘的都是静态画面。作者运用类似蒙太奇的手法，把这种窗口的守望表现得十分细腻、生动。同时又使其和结尾四句画外音一般的独白形成了一种动与静的对比。诗中写草用“青青”，状柳用“郁郁”。前者点出了春草之密及其绵延之广，似乎永无尽头，衬托着人的愁思和它一样无法摆脱。后者则暗示了环境的封闭。“郁郁”是茂盛的样子。密集的柳树既遮蔽着思妇的小楼，也阻挡着她的视线，加之柳树在民俗中与离愁别绪又有特殊的联系，这都是教人难以超越的。它们已经丝毫没有了“天街小雨润如酥，草色遥看近却无”（韩愈《早春呈水部张十八员外》）和“不上楼来知几日，满城无算柳梢黄（梅尧臣《考试毕登铨楼》）”所能给人的那种新鲜和明亮的感觉，同时也暗示了这位“春初早被相思染”（姜夔《踏莎行》）的少妇，已经期待很久了。她的愁思已和这无尽的春草、春柳一样越演越浓。所以，这里的“青青”和“郁郁”在状物的同时，也包含着一种懊恼的口吻，这都为后面的点题作好了铺垫。

二

《青青河畔草》也是“古诗十九首”中最具图画美的作品之一。这一点前人虽偶有论及者，但皆语焉不详。中国古代的绘画最讲究结构的“藏”与“露”,《青青河畔草》正是体现了这一传统的美学原则。宗白华先生说中国人的意趣“不是一往不返，而是回环往复的”[①]。正因为这样，我们的诗中写相思之苦，总要在周围的环境上狠下功夫，而真正的思念之情一般只用一两句话点到为止，或者干脆没有。中国人欣赏的是所谓“窥一斑而见全豹”的手法，剩下的部分则全由读者用想象来完成。这样做可以充分调动读者的联想力，扩大其经验的感发。所以在《青青河畔草》中，作者曾两次运用了这种“犹抱琵琶半遮面”的手法。诗在开头两句先写“河畔草”和“园中柳”。接着突然转入写人，同时也点出了“楼”，并通过一个“上”字便说明“楼”是半露在柳丛中的。因为人的视线本来在柳丛中移动着，突然又在其中发现了“楼上女”，这样由树头过渡到“楼上”，实在是最自然不过的事情。无疑，楼的下半部分是掩藏在树丛后面的，惟有半截楼顶和一面窗口从空隙中露了出来。由于诗中展现的画面是以绿作底色的（绿色的树和草填满了所有的外围空间），所以以绿代白来处理画中的虚实，就成了《青青河畔草》的特色。于是通过这种“藏”和“露”的处理，画面的景深感便增强了。这就是清人华琳在《南宗抉秘》中所谓的“以堆叠为

① 宗白华《中国诗画所表现的空间意识》，《美学散步》，上海人民出版社，1998 年，第 113 页。

推”的方法。

诗中通过这一藏一露的设计，可以省去许多不必要的描述，直冲主题来施墨。这样既不致分散读者的注意力，又可以避免楼的其馀部分影响画面的布局。诗中第二次运用这种手法是在“娥娥红粉妆，纤纤出素手”两句中，窗口在这里起了取景框的作用。诗人只通过对从窗口看到的局部形象——一张脸和一双手的刻画，便完成了对人物的描绘。绘画中认为人的表情主要是通过面孔和手表现出来的。俗语中也有“画人难画手”的说法。诗中重点突出“楼上女”的脸和手，自然是合乎艺术原理的。她身体的其馀部分，都隐藏在窗口之内。这种以点带面，以局部写全身的描写手法，在中国古典文学中是屡见不鲜的。从《诗经·卫风·硕人》中，就可以看到这种特点了：“手如柔荑，肤如凝脂，领如蝤蛴，齿如瓠犀，螓首蛾眉，巧笑倩兮，美目盼兮。”汉乐府民歌《孔雀东南飞》中也有类似的描写：“指如削葱根，口如含朱丹。”所以《青青河畔草》也突出一双“纤纤”的“素手”。“素手”在这里其实只是一种非视觉的心理意象。诗人正是选择了这种最富有表现力的局部画面，构成了诗中的情景，引出了后面的抒情之笔。

这样，诗中通过两重的“藏”和“露”，便造成了“万绿丛中一点红”的景象。而在无边绿色的笼罩下，那只能是孤单的红、寂寞的红。这种景象给予人的也唯有

“红似相思绿似愁”（龚自珍《己亥杂诗》第251首）的悲剧情调。但是除此之外，我们还应该注意到作品中的另一个问题，即女主人这个静态形象内心的“隐”和诗人作为观察者对其隐蔽情感的“显”（剖析）的统一。这种感情实质上也是“藏”在思妇内心而“露”在诗人笔下的。顾长康曾以为“画‘手挥五弦’易，‘目送归鸿’难”（《世说新语·巧艺》）。同样，在这首诗中，如果说前六句还画得出的话，后四句恐怕所有的画家为之泄气。舍之，则诗意顿失其半；欲之，则苦难付诸丹青。此正是它高出绘画的地方。

意满文自奇

——《青青陵上柏》对主题的虚化及其诗性特征之生成

青青陵上柏，磊磊涧中石。人生天地间，忽如远行客。
斗酒相娱乐，聊厚不为薄。驱车策驽马，游戏宛与洛。
洛中何郁郁，冠带自相索。长衢罗夹巷，王侯多第宅。
两宫遥相望，双阙百馀尺。极宴娱心意，戚戚何所迫？

《青青陵上柏》在写法上不以古诗中常见的复沓形式和顺承的句式为特征，结构上更没有细针密线，腾挪变化之妙，尤其是全篇的运笔没有出现像《行行重行行》那样明显的疾徐变化，所以各句之间相对显得比较松散，“而且好像说到那里是那里，不嫌其尽的样子”[①]。全诗的首两句先由“陵上柏”和“涧中石”起兴，反衬人生之短促，引出三、四两句。紧接着的四句另起一层，意思稍变，但

① 朱自清《古诗歌笺释三种·古诗十九首释》，上海古籍出版社，1981年，第334页。

又并未完全脱离三、四两句所讲的话题。下面六句则顺着全诗七、八两句的意思，展开了冗长的叙述。直到末尾两句，才缓缓收住。总之，整首诗是以一种舒缓轻慢的调子写成的，像是一位孤独者的低吟，又像一位漫游者的自语。它基本上没有《行行重行行》和《青青河畔草》中的那种急促和响亮的音调，但蕴涵着一种深沉的生命意识。所以朱自清说它“有点散文化，不能算是含蓄蕴藉之作，可是不失为严羽《沧浪诗话》所谓‘沉着痛快’的诗”。那么，何谓“沉着痛快”？相对于该诗“散文化”的行笔特点，这种“沉着痛快”的诗性特征又是如何形成的呢？鉴于该诗在文字上平畅易晓，本文将抛开对语词的一般性解说，专门来探讨它的诗性特征之生成方式。

如果通读该诗，我们不难看出它的点题之笔落在了“人生天地间，忽如远行客”两句上，但和一般的诗章不同的是，以下的文字却并没有再紧紧围绕此主题进行申发，它们和这个主题似乎只保持着一种若即若离的关系，从意脉上看显得有点似断非断。然而，这并没有妨碍作品主题的表达，也丝毫不影响其诗意的酝酿和传递。为了解析这一现象，我们有必要对构成诗歌的本质的因素稍作说明。方东树《昭昧詹言》卷一论诗时曾提出：“思积而满，乃有异观，溢出为奇。”[①] 对诗文中的所谓“满”，他指出有

① 方东树《昭昧詹言》卷一，人民文学出版社，1984年，第1页。

四种，即：意满、情满、景满和文法变化满。也就是说，一首作品只要具备了这四种条件中的任何一种，就会出奇见胜，成为优秀的作品。而在中国的山水诗和律诗正式出现以前，从汉魏古诗的普遍特点来看，以所谓“景满”和“文法变化满”见长的作品似乎还没有，常见的多是以情胜的和以意胜的作品。具体点说，《青青陵上柏》应该是属于后者——即以意胜的。该诗在开篇四句，就径直点出了主题，“陵上柏”和“涧中石”都是对人生之短暂的一种强烈反衬，它们透露了诗人对岁月流逝的恐慌和人生不得志的隐隐慨叹。这种感觉，在人类的生命体验中有着一定的普遍性。如果把屈原在《离骚》中所说的“老冉冉其将至兮，恐修名之不立”，勉强算作是这种经验在中国诗文中的最早表现的话，那相对于屈原的孤愤激烈，《青青陵上柏》的作者则要冷静超脱得多了。这种冷静的思考往下又开启了曹孟德在《短歌行》中发出的“对酒当歌，人生几何”的感想。从此以后，在中国文学的长河中，它一直是容易引起诗人们咏叹的话题。但不可忽视的是，《青青陵上柏》是以普通人的话语形式，最早将这种普遍性的生命体验具体化和明确化了。所以它一出现在诗中，就给人一种“思积而满”的感觉。它一旦形成文字，就有感动人心的力量（即“意满”）。诗的后半部分基本上是借助于一连串叙述性的描写来完成的。这些描写只给我们提供了一些片段的印象，诗人的目的显然不是要为我们进行全景式的报道。苏珊·朗格认为，诗人在创作中“务求创造‘经验’的外观，感受和记忆的事件的外貌，并把它们组织起来，于是它们形成了一种纯粹而完全的经验的现实，一个虚幻生活的片断”[①]。这种“虚幻生活的片断”在很大程度上其实是诗人试图植入读者脑海中的一种主观的东西，也是我们与诗人的心灵进行沟通的有效媒介。因为“诗人是以心理的方式编织事件，而不是把它当作一段客观的历史”[②]。所以这种看似与主题联系不甚紧密的描写，其实有其不可轻视的作用。它使我们避免了长时间面对一个普遍性经验的枯燥和沉闷，使心灵可以比较放松。但是，在这种情况下，支持作品的因素是什么呢？即这种互不相干的描写和作品的主题维持着一种什么样的关系，它们是怎样被统一到一起的呢？对此，苏珊·朗格已指出，“诗人是以心理方式编织事件”的，而所谓“心理方式”说穿了就是我们在这里所讲的“意”，若失去了这个“意”，作品中的描写就成了散碎无序的文字堆积。反之，若有了“意”，这种相对松弛的章节结构则会松而不散，疏而有味。所以施塔格尔说：“语言的表述有内在的关联，但在抒情式中，这种关联有时是不明确的，在更多的情况下，它根

① （美）苏珊·朗格《情感与形式》，中国社会科学出版社，1987 年，第 242 页。

② （美）苏珊·朗格《情感与形式》，第 247 页。

本就没有形成，因此，在抒情式中，情调的统一性是比关联更加必不可少的。”[1] 换句话说，就是抒情式的作品必须要在一个统一的情绪的支配之下才能存在，即要保持作品“情调的统一性”。而形成这种情调的根源就是方东树所说的“意”，只要意满则自然会情溢于言。这是这类诗的生命所在。

当然，抒情诗是允许叙事性的因素作补充的，不然诗歌的抒情空间有时就不易拓开。尤其是当诗中的主题比较确定也比较抽象的时候，生发的馀地本来就小，若一味地紧扣着它写，势必会有重复单调、施展不开的感觉，这样写出来的作品也会显得言浅意近，拘束促狭。相反，相对比较松散的结构有时则易借助叙事性的文字将这种确定的主题虚化，使它涵融弥散于诗歌所营造的情绪之中，产生一种感受上的距离。这一点在《青青陵上柏》中表现得就比较典型。该诗的前四句是由空至实，通过起兴带出了主题；后半篇则由实至空，将已有的主题虚化，使其不再见于文字的形式中。这种虚化的过程正是诗意的审美空间形成的过程。从整体上看，这首诗的后半部分对主题的虚化其实是形虚而情不虚。诗人对洛中情景的叙述完全采取了一种冷眼旁观的方式，是客观的报道，而不是体感身受，

① （瑞士）埃米尔·施塔格尔《诗学的基本概念》，中国社会科学出版社，1992 年，第 27 页。

这就使他同这里的生活拉开了距离，突出了其不得志的人生况味。而这种不得志感又更加深了他对人生易逝的恐慌。那么解决问题的办法呢？就是抓紧眼前，及时行乐。所谓“斗酒相娱乐，聊厚不为薄”，所谓“极宴娱心意，戚戚何所迫”，都是诗人为排遣烦恼而说的自我安慰话。金圣叹在《唱经堂古诗解》中就曾指出，“斗酒相娱乐”两句“本与‘极宴娱心意，戚戚何所迫’为一解却截住云，且将游子之苦道破，方知果不逮今日欢聚也”[①]。这里所讲的“游子之苦”其实也是他从后半段的叙述中体味出来的，诗中并没有只字提及。相比之下，马茂元先生对该诗最后两句的理解则显得有些牵强，他认为这两句是承前面的叙述而来，所指的对象是前面提到的“冠带”“王侯”。他的解释是这样的：“住在这样壮丽第宅里，处于这种豪华生活中的宦官、贵戚及其党羽们，终天穷极宴会，尽情娱乐。他们不同于斗酒、驽马的贫贱之士，应该是心身泰然的了，但却也戚戚忧惧，大有不可终日之势，这又是谁使之然呢？”[②]如果按照这种方式来理解该诗，那后半部分的描写就完全游离了该诗的主题，首尾之间丧失了应有的张力，诗意也就不存在了。实际上张玉谷在《古诗十九首

①《金圣叹全集》（四），江苏古籍出版社，1985年，第739页。
② 马茂元《古诗十九首新探》，陕西人民出版社，1981年，第53页。

赏析》中就曾指出过该诗末尾一笔是“反扑作收”。即它与前半部分是有照应的，这和金圣叹所讲的由一解截住分作两处说的看法基本上是一致的。

总之，在历来研究《古诗十九首》的人中，对这首诗解释得比较通脱而又最近本质的当属朱筠。他在《古诗十九首说》中分析该诗云：“通首从‘人生天地间’五字生情。‘忽如远行客’，写得透：以‘客’字状‘人生’，已警；又加‘远行’二字，言如远行之客，暂住就去，凄绝，透绝；《薤露》、《蒿里》写不尽者，五字写尽矣。……此下写宛洛之景，却是写人生之趣，过渡变灭，烟痕俱消矣。”[①] 朱筠这段话既准确地把握住了该诗的点题之笔，认识到了它通首是“从‘人生天地间’五字生情”显出诗意的，又没有被以下写宛洛之景的文字所蒙蔽，对它们的本质意义和功能均有透彻的理解。因为正是这段描写将该诗从一个抽象狭窄的经验中解放了出来，极大地拓宽了它的抒情空间，这样有利于营造一种诗性的氛围，便于感情的酝酿和升华，同时也使结尾两句的照应文字和三、四两句的点题之笔拉开了距离，在结构上形成了一种张力。而这种结构安排无形中就使中间的描写自然而然地处在了这种张力的统辖之下，和诗的主题保持着一种形离神不离的关

① 隋树森编《古诗十九首集释》，上海中华书局，1936年，第53页。

系，因而它们的作用是积极的，而不是消极的。所以也可以说，正是后半部分的叙述性描写，使该诗的意蕴加厚了，也使其主题得到了充分的表达，造成了朱自清所说的“沉着痛快”的感觉。故方东树也说：“《青青陵上柏》，言人不如柏石之寿，宜及时行乐。‘驱车’以下衍承之，遂极其笔力，写到至足处。”[①] 不过话又说回来，类似这样的一些具有普遍性哲理的经验若是初次被形诸文字，往往会有警示世人的作用，比较容易感动人，但若写得多了，则易显得重复单调，会有无病呻吟之嫌。特别是当这种经验本身比较抽象时，写起来就不易见工。用方氏的话来说，《青青陵上柏》所表现的主题“今日已成陈言，后人多拟学之，无谓也”。所以说，《青青陵上柏》的成功既有其艺术上的独特性，也与它产生的时代较早多少有一些关系，因为艺术除了强调独创性以外也要尊重首创权。

① 方东树《昭昧詹言》卷二，第 55 页。

妙在飘忽有无间

——《西北有高楼》中的以实写虚

西北有高楼，上与浮云齐；交疏结绮窗，阿阁三重阶。
上有弦歌声，音响一何悲！谁能为此曲？无乃杞梁妻。
清商随风发，中曲正徘徊；一弹再三叹，慷慨有馀哀。
不惜歌者苦，但伤知音稀！愿为双鸿鹄，奋翅起高飞。

在“古诗十九首”中，《青青河畔草》主要是借助视觉描写来创作的，而《西北有高楼》则完全是借助听觉描写来完成。视觉的意象是具体的，所以诗中描绘的画面构成比较实，为了不受画面内容的局限，使主题得到进一步升华，诗人往往要用一些无实指的文字来破它，把画面中所表现的具体经验引到画面之外来，力图赋予它以普遍性的意义。但是，与之相反，听觉的意象完全是虚的，即音乐的符号是存在于时间中的，而不是存在于空间中的。“它创造了一个似乎通过物质运动形式来计量的时间意象，而这个物质又完全由声音组成，所以它本身就是转瞬即逝的。

音乐使时间可听，使时间形成和连续可感。”[1]这些虽连续可感但转瞬即逝的符号，对于人的听觉来说，本身就有飘忽不定、难以捉摸的特点，在多数情况下，它们是可感的，却是不可知的。它们不像视觉符号那样具体和稳定，容得人反复欣赏和体会，它不是停留在眼前，而是直入人心。

但是，诗是凭借文字符号来进行表达的，而文字符号又是存在于空间中的。因此，静态的视觉意象比较容易用它来表现，但流动的听觉意象则不易通过它来传达。因为相对于人的感觉来说，文字符号本身就是一种抽象的东西，要隔着它去感受一种比它更抽象的符号（音乐），几乎是不可能的。这就涉及了诗歌表现中一个重要问题，即如何用文字符号来传达听觉意象。在中国诗歌史上，《西北有高楼》可以说最早成功地解决了这一问题。

诗的首两句由“高楼”起笔，给人一种高不可及的突兀感，同时不论从空间上还是感觉上，都造成了一种隔绝状态。所以三、四两句对“绮窗”“阿阁”和“重阶”的描写就很具有一种表面感。这四句描写都不带感情色彩。至此，诗中的视觉描写便结束了。但是，视觉上停止的地方，正是听觉上开始的地方。前四句突兀的视觉意象已把人的注意力吸引到了高处的“绮窗”上，就在其驻足仰头

①（美）苏珊·朗格《情感与形式》，中国社会科学出版社，1987年，第128页。

谛视的当儿，恰好意外地听到了窗内传出的一缕缕似有若无的“弦歌声”。这种过渡安排得非常巧妙自然，丝毫不着痕迹。接下来从第五句到第十二句，诗中的笔墨就全部集中到对高楼上飘来的弦歌声的描绘。这种描绘是采取了一种顺承的方法。

第五句刚一点出“上有弦歌声”，第六句便马上指出其音响是“悲”的。这是顺着听觉的接受顺序来写的。围绕着这高楼上的悲音，诗人禁不住发出了好奇的疑问：在这样的情景下，有谁能奏出如此悲凉的曲调呢？接着他又用了一个典故，以推测的方式试着进行了回答。关于杞梁妻的传说，早在孟子的时代就已有了。刘向《列女传》中载，齐国人杞梁战死后，没有儿子和亲近的戚属，其妻孤苦无依，乃枕其尸哭于城下，其声哀痛感人，闻者莫不为之挥泪，十日之后，城为之崩。所以古乐府《琴曲》中有《杞梁妻叹》的曲子。《琴操》中说：“《杞梁妻叹》者，齐邑杞梁殖之妻所作也。殖死，妻叹曰：‘上则无父，中则无夫，下则无子，将何以立吾节？亦死而已！’援琴而鼓之，曲终，遂自投淄水而死。”这个故事的来源甚早，但各家的记载多不一致。诗中这样设为问答的目的，显然是紧扣着“悲”字而来的。典故的运用，可以使人通过对该故事的联想，给这个抽象的概念提供一种可供参照的生动背景，把这个“悲”字落到了实处。但是，诗中所写的实际情况却是，高楼上的“弦歌声”并不是一个“悲”字所能概括得了的，所以下面四句又再次回到了对音乐本身的注视，并通过乐音、旋律、节奏等方面，刻画了一种空灵缥缈，疾徐有致，低回变化，清婉悠扬的音乐效果。“商”本是古代的五音之一。按照古代的乐理，“商”是金行之声（即在五行中对应着金），也是秋季之音（四季中对应着秋）。《管子·地员篇》中就说：“凡听商，如离群羊。”足见清商音乃是一种悲凉哀怨的调子。这琴声缓缓地回荡在寂寞的空气中，仿佛有诉不尽的心事。低抑的旋律伴着阵阵叹息，更加深了悲剧的情调。全诗写到这里，对音乐的正面描写也就划上了句号。紧接着笔锋一转，由音乐转向了对听曲人当下感受的描写。其中“不惜歌者苦，但伤知音稀”两句，既是全诗的一个转折，也是整首诗的点题之笔。这两句沉重有力，掷地有声。末两句紧承其意，对楼中人寄予无限同情，感慨颇深，令人回味无穷。

苏珊·朗格在论述音乐的基本特征时曾指出：“音乐的绵延，是一种被称为‘活的’‘经验的’时间意象，也就是我们感觉为由期待变为‘眼前’，又从‘眼前’转变成不可变更的事实的生命片断。”[①]《西北有高楼》的结构基本上可说是由这么三个变化过程构成的。该诗前四句自为一节，由“高楼”带出了音乐，令人产生期待之情。中

①（美）苏珊·朗格《情感与形式》，第127页。

间八句用充分的笔墨将高楼上飘来的“弦歌声”展现出来，使其呈现于人们的眼前。末尾四句又为一节，将听曲人的感慨提升为一种不可变更的生命经验，传达了出来。但是，尽管如此，我们还是不能忽视实际的音乐与用文字描写出来的音乐之间的差别。对于实际的音乐，我们是通过听觉、情感上的紧张及一系列不可名状的心理波动来接受的。而对诗中所描写的音乐，则只能通过视觉、想象及与记忆中类似的场面的联系来体会。那么，诗就要给想象提供可能，并要设法激起人们对现实经验的联想。也就是说，诗要想法把抽象的音符中所传达的感情的流程，用具体的意象符号转述出来，即要化虚为实，以实写虚。《西北有高楼》正是这么做的。

该诗首句先设置了一个虚拟的背景。所谓“西北”，所谓“高楼”，都含有某种孤独的意味，给人一种离群索居的感觉。接下来一个“悲”字，就使楼上的弦歌声和这种环境合上了拍。然后在描写琴声的时候，又试图通过设为问答、用典、对曲调特征的提示等形式，一步步将其指实，以求达到动人的目的。但是无论如何，我们在读完全诗后，所能感受到的只是从音乐中传达出来的那种情绪，而不是音乐本身。音乐的影子在我们脑海里永远是飘飘忽忽、似有若无的。同样地，随着“弦歌声”而出现在诗中的弦歌人，也只是她的精神面貌，是悲哀的化身。在这里人与音响就融成了一体，使我们感到虽然“此中有人，呼之欲出”，但到曲终都未见其人，有一种“其室则迩，其人甚远”（《诗经·郑风·东门之墠》）的感觉。这样，我们对整个弦歌声的领会都是外在的，楼中人和外面的听曲者根本没有任何交流。所以到了诗的结尾，我们甚至会对她的存在与否都产生怀疑，这就把前面所有被指实的东西又推翻了。特别是末尾两个空中送情的诗句，更是起到了推波助澜的作用。它多少带有一种与“墙里秋千墙外道。墙外行人，墙里佳人笑。笑渐不闻声渐悄。多情却被无情恼”（苏轼《蝶恋花》）相似的人生感慨。只不过苏词采用了一种全知视角，对墙里、墙外的情景都作了交代，所以显得较实。《西北有高楼》则采用了限制视角来写，使人只知楼外，莫知楼内，因而更有一种虚空感。全诗以虚起，又以虚结，只有点题之句比较实，从而达到了极佳的抒情效果。古来评论此诗的，只有方东树探得了这一妙处。他说：“此言知音难遇，而造景创言，虚者实之，意象、笔势、文法极奇，可谓精深华妙。一起无端，妙极。五六句叙歌声。七八句硬指实之，以为色泽波澜，是为不测之妙。‘清商’四句顿挫，于实中又实之，更奇。‘不惜’二句，乃是本意交代，而反似从上文生出溢意，其妙如此。收句深致慨叹，即韩公《双鸟诗》、《调张籍》‘乞与飞霞佩’二句意也。”[1] 诚可谓句句皆中肯綮，固是知者之言。

① 方东树《昭昧詹言》卷二，人民文学出版社，1984年，第56页。

比喻生动　过渡自然

——《明月皎夜光》的情感转换

明月皎夜光，促织鸣东壁；玉衡指孟冬，众星何历历！
白露沾野草，时节忽复易；秋蝉鸣树间，玄鸟逝安适？
昔我同门友，高举振六翮；不念携手好，弃我如遗迹。
南箕北有斗，牵牛不负轭；良无磐石固，虚名复何益！

《明月皎夜光》可说是“古诗十九首”中取象最为丰富的一首诗。该诗的突出特点是即眼前景写眼前情。诗由秋夜的星空开篇，也以秋夜的星空终篇，基本上没有超出诗人当下所处的特定的时空环境，但是在貌似平静的描写中，表现了诗人心理上的复杂变化。在这首诗中，自然景物和人物心理的高度契合，使情感的转换表现得极为自然，于不经意中就进入了抒情的高潮。

诗的前八句写自然物景。在皎洁的月光下，促织（蟋蟀）的鸣声衬托着夜晚的宁静。作为一种逻辑上的反证，这说明有一个不眠之人，在耳闻目睹着眼前的一切。“玉衡指孟冬”一句，乃借星空的流转来说明秋夜已深。以下五句便由对秋夜景象的概写转入特写：诗人昂首长空，但见斗柄西移，星汉历历；俯视脚下，路边的野草已沾满露水；远处的树间，有秋蝉在哀鸣，近处则忽见一只玄鸟倏然飞去。这一切都紧扣着深秋夜半的时令特点。

在一年四季中，秋是一个生命由盛而衰的过渡季节，它结束了夏季的繁荣，并将迎来冬季之肃杀。同时，秋季的来临也预示着一年中的美好季节行将结束，大自然不久将开始新的生命周期。所以在人的心理体验中，这是一个极易引起对生命凋落的悯伤之情和时不我与的惶恐感的季节。宋玉在《九辩》中曾对这种经验作过集中的概括：

悲哉！秋之为气也。萧瑟兮，草木摇落而变衰。憭慄兮，若在远行。登山临水兮，送将归。泬寥兮，天高而气清；寂寥兮，收潦而水清。憯凄增欷兮，薄寒之中人；怆怳懭悢兮，去故而就新；坎廪兮，贫士失职而志不平；廓落兮，羁旅而无友生；惆怅兮，而私自怜。燕翩翩其辞归兮，蝉寂寞而无声。雁廱廱而南游兮，鹍鸡啁哳而悲鸣。独申旦而不寐兮，哀蟋蟀之宵征。

这段文字以精炼的笔墨，将秋季带给人的种种心理感受描画了出来，是见诸文字记载最早的悲秋之作，也为后世悲秋主题的作品开了先河。

《明月皎夜光》首八句的写景，正是在这样一种心理基础与思维惯性的驱使下展开的。所以自然景物从一开始就是含带感情色彩的，并非消极地出现在作品中。诗人在不动声色的描绘中，寓有一种因“时亹亹而过中兮，蹇淹留而无成”而引发的惆怅感。正如写意画家作画时的用笔一样，看似无心，实则有意。所以在这八句写景之笔的后半部分，就开始有一种情绪有意无意地往外流露了。最为突出的是“时节忽复易”一句，它借一个“复”字，使这种情绪有所加重，也将诗人以秋景写哀情的意图泄露了出来，只不过在一连串的写景文字中，这种意图尚不能成为主导因素，所以不加留心就不易觉察。但是在第八句中，诗人借助“玄鸟”这个意象使情感发生了一次转换。“玄鸟”在这里是一个具有双重影像效果的转折因子，它既是自然之物，又隐喻着薄情的“同门友”。

《礼记·月令》云：“孟秋之月……凉风至，白露降，寒蝉鸣。”“仲秋之月……盲风至，鸿雁来，玄鸟归。”可见，诗中将“白露”“寒蝉”“玄鸟”依次写来，乃是循着季节更替的顺序进行的。但是远逝的玄鸟又把人的视线，从眼前的具体物象带入了无限的时空，使现实的环境淡出了画面，从而终止了对自然景物的描写，后面却马上接上了“同门友”的形象，并通过“高举振六翮”一句，使其与“玄鸟”形成了隐喻关系。所以诗歌在八、九两句之间，就出现了一个转折。但由于使用了类似电影中的比喻蒙太奇手法进行了过渡，衔接比较巧妙，丝毫不显痕迹。接下来，就将玄鸟远逝时“高举振六翮”的动态意象，完全落实到了同门友“不念携手好，弃我如遗迹”的人生遭际上，引出了诗的主题。全诗的抒写，至此又暂告一段落。

在最后四句中，诗人把注意的视线，再次从远逝的玄鸟，挪回到秋夜的星空，并展开丰富的联想，借用三个比喻意象，对同门友的不义行为和交道不终，表达了不满。从而把秋夜的自然景物给予人的那种心理影响，具体化地集中到了一点，使情感得到了进一步的加强。其中“南箕北有斗，牵牛不负轭”二句，乃化用《诗经·小雅·大东》中“维南有箕，不可以簸扬；维北有斗，不可以挹酒浆”，及“睆彼牵牛，不以服箱”的典故，以说明所谓“同门友”，只不过徒有虚名而已，从而表达了诗人内心的失意与愤懑。

该诗紧扣秋夜的所见所闻。先由自然物景始，中间借助“玄鸟”意象实现过渡，引出主题，最后又用三个比喻意象来收束，其间始终未逾出秋夜的时空背景。全诗在写法上比喻生动，过渡自然，首尾照应巧妙，结构紧凑完整，是一首借景抒情的佳作。在“古诗十九首”中，这是一首依靠成功地捕捉自然物象的瞬时变化和心理感受的波动情况写成的作品。方东树《昭昧詹言》评其云：“后半奇丽，从《大东》来。初以起处不过即时即目以起兴耳，至‘南箕北斗’句，方知‘众星’句之妙。古人文法意脉如此之密。”[①] 丰富的意象和生动的比喻，使作者的情绪在诗中完全居于支配地位，该诗几乎没有借助叙事性的因素。对诗性语言效果的充分发挥，是该诗成功的一大要诀。

① 方东树《昭昧詹言》卷二，人民文学出版社，1984年，第56—57页。

第三辑　读《红》偶得

现实的爱与性灵的爱

——试论《红楼梦》中的两种爱情模式

《红楼梦》在塑造人物时常常采用对照的手法，这一点清人王希廉的《红楼梦回评》和张新之的《红楼梦读法》中早已提及。贾府上下的各色人物，从主子到奴才，几乎都可以找出性格和行为形成对比的几组典型来。即使在描写同一类型的人物时，作者也常常运用对比的方法，通过一方的眼睛和行为来观察和反衬对方，从而打破了我国传统小说叙事手法的单一性。这样做的好处是，叙事的视点可以灵活地进行调整，能够照顾到生活的方方面面，对其作立体的观察。因为我们知道：“叙事的时间是一种线性时间，而故事发生的时间则是立体的。在故事中，几个事件可以同时发生，但话语则必须把他们一件一件地叙述出来。”[①] 采用对比的方法，选择不同的叙述者和叙事视点，

① （法）兹维坦·托多罗夫《叙事作为话语》，张寅德编选《叙述学研究》，中国社会科学出版社，1989 年，第 294 页。

往往可以克服这一矛盾所造成的不足。所以，对《红楼梦》中所写的各类人物和事件，我们都不应在对比的双方之间作简单的是非判断，因此对红学界一向存在的宝黛之争，似乎也应该有一个新的认识。

《红楼梦》通过写贾宝玉、林黛玉和薛宝钗三者之间的恋爱故事，展现了一个钟鸣鼎食的封建大家族衰败的历史，爱情故事是它的主要内容。在小说中，贾宝玉是整个故事的中心人物，也是林、薛二人所共同追求的目标，这样双重的爱情就暗示了他双重的人格。对于薛宝钗，他重视其为人，贪恋其美貌；对于林黛玉，他则一往情深，视为知己。他在续《庄子·胠箧》时说的“戕宝钗之仙姿，灰黛玉之灵窍”（第二十一回），就是很好的证明。宝玉被宝钗的才德容貌所迷惑，又被黛玉的风神气质所吸引，这样他既不能完全任性灵而飞跃，又不能安于现实而屈服。因此，在他的感情世界里，宝钗和黛玉应该说各占着一席之地，不同只是孰轻孰重而已。可以说，贾宝玉是个半写实、半意象化的人物（这是业师袁世硕先生《贾宝玉心解》一文的主要观点）。在小说中，他不仅表现自己，而且也表现别人的生活。薛宝钗和林黛玉的感情世界，都是借助他来展现的。他既是生活的参与者，又是生活的目睹者。同时在另一方面，宝玉性格中的矛盾又是借着林、薛二人性格上的冲突表现出来的。从比较中可以看出，在对待爱情的态度上，薛宝钗和林黛玉分明有各自不同的追求：前者侧重于现实生活的考虑，抱着夫贵妻荣的传统仕途经济的幻想，渴望建立一个充满温情的世俗家庭，于平和安定中度其一生；后者则偏重于性灵的呼唤，一味痴情，感情的需要压倒了一切，并把生活当作艺术来追求。借用方平先生在他翻译的《呼啸山庄》序言中的话说，前者的爱是“人间的爱”，后者则是“超人间的爱”①。也许是人们普遍同情失败者的缘故吧，今天的读者多数对黛玉的不幸抱有惋惜，同时对宝钗则难免会有微词。相反，有些爱作翻案文章的人，也有替宝钗打抱不平的。这场在红学界打了近一个世纪的官司，至今似乎仍没有要结束的意思。当然，问题的产生是多方面的，但如果不对这两种爱情模式的形成和宝钗、黛玉的心理性格作深入的分析，我们的批评就始终不可能跳出现有的圈子，只能跟着别人人云亦云地争吵。因此，本文试图通过对这两种爱情模式的探讨，换一个角度来看待宝钗和黛玉的形象塑造。

一

弗罗姆说：“人——属于不同时代、不同文化的人——都面临着同一个需要解决的问题：如何克服孤独感、如何

① 方平《呼啸山庄·译文序》，上海译文出版社，1993 年，第 22 页。

达到结合在一起、如何超越个人的独自生活而找到共同和谐的愉快生活。”[①] 爱情的产生正是基于这一需要。自从进入文明时代以后，人类在两性的情感世界中就永远面临一种尴尬。一方面，生命的欲望促使人们追求自由爱情的满足；另一方面，社会又必须对人的行为制定约束，以维持其存在的秩序性。这样，爱情就不可能是一种纯精神的东西，它必须有物质的许可和意志因素参与。在社会生活中，爱某人不仅是一种强烈的情感形式，它还需要相互的欣赏和忠诚。否则，双方白头偕老永远相爱的诺言，就成了空话。于是理想和现实的冲突在人类的婚恋史上，就造就了两种不同的爱情模式。一种追求激情的性灵之爱，往往带有非现实的浪漫色彩。人们可以为爱而生，为爱而死，其他的都在所不顾。爱情对于人生来说就是生命的全部，恋爱双方所注重的只是那种“心有灵犀”式的感情沟通和相互之间的赏识。人生的意义就在于通过对理想异性的追求来完善自己生命的真实。相反，第二种爱情则更多地基于生存的考虑，恋爱者很注重把握现实中的各种利益关系，把感情投射在生活的方方面面，尽量不使其走极端，于平实中逐渐建立两性之间的依赖关系。中国是个古老的农业国家，城市经济的发展一向比较缓慢，因此在历史上很早

①（美）埃·弗罗姆著、康革尔译《爱的艺术》，华夏出版社，1987 年，第 8 页。

就形成了一套完备的伦理制度，来限制和统一人们的日常生活和各种社会关系，并且形成了一套适于自然经济发展的生活模式。表现在婚恋问题上，就是强调爱情要符合现实生活的需要和可能，主张建立男耕女织的家庭结构。但是同时，那种自由真率的激情之爱又一直吸引着人们的注意，令其不甘屈服于礼教的规范。现实中的种种羁绊反而加强了人们对理想爱情的执着，于是便发之于歌咏，为其增加无数美好的光环。《诗经》中的《周南·关雎》和《秦风·蒹葭》所表现的正是这种追求性灵之爱的浪漫情怀。但是经验告诉我们，浪漫的爱情必须建立在优厚的物质基础上才能够天长地久，否则就会像落日的馀辉，灿烂而易逝。《诗经·卫风·氓》中所谓的“于嗟鸠兮，无食桑葚，于嗟女兮，无与士耽。士之耽兮，犹可说也，女之耽兮，不可说也”，就是表现了浪漫主义的失败。

在中国古代以男女爱情为主题的文学作品中，现实的爱与性灵的爱始终是作为两种并列模式存在的。但总的倾向是：凡以普通市民和下层人物为描写对象的作品，大都表现和强调第一种模式的爱。如宋元话本中的《杜十娘怒沉百宝箱》和《卖油郎独占花魁》，就是写下层人的爱情。这里没有花前月下的浪漫游戏，也没有诗笺唱和的高雅情趣，有的只是相互的信任、尊重和通过共同努力来建立一个温暖家庭的生活愿望。而在以才子佳人为描写和歌颂对象的文人作品中，情况正好相反，大多数作品描写和歌颂的，都是第二种模式的爱。如王实甫的《西厢记》、汤显祖的《牡丹亭》和孔尚任的《桃花扇》等，这些作品的主人公都渴望过性灵的生活，所谓诗酒风流是其共同的特征。和话本小说中的大多数人物相比，他们都无涉物质的烦恼，因而精神层次的满足往往占重要的地位。他们对异性的追求一般都发轫于审美的动机，而不是出于功利的目的。历史的经验表明，人类一旦摆脱了物质的束缚，就必然会向精神的层次靠近，这是文明的必由之路。由此可以看出，在《红楼梦》中，薛宝钗和林黛玉所追求的这两种模式的爱情，都是由来有自的。《红楼梦》的独特之处是它把这两种模式集中到了同一个对象贾宝玉身上，并且在贾府这样一个锦衣玉食的环境中，把这两种爱情的冲突，提升到了“正统主义与浪漫主义”[①]两种精神的冲突，从而加深了作品的主题。从小说中可以看出，作者对这两种爱情并没有作简单化的处理。他以平静的态度写出了它们各自的合理性。宝钗和黛玉的性格也保持了其前后逻辑的统一，并未因现实关系的发展出现大的变化。因此不论是对现实功利的注重，或是对精神寄托的追求，似乎都不足以成为我们对这两种爱情模式进行褒贬抑扬的理由，否则批评就会流于武断。即使曹雪芹本人对这两种模式的态度

① 王昆仑《薛宝钗论》，《红楼梦人物论》，生活·读书·新知三联书店，1983年，第194页。

也不能说没有矛盾，他以沉痛的笔调写黛玉，以郑重的笔调写宝钗，并且自己常常陷在一种很艰难的处境中。所以为了深透地理解作品，我们还是从这两个人物的心理进行分析吧。

二

王昆仑在论薛宝钗的时候说："人类中间永远存在着把握现实功利与追求艺术境界的两派；一个人自己也常可能陷在实际福利与意境憧憬的矛盾中；林、薛两种典型，正是《红楼梦》作者根据这种客观的事实创造出来的对立形象。"所论极是！在《红楼梦》中，有可能和贾宝玉建立恋爱关系的女性有三个：一是林黛玉，一是薛宝钗，另一个就是史湘云。这三个人都是以亲戚身份在贾府出现的。由于情况的特殊，史湘云在贾府每次出现的时间都很短暂。作者安排这样一个人物，大概是为了在林、薛之间起一种平衡作用，这样一方面可以分散读者的注意，把叙事的视点在林、薛之间作巧妙的转移而不易被觉察，使小说的叙事由单线向复线发展，以便容纳更多的生活内容。同时，湘云的出现也延缓了宝玉和黛玉、宝玉和宝钗相互关系的演进，使小说的叙事呈现减速状态，使作者有充裕的时间完成对人物的刻画。所以湘云并没有真正进入到宝玉、黛玉和宝钗的感情纠纷中去，她的"介入"只是作者用来分散读者注意力的一个手段。王希廉在《红楼梦总评》中就说："《红楼梦》虽是说贾府盛衰情事，其实专为宝玉、黛玉、宝钗三人而作。"在这三个异性女子中，只有黛玉和宝钗在贾府生活的时间最久，和宝玉的接触也最多，她们和宝玉的关系构成了小说故事的主要内容。

在贾府的姑娘们中，林黛玉和薛宝钗虽然都是来投靠亲戚的，但她们各自的经历和在贾府的处境却截然不同，这既决定了二人性格的差异，也让她们对恋爱抱有不同的态度。首先，从幼年所受的教育看。林黛玉自幼因父母膝下无儿，"故爱如珍宝，且又见她聪明清秀，便也欲使她读书识得几个字，不过假充养子之意，聊解膝下荒凉之叹"。所以她受的教育没有什么针对性，她博览群书只是出于对文艺的爱好。另外由于父母早亡，黛玉在世俗的情感中得不到更多的安慰，她只能在精神世界中寻求寄托，以填补感情的空虚。自由的教育养成了她率真的性格，对于人情的复杂、生活的艰难，黛玉似乎从未留心过。病弱的身体，聪慧的禀赋，使她对外部世界的风雨阴晴极度敏感。她从一开始就处在一种与周围世界极不协调的状态。薛宝钗受教育则是因为皇帝"征采才能……在仕宦名家之女，皆得报名达部，以备选择，为公主、郡主入学陪侍，充为'才人''赞善'之职"。因此她所受的教育当然得适合正统的标准。同时商业世家的出身和已经趋于衰败的家道，也自幼培养了她计较功利得失的性格和安排生活的能力。父亲的早亡，哥哥的愚钝，使宝钗不得不帮着母亲照料家务。她永远能以平静的态度、精细的方法处理周围的一切。其次，从在贾府的处境看。黛玉寄人篱下，她和贾府以外的世界已经没有任何联系了。在贾府这个极度狭小的世界里，唯一能庇护她的只有贾母这个风烛残年的老妪，其他人对她都不过是在尽一点抚养的义务罢了。黛玉在这里的处境真有点“赤条条来去无牵挂”的意思，她既领受不到母爱的温暖，也难以体会到姊妹们的体贴——敏感的个性使她一向落落寡合，总是有距离地和贾府的孩子们相处着。因此林黛玉是孤立的，她的一切都分明地暴露在众人眼前。她敏感而又简单，聪明而又自负，这既有其可爱之处，也有不得人心的地方。相比之下，薛宝钗对贾府就不存在这种依附关系。她上有母亲和哥哥来关怀，下有丫鬟、婆子们来伺候，在贾府这个小环境中另有一片自己的天地，因此是进退有馀的。现实中有值得宝钗欣慰的东西，所以她不必为了一句话和别人怄气，也不会为自己的身世而悲戚。这些令黛玉时刻感到烦恼的东西，在宝钗看来都无所谓。宝钗对人对事，总是显得落落大方，宽厚温和。

从以上的分析可以看出，林黛玉和薛宝钗的性格差异，是由其各自的出身和生活处境决定的，表现在对待爱情的态度上，就形成了两种截然不同的模式。

三

小说第五回在《红楼梦·终身误》中说："空对着，山中高士晶莹雪；终不忘，世外仙姝寂寞林。"显然，作者在这里对黛玉怀着很深的同情，而对宝钗也不能说没有揶揄的味道。但是我们认为，文学批评不应当仅仅停留在解析作品到底表现了什么，而要超越作品进行透视。批评家不应是作者的传声筒，而要以作品为根据，并不为作者本来的认识所局限，这样才会由被动变主动。所以对待《红楼梦》中的这两种爱情模式，我们不能为作者的态度所束缚，而应客观分析其各自的合理性，从而使认识得到提升。

有人否认宝钗对宝玉有爱情，认为"在《红楼梦》书中并没有宝钗和宝玉恋爱的史实!"并说："宝玉为了欣赏宝钗而有时沉醉，在宝钗方面却永远是那么平平淡淡的。""黛玉所要的是宝玉的感情，宝钗所要的却是宝玉夫人的地位。"[①] 其实这种观点是有偏颇的。从事实上讲，在宝玉的心目中，黛玉和宝钗都有一定的地位。脂砚斋在己卯本十九回的夹评中说："才住了'好姐姐'，又闻'好妹妹'，大约宝玉一日之中，一时之内，此六个字未尝暂离

① 王昆仑《薛宝钗论》，《红楼梦人物论》，第200页。

口角。”另外王希廉也说：“宝钗与黛玉原是宝玉境中意中人。”至于宝钗对宝玉的感情，更不能否定其有。宝玉挨打以后，第一个来送药并看望他的是薛宝钗。我们看小说是怎么写的：

宝钗见他睁开眼说话，不像先时，心中也宽慰了好些，便点头叹道：“早听人一句话，也不至今日。别说老太太，太太心疼，就是我们看着，心里也疼。”刚说了半句又忙咽住，自悔说的话急了，不觉的就红了脸，低下头来。（第三十四回）

这应该说是出自真心的关切和体贴。小说逼真地写出了宝钗在宝玉挨打后，那种既心疼又难过的心情，情不自禁，欲言又止。至于宝钗平时从正统主义的角度出发，对宝玉学习仕途经济的劝勉，如从生活的实际出发看，也不能算错。因为宝钗已经体尝到了家道衰败的滋味，知道生活的艰难。她对宝玉的劝勉，只是从自己生活的经验和逻辑出发，并没有欺诈和邀宠的目的——何况还被宝玉难堪过！宝钗并不像袭人那样，在宝玉和王夫人处两面讨好，她的行为和态度始终是一致的。至于说宝钗在宝玉面前表现得总是很“平平淡淡”，那是由她的性格决定的。试想，一个力图谋取宝玉夫人地位而没有真实感情的阴谋家，会对自己未来的丈夫这样吗？《礼记·昏义》中说，女子在出嫁时要“成妇礼，明妇顺，又申之以著代，所以重责妇顺焉也。妇顺者，顺于舅姑，和于室人，而后当于夫，以成丝麻布帛之事，以审守委、积盖藏。是故妇顺备，而后内和理；内和理，而后家可长久也。”薛宝钗也时常劝勉史湘云和林黛玉要把针黹之事作为自己的本等之业，这一切都很符合传统规范。宝钗是传统的，也是务实的，她的性格前后是统一的。因此从总的方面来看，她对爱情所抱的态度也是现实的，并不作非分的幻想。

和宝钗相反，黛玉在现实中所能够凭靠的力量十分有限。用她自己对宝钗的话讲：“你如何比我？你又有母亲，又有哥哥，这里又有买卖地土，家里又仍旧有房有地。你不过是亲戚的情分，白住了这里，一应大小事情，又不沾他们一文半个，要走就走了。我是一无所有，吃穿用度，一草一纸，皆是和他们家的姑娘一样，那起小人岂不多嫌的。”（第四十五回）中国古代认为人生的三大不幸是：少年丧母，中年丧妻和老年丧子。这说明了人生在少、中、老这三个年龄阶段上，感情的焦点之所在。少年丧母的不幸，使多情的黛玉更需要得到爱情的补偿。因此她只能把自己的一切寄托在对宝玉的痴情上，用自己心上的血、眼中的泪向着宝玉一个人“暗洒闲抛”。她的嫉妒，她的偏狭，是她用来维护自己感情的唯一方法。然而面对着即将衰败的贾府的未来，面对着“潦倒不通世务，顽愚怕读文章”的贾宝玉，当我们在为黛玉的痴情感动的时候，又不能不为他们这种浪漫爱情的归宿感到担忧。现实毕竟是残酷的，象牙之塔里的雕梁画栋，怎经得外部世界的风雨飘摇？也正是在这一点上，作者曹雪芹也似乎产生了一种幻灭感。他始终是以沉重的笔调，塑造着泪光里的黛玉形象。固然，黛玉的失败令人遗憾，但是假如她成功了，结果又会是怎么样的呢？这就不能不令我们联想到挪威作家易卜生笔下的娜拉的悲剧。所以我们应该把宝钗所追求的现实之爱，与黛玉所追求的性灵之爱，平等地对待，它们只是人类的正常感情在历史发展中形成的不同类型。不论宝钗还是黛玉，她们都是按各自性格的逻辑，在追求自己的感情归宿，这本来不存在孰优孰劣的问题。不论在古代的文学作品或当代的现实生活中，我们都可以看到这两种爱情模式的普遍存在。在小说中，作者虽然写了黛玉的许多优秀和可爱之处，并对她的悲剧寄托了深切的同情，但同时也写出了她天性中的脆弱、气量的褊浅和性格的简单。对于宝钗，作者虽然对她的圆滑、城府多有所讽刺，却又并不否认她对人的宽厚、处事的能干和性格的成熟。姚燮在《红楼梦总评》中说《红楼梦》“写黛玉处处口舌伤人，是极不善处世、极不自爱之一人，致蹈杀机而不觉；写宝钗处处以财帛笼络人，是极有城府、极圆熟之一人，究竟亦是枉了。这两种人，都做不得”。姚氏的看法虽然太偏激，但他毕竟也是持论有据的。可是，当我们抛开对她们品行的评价而回到故事的结局时：黛玉死了，带着她终生的绝望和悲酸；宝玉走了，怀着无限的思念和惆怅；宝钗得到的，却只有遗憾和无奈。他们谁都没有跳出命运的劫难。所以林、薛这两个形象，是对现实生活中极具代表性的两类人的概括，我们没有必要在对他们的评判上大做文章。

总之，《红楼梦》所吸引人的地方主要在于作者运用语言的高度技巧和叙事手法的细腻。对作品中所塑造的一系列人，我们不好过多地进行善恶是非的判断，而且也不应该做这种简单的划分。因为我们知道，在文学作品中，我们要研究的从来都不是原始的事实，而是被作者以某种方式所描写出来的“事件”。作者的描写必然会有自己的用意，只有当我们透过这些表面事件，理解了作品所要表达的内容后，我们的认识才会更深透。因此对当代读者来说，重要的是理解，而不是评判。

“金玉良缘”与“木石前盟”的悲剧冲突

——《红楼梦》主题的文本解读

由于叙述视角的多元性和时空背景迷离模糊，作者身世神秘莫测，《红楼梦》从一开始就具有被从多种角度进行解释的可能。对于其主题的认识，历来更是见仁见智，聚讼纷纭。最富代表性的观点主要有三种：1. 索隐派认为“书中本事在吊明之亡，揭清之失，而尤于汉族名士仕清者寓痛惜之意”（蔡元培《石头记索隐》）；2. 考证派则力主自传说，认为《红楼梦》是曹雪芹的自传（胡适《红楼梦考证》）；3. 从五十年代开始，大陆红学界又采用阶级分析的观点，对此书进行研究，提出了政治主题说，认为它旨在批判封建制度的黑暗和罪恶。

以上数种观点或因论者自身具有太强的主观倾向性，或因立论的角度不是很准，今天看来均存在着各自的不足。首先，索隐派以《红楼梦》为对现实的影射，在论证方法上缺少必要的科学性，他们完全是凭想象来建立作品与现实之间的联系，忽视了小说故事自身的逻辑独立性和文本的结构功能。因而批评是外在的，没有进入作品本身。其次，自传派力图在小说中寻找作者的生平材料，用作品来证实作者的身世经历，虽然他们在方法上比较重视证据，但由于没有将研究深入到小说所营构的艺术世界，而是过早地得出了结论，所以违背了文学作品尽管来源于生活，却又不是对生活原始状态的客观记录这一基本的创作原则。从而把“红学”研究导向了“曹学”研究，使研究的重心游离到了文本的边缘。再次，新中国建立后兴起的阶级分析派，则把《红楼梦》当历史资料来读，他们尽管对小说中所反映的社会矛盾进行了深入分析，但实际上只抓住了问题的一半，并有将政治问题泛化的偏激之弊，故也无法还原《红楼梦》的真面目。戚序本第一回说，《红楼梦》“虽一时有涉于世态，然亦不得不叙者，但非其本旨耳”，实非虚语。

真正从文本本身出发来论《红楼梦》，并且认识较为深刻的应推余英时先生。他在《红楼梦的两个世界》一书中指出，《红楼梦》中刻画了两个世界，一个是乌托邦的世界，一个是现实的世界。这个看法相当准确，而且触及了问题的本质，但遗憾的是他对这两重世界的性质、关系和作用未作深入的分析，因而在对小说主题的认识上还不够明晰，显得有些模棱两可。

与以往的小说不同，《红楼梦》在艺术上的最大特点之一，是它为我们描绘了一个紧密联系着的两重世界，即除了现实层面的大观园，还有一个与之相对应的象征世界。正是通过这两重世界的交错重叠，才折射和强化了人物命运的悲剧性，并形成了全书特有的神秘气氛与美学意蕴。如果研究者单就现实层面上的故事来论，把小说中所设置的多重象征与隐喻弃置不顾，或将其视为虚妄，就很难从根本上进入文本的深层、读出它背面寓含的意义。那么对小说主题的认识，就永远是模糊不清的（这样就难免会走所谓“多元主题”的折衷之路）。

一、两重世界的设置与展示

如前所论，《红楼梦》向人们展示的是两重世界，这个两重世界是以人物为基础构成的，又是以人物为线索显示出来的。它们分别表现为现实层面上的大观园和带有神话色彩的太虚幻境。庚辰本第一回有句话说：“此回中凡用梦用幻等字，是提醒阅者眼目，亦是此书立意本旨。”此话虽是针对小说第一回说的，无意中却道破了《红楼梦》全书所描写的一系列梦幻场景的独特作用。换句话说，太虚幻境在小说中具有非常重要的意义。它不但和大观园构成了虚与实的对比，而且为小说中人物的现实存在，建立了一种同他们过去（前世）与未来（来生）之间的神秘联系。这既增加了人物命运的复杂性，形成了全书特有的美学意蕴，又使人物的行为处在了两重世界的聚焦中，因而在透视人物方面就要比其他作品显得深刻一层。总之，在《红楼梦》中，大观园代表的是一个现实世界，它为人物的活动提供了真实的场景，也反映着人们的现实需求。在这里，痴儿呆女们演绎着他们各自的动人故事。而太虚幻境则是个带有神话色彩的象征世界，它使人物超越了自己的现实存在，可以在更高的层次上俯视人物的命运，并通过隐喻、象征等一系列方式来暗示它，使之与他们的现实经历相映照。

在《红楼梦》中，这个两重世界从一开头就被交代得清清楚楚。小说在第一回运用全知视角叙述石头过去的经历，并通过渺渺真人之口预言了它的未来遭遇。其中就已经为两重世界的存在埋下了伏笔。此后虽然改用限制视角来写红尘之中大观园里的人与事，象征的世界一度被隐藏在了现实世界的背后，但作品中所设置的一系列文字的象征与隐喻，却时时透露着它的信息，暗示着它的存在。

如果说小说第五回是对这个象征世界的一次全面的展示，那么第三回写宝、黛第一次见面时，两人共同具有的那种似曾相识的心理活动；第十二回写跛足道人将风月宝鉴交与贾瑞时说“千万不可照它的正面，只能照它的背面”的双关提示；第十三回写秦可卿临终托梦时说的“三春去后诸芳尽，各自须寻各自门”的哑谜式暗示；第二十二回写众人各自所制灯谜的隐喻；第二十五回写癞头和尚拿着通灵宝玉所念的两首诗的今昔对比等，都反复地从侧面点明，在现实世界的背后存在着一个象征世界。当然在小说中，这个象征世界只是一鳞半爪地透露出来的，它不像大观园中的现实世界那样完整有序，也不和现实世界完全对等，它们的所有联系就是现实中的人物在象征世界中都有自己的影子，而象征世界又透露着现实世界中人物命运的信息。这样在小说中，人物的命运就是借着这两重世界才全面地展现出来的。在现实世界中，人物所展示的是其自然的生存状态，也就是说，是从各自的身份、地位、环境和性格出发，本着各人的存在逻辑在完成自己的生命轨迹；而在象征世界中，人物的命运却是早就确定了的。我们从中不难窥见，作者在貌似冷静的叙述背后，寓藏着强烈的主观意愿。因此要想探讨《红楼梦》的主题，要“解其中意”，就得以此为突破口，而不能像以往那样忽视象征世界在作品中所起的寓意作用，更不能用“现实主义”四个字将其一笔抹倒。只有这样才能深透地理解作品，才能全面地分析人物，也才能还《红楼梦》以本来的样子。《红楼梦》在艺术上最大的成功，就在于作者把这个象征世界投射到了现实世界之上。象征世界向现实世界的投射，是对人物的形与质的全面展示。这样既使人物处在了双重世界的聚焦之下，增强了他们命运的复杂性，又扩大了作品的容量，提高了语言的表现力。同时也为象征世界找到了一个现实的基础，没有使它流于荒诞和虚幻，从而使全书形成了一种半写实半象征的独特艺术个性。在处理这两重世界的关系时，《红楼梦》充分运用了虚实互见的手法。比如第五回在“金陵十二钗”正副册判词和《红楼梦曲》中，虽然对每个主要人物的命运都有一定的预言，由于是运用谜的形式表现出来的，因而非常朦胧含蓄。这样的虚笔处理既为全书的叙事设置了总纲，又不妨碍后文用写实的笔墨来层层烘染，为后面留下了一个巨大的叙事空间，在叙事上既富有层次感，又显得扑朔迷离，变化曲折。总之，只有正确地认识了这两重世界的关系，我们才能真正地进入文本内部，才有可能正确地把握这部作品的主题。

二、“木石前盟”与“金玉良缘”

前面分析了《红楼梦》中的两重世界，这两重世界在大观园中各有自己的代表人物，具体地说，林黛玉是个象征性的形象，薛宝钗是写实的形象。与之相反，贾宝玉则是处在二重世界张力之下的一个半写实半意象化的形象，他既倾心于黛玉的灵慧与气质，又迷恋宝钗的美貌与风度。这样黛玉和宝钗，就分别代表了以追求精神认同和现世幸福为主要表现的，两种不同的爱情类型，并由此带出了所谓“木石前盟”与“金玉良缘”的冲突。

所谓“木石前盟”，小说在第一回就已经借茫茫大士之口作了交代。原来现实世界中的林黛玉，在象征世界中乃是西方灵河岸上三生石畔的一棵绛珠仙草，因蒙赤瑕宫神瑛侍者每日以甘露灌溉，故得久延岁月，最终修成了女体。适逢神瑛侍者凡心偶炽，“欲下凡造历幻缘”，绛珠仙子便乘机随其下世，用自己一生所有的眼泪来回报他的灌溉之恩。象征世界中的神瑛侍者投胎到现实世界中成了贾宝玉，这便构成了他和林黛玉的前生之盟。与之相反，“金玉良缘”的说法则起因于贾宝玉有通灵玉，薛宝钗恰好也有一金项圈。这两样东西不论从功用还是外部特征看，都有很多巧合之处。一方面，不论是通灵宝玉还是金项圈，对它的主人来说都是性命攸关的，即必须随身佩戴，不能一刻失去；另一方面，通灵宝玉上刻的“莫失莫忘，仙寿恒昌”这两句话，与金项圈上刻的“不离不弃，芳龄永继”两句又正好成对。这无形中就暗合了中国民间金配玉的思维习惯。所以在第八回“比通灵金莺微露意”中，连莺儿听了宝钗念出通灵宝玉上的两句话后，都不由得说：“我听这两句话，到像和姑娘的项圈上的两句话是一对儿。”这种不期而遇的事实就为“金玉良缘”的说法提供了依据。至少，在人们的眼里它是一种暗示。为了加深对问题的认识，对所谓“木石前盟”和“金玉良缘”的实质，必须做进一步分析。

何谓盟？在感情世界中，盟是指男女双方之间的内心期许和承诺，它发轫于心灵上的认同和精神的同归。正因为林黛玉与贾宝玉有前生之盟，所以说第三回写两人初次相逢，第一面印象中都有一种似曾相识的感觉。黛玉一见宝玉，“便吃了一大惊。心下想道，好生奇怪，倒像在那里见过的一般，何等眼熟到如此”。宝玉看罢黛玉，则笑道：“这个妹妹我曾见过的。”在遭到贾母驳斥后，他又说：“虽然未曾见过她，然我看着面善，心里就算是旧相认识的，今日只作远别重逢，未为不可。”这种看似无心随口而出的话，其实有很强的双关意义。小说特意安排这么一幕，绝非毫无目的。当然，这只是开头，后面还将一次次地反复提示点染，来暗示这种令双方心惊的相逢是有前生之盟为基础的。相反，缘则是男女双方因某种外在因素而促成的人生遇合。它发轫于生活的实际需要，同时也带有很大的偶然性。支持着它的往往不是双方心灵的相互认同和吸引，而是某种外部条件的巧合。《红楼梦》对薛宝钗和贾宝玉初次见面的情景和过程完全略而未提，从某种意义上就暗示了他们的相逢有不期而遇的性质。也就是说，它和陌生人之间通常的相遇没有本质的区别，自然也不会有那种令人心惊的感觉。但是小说在第五回却专门交代了宝钗金项圈的来历。据莺儿说，项圈上的话“是个痴癞和尚送的，他说必须錾在金器上”。读到这里，我们难免要问：一，和尚为什么要送这两句话？二，为什么又“必须”把它錾在金器上？ 其实，这话是作者特意留下的一个破绽，它向我们透露了一个重要的信息，即“金玉良缘”乃和尚所设的迷局。这说明缘在本质上是一种人为性很强的东西，而且永远是今世的。因为联系着它的不是内在的精神力量，只是某种外物的偶合。所以它是可以人为地去制造的。因此在小说第十八回中，林黛玉就曾打趣宝玉说："你有玉，人家就有金来配。人家有冷香，你就没有暖香去配?"另外，"盟"与"缘"的区别并不完全是内在和外在的问题，在《红楼梦》中它还代表着前世与今生的时间差异。因为《红楼梦》是通过两重世界来塑造人物的，这样就可以打破时空的局限，把前世与今生联系起来，以便更加充分地展示人生的复杂性。某些在现实世界中无法解释的东西，作者借助象征世界作了清楚的回答。这样既保证了全书逻辑的统一，完成了对人物生存状态的真实写照，又进一步突出了"盟"与"缘"的差异。小说第五回的宝、黛判词前两句云："可叹停机德，堪怜咏絮才。"分别对宝钗和黛玉进行了概括性评价。就这两句来说，"德"是指一个人后天的教养，"才"则指一个人先天的禀赋。这种素质的先天生成与道德的后天养成，既象征着人物的身份与个性，也暗示着她们对宝玉的感情属于两种不同性质。它从更深的层次上又代表着前世与今生的差别。这一点在第二十回中借贾宝玉的口得到了证实。此回写黛玉得知宝玉去了宝钗那里，心中不快，宝玉听说，忙上来悄悄地对她说："你这么个明白人，难道连亲不间疏，先不僭后也不知道？我虽糊涂，却明白这两句话。头一件咱们是姑舅姊妹，宝姐姐是两姨姊妹，论亲戚她比你疏。第二件你先来，咱们两个一桌吃饭，一床睡，长的这么大了。她是才来的，岂有个为她疏你的?”象征世界中前世与今生的时间距离，在现实世界中被对等为血缘距离，并间以先来后到的思维惯性，这是作者遵守现实逻辑所作的更改。但它清楚地说明前世与今生有根本的区别。这种区别又决定了盟是一种内心自发的、根深蒂固且刻骨铭心的精神认同，缘则是一种由外部条件决定的、随机的人生遇合。这一点在《红楼梦曲·终身误》中得到了进一步说明：“空对着，山中高士晶莹雪；终不忘，世外仙姝寂寞林。”从“空对着”三个字中，人们不难体会到一种心理的距离感，而在“终不忘”这三个字中，则可以感受到感情承诺的分量。很显然，前者针对的是所谓“金玉良缘”，后者针对的是“木石前盟”。这是判词的暗示，也是我们理解这部作品的一把重要钥匙。

三、“盟”与“缘”的冲突及其哲学内涵

《红楼梦》虽然揭示了“木石前盟”与“金玉良缘”的不同实质，但它并没有一味停留在现象的层面上，而是将笔触进一步向里延伸，写出了人类在感情经历中普遍存在的“盟”与“缘”无法统一的无奈与尴尬，从而使其具有了普遍意义。因此，“盟”与“缘”的冲突就构成了这部作品的主题。

在《红楼梦》中，贾宝玉是一个处在两重世界张力之

下的“尴尬”角色。他既不能像黛玉那样纯任性灵的飞升而超俗，又不愿像宝钗那样注重现实的利益而务实。在感情上，他虽然认同于黛玉的才情气质与自然脱俗，但又不能不欣赏宝钗的温柔和顺与美丽大方。在第五回梦游太虚幻境时，与警幻仙子的妹妹所发生的意淫，正折射着贾宝玉人格的这种二重性。当然，若在前世与今世的宏观背景上来考察的话，“木石前盟”的内心承诺要比“金玉良缘”的人生遭逢更为持久，也更经得起考验。因为后者毕竟只是神瑛侍者因凡心偶炽而结下的一段尘世之缘，所以它始终是外在的和暂时的，并没有能进入他的心灵深处。现实的环境虽然使贾宝玉的形与质发生了暂时的分离，但在本质上，这位昔日紫霞宫前的神瑛侍者，与世俗的价值观念和道德观念仍然格格不入。因此，他虽然迷恋宝钗的美貌，但又不能接受她让自己走仕途经济的规劝，将其斥为是混帐话。这样，对于宝钗，他只能心存好感，却无法在心灵上去接近她。为了进一步说明问题，有必要对小说第三十六回所写的一幕加以回顾。此回写宝钗一日偶至怡红院，适逢宝玉午睡，屋里只有袭人在给他绣制鸳鸯戏莲的兜肚。当时袭人因事出去，宝钗便坐下代绣起来：

这里宝钗只刚做了两三个花瓣，忽见宝玉在梦里喊骂说：“和尚道士的话如何信得？什么是金玉姻缘，我偏说是木石姻缘。”宝钗听了这话，不觉怔了。

这里，“鸳鸯戏莲”的隐喻，同宝玉的梦话形成了强烈的反讽。它从正面说明木石之“盟”在宝玉心目中的比重超过了金玉之“缘”。但是问题在于，封建时代的婚姻并不由个人作主，更何况任何婚姻都不能不考虑现实因素。所以尽管有黛玉的一腔真情，尽管有宝玉的信誓旦旦，也难保没有夭折的可能。而在大观园中，现实的条件正好是不利于黛玉的。且不说宝钗的“品格端方，容貌丰美”胜过了黛玉，就是她的“行为豁达，随分从时”，也比黛玉的“孤高自许，目下无尘”能得下人之心。在第二十回中，心直口快的史湘云第一次出场，就根据自己的观察，当着黛玉的面拿她和宝钗进行比较：

湘云道：“你敢挑宝姐姐的短处？就算你是好的，我算不如你，她怎么不及你呢？”

所以黛玉的小心眼，在一定程度上可说是外部环境的晴雨表，它的每次发作与消失都和宝玉对她的态度变化密切相关。敏感而细腻的天性使她无法像湘云那样大大咧咧，不管不顾；孤苦的身世又不能让她像宝钗那样，借助亲人的力量来实现自己的意愿。黛玉只能将真情化作眼泪，对着意中人暗洒闲抛。所以当她听到宝玉对着湘云称扬自己时，心中不由得又惊又喜，又悲又叹：“所叹者，你既为我之知己，自然我亦可为尔之知己矣。既你我为知己，则又何必有金玉之论哉？所悲者父母早逝，虽有铭心刻骨之言，无人为我主张。况近日每觉神思恍惚，病已渐成，医者更云气弱血亏，恐致劳怯之症。你我虽为知己，但恐自不能久待尔，纵为我知己，奈我薄命何？”黛玉的担忧不是没有道理的。虽然她深知宝玉对自己一片真情，但是传统的金玉之论、自己多病的身体和贾府长辈们未明的态度，都为木石姻缘的实现设下了现实和潜在的重重障碍。这些外部阻力随着时间的推移不断加大，最终使她不得不怀着无限悲伤离开了尘世，重新回归太虚幻境。

黛玉去了，木石姻缘成了现实中的梦；宝钗来了，金玉良缘却成了梦中的现实。于是爱情带给大家的不再是相互的慰藉与欣悦，只有挥不去的痛悔与憾恨。正如宝玉曾对袭人说的：“从此后，只是各人各得眼泪罢了。”在小说中，象征世界与现实世界各有一套逻辑，当宝钗和黛玉遵着各自的逻辑相遇时，冲突就开始了。小说第五回写警幻仙子对宝玉讲完“意淫”的道理后，接着说：“再将吾妹一人，乳名兼美字可卿者，许配于汝。今夕良时，即可成姻。不过令汝领略此仙闺幻境之风光尚如此，何况尘境之情景哉？”所谓兼美，实际上是指她兼有宝钗和黛玉二人之美。在《红楼梦》中，她是一个极富象征意义的形象。小说写宝玉见到她的第一面印象是：“其鲜艳妩媚，有似乎宝钗，风流袅娜，则又如黛玉。”兼美的特点与太虚幻境的时空背景构成了强烈的反讽，它暗寓着这种现象的虚幻性，同时也映照着现实人生的不完美。在现实世界中，黛玉和宝钗都有各自天性中的不足：黛玉虽然才华横溢，冰清玉洁，但天性脆弱，气量褊浅；宝钗虽然美丽大方，处事稳重，却未免机心太重，流于圆滑。这种不完美性既是人生的真实，也为她们各自的姻缘制造了障碍。正如《红楼梦曲·终身误》最后四句所云："叹人间，美中不足今方信，纵然是举案齐眉，到底意难平。"所以小说到结尾，有盟的未能成为眷属，却带走了对方的心；有缘的虽成了眷属，却永远也找不到精神的归宿。这是人生之大不幸，也是人生之大尴尬。宝钗是现实中的胜利者，又是精神上的失败者；黛玉是现实中的失败者，却是精神上的胜利者。人生之得失既不可用加减法来计算，生命之复杂更不容许我们用简单的是非标准对其进行衡量。因此从更深一层来讲，《红楼梦》并不是简单地在讲述一个爱情故事，因为不论从人物塑造还是结构安排来看，它都包含着很强的象征性，其中所涉及的人和事有些也远远超越了现实的经验与逻辑。说穿了，作者实际上是通过极端冷静的叙事，在探讨生命之真实性与个人意志之间的冲突，即存在与意志的冲突。正是在这一点上，它介入了哲学层次上的思考，所以就显得分外美丽，也分外凄凉，在中国古典小说之林中，构成了一道独特而又神秘的风景。

二十世纪上半叶的《红楼梦》阅读

在二十世纪的中国学术中，红学当之无愧地应被列入显学的行列。历史已经跨过了一道新的门槛，隔着新世纪的玻璃窗往回看，五十年前的月亮和今天的一样圆，但是五十年前的记忆却已不复清晰。对于一般人来说，二十世纪的红学研究基本上就是一笔糊涂账。先是清末以来的索隐说流行一时，接着胡适于1921年发表了《红楼梦考证》，提出了自传说，然后新中国成立，“两个小人物”又提出阶级斗争说，再后来又有关于作者祖籍问题的论争等等。总体说来，大多数人对于新中国成立以来所发生事仍然记忆犹新，但对此前的情况，则或因历史原因所造成的曲解，或因旧时资料不易接近而日渐陌生。不过就学术的运作规律而言，任何一门学术都有其自身的逻辑和规范，都必须建立在一定的基础之上才能不断地向前发展。所以在今天，启封五十年前有关红学研究的资料，既有利于避免学术研究的重复和循环，减少人力和物力的浪费，又可以为新成长起来的学人提供参照，便于研究的深化。这正是人民文学出版社出版《红楼梦研究稀见资料汇编》的意义之所在。

该书分上下两册，共110万字。其中汇集了从1906到1949年间，在全国各类刊物上所发表的、目前所稀见的有关《红楼梦》研究的主要文章。编选者在全面搜集和占有资料的基础上，经过认真的筛选和淘汰，删去内容重复和肤浅的篇什，从总共500多篇（已经出版的专著不计）文章中选出了300篇，并对每一种观点和学术方法都给予了充分的重视。所以这是研究《红楼梦》和红学史的一部重要文献汇编，它的出版对推动红学的发展和现代学术史与思想史的研究，都有不可忽视的意义。但是避开学术上的意义不谈，我更关心的是这些资料中所反映的《红楼梦》在当时被阅读和接受的情况。

有句俗语说："少不读《红楼》，老不读《三国》。"这话其实是从反面说明了这两部书的主要读者群分别集中在两个年龄阶段。换句话说，就是说青少年读《红楼梦》或老年人读《三国演义》往往会有更多的会心之处，容易引发更多的麻烦。当然，事实并不总是如此绝对，和当下一样，在二十世纪初，《红楼梦》的读者也是形形色色的。1948年6月14日《新民报日刊》上发表了习之的《红学之派别》一文，开头就讲到了《红楼梦》在当时流行的情况："旧说部里面几部流传极广的书，当以《红楼梦》为首位了。此书受新旧学者的一致推崇，读者群中包括了各色各样人物，有大学教授，有左翼文人，前清的慈禧太后及中兴名将中的胡林翼，皆为标准红迷，上至达官贵人，下至贩夫走卒，无不沉迷其中。近年研究红学之风更盛极一时，西南联大既设红学讲座于前，文学家王昆仑复出版专著于后，皆极有成就。此外各报的副刊文字更时有登载，谈红学者不一其人。"但是翻翻这部资料集，我们也不可否认，在众多的读者群中，对《红楼梦》阅读得最投入、最着迷的首先是年轻人。这部以描写青年男女的情感生活和精神世界为主要内容的杰作，首先赢得了青少年读者的青睐。而这种阅读的热情，又完全是由他们发自内心的兴趣和探索人生真谛的愿望激发出来的，它不受任何政治因素的干扰和影响，也不受任何权威意见的左右。每个人都是本着自己的经验和体会来理解和看待这部书的。唯其如此，才更显得这些阅读体验的可贵和真实。在这类文章中，特别值得一提的有闻天的《读〈红楼梦〉后的一点感想》、姜亮夫的《红楼梦送我出青年时代》和西南联大中文系以《水浒传与红楼梦》为题的一次学术座谈会的会议纪要等。姜亮夫先生后来并不以研究红学闻名，而是在楚辞学、训诂学和敦煌学等多个领域里奠定了自己的学术地位。西南联大的这次座谈会在前面习之的文章中就曾被提及，它更是让我们近距离地感受到了当时气氛的活跃、师生之间对话的平等和所关注的问题的多样性。试想，在抗战后期一个停电的冬夜，二三百人聚集在暗淡的烛光下进行这样一场讨论，会场上还不时地爆发出阵阵笑声和掌声，那情景毫无疑问是十分感人的。这次座谈会共集中讨论了十个问题，涉及的面很广，提问的方式也很自由。特别值得注意的是一个女学生不同意李长之教授在演讲中提出的"男性的感情是'怒'，而女性的感情是'哭'"的观点，她认定这话的潜台词是说"眼泪是女性的弱点"，并就此同李长之展开了激烈的辩论，几乎使其无法下台。关于这位可爱的女生，现场记录对她的描述是："有一位女同学挺身而起愤愤地说"，"她仍然不服地说"，"她振振有辞地说下去"。李先生的反应则是："李先生急起来声明说"，"李先生没奈何了，眉头一皱，站起来像个老练的外交部长回答新闻记者似地说"，"李先生接着严肃地说"。与此同时，会场上的情景则是不断的"众鼓掌""鼓掌""众大笑""笑声更大""笑声与掌声并作""众大笑鼓掌"。这样的情景虽然只是一个侧影，但颇具代表性。当然，在长长的一大串作者名单中，除了许多以研究红学著名的人物外，还有另外一些我们并不陌生的名字，如新文化运动的领导人陈独秀、学衡派的代表吴宓、古文字学家容庚等，还有后来沦为汉奸的胡兰成。胡氏的《读了〈红楼梦〉》发表于 1944 年。颇为有趣的是他在文中写道："爱是人生的和谐，恋是人生的带有背叛性的创造，所以在佛逆的环境中爱与恋不可分，如同今人之把‘恋爱’说成一个字。”发表此文时，胡氏与张爱玲的恋爱关系已经结束，不知在旧爱与新欢之间，他是如何体会此话的。

另外，综观这一时期所发表的有关《红楼梦》的各类文章，我们不能不惊讶于其视角的多元性和涉及问题的广泛性。除了文学本身的研究以外，人们还试图从历史、哲学、宗教、心理学、教育学、经济学、医学和科技史等多种角度，寻求对各自感兴趣的一些问题的解释。毋庸置疑，从学术史的发展来看，这类研究未必能成为红学研究的主流，但就开阔视野、启发思路和帮助人们进一步理解作品而言，则是十分必要且大有裨益的。读了赵誉船的《红楼梦中人年龄考》、吴轩丞的《红楼梦之误字》等文，我们会对作者阅读的仔细深表钦服。湛庐与延龄关于《红楼梦》中所描写的炕的讨论，李玄伯、圣美关于《红楼梦》地点问题的考证，芙萍、张笑侠、金易三人关于《红楼梦》中女性的脚的讨论，昌群、白发微、绪、陈定闳等人关于《红楼梦》中所提到的西洋器物的考证，羽白关于《红楼梦》中贾府的灯烛和卫生设备的讨论等等，几乎涉及了贾府生活的每一个细部。要对一部小说做如此细琐的讨论研究，无疑得具备极大的阅读兴趣。透过这一篇篇文字，我们仿佛能感受到作者们那睿智而执着的目光。

打开这五十年的尘封，我们是怀着一种欣喜而又吃惊的心情走进这一段历史的。关于它，要说的当然还有很多。

不过在这里，我只想提醒一点，即任何文本层次上的评论与欣赏，所反映的只是知识阶层的一部分人对《红楼梦》的接受情况，在他们的身后，肯定还有一个没得到话语权的普通读者层，虽然他们的声音未能被记载下来，但跨越历史的时空，我们仍可隐约看见他们埋头阅读的身影。

考证是有限的

像刘心武先生那样“研究”《红楼梦》的，我接触过不少。从大众普及的角度讲，人民文学出版社老早就进行过尝试。大约在2002年前后，我们曾推出过一套作家谈古典文学的随笔集。当时的想法是，对古典文学这门传统学问，不能让它只局限在学术圈子里，要让大众也了解相关的成果。

这个意思说具体点，就是当学术研究进行到一定程度，当一些问题在学术界已成常识后，怎么能让它进入大众层面，为一般人了解和接受。国内学术现有的评价体制，学术刊物的专业特性，都不利于学术成果的大众普及。目前国内的好多专家，都不像1949年前的学者那样，肯写一些小书，他们愿意把更多的精力投入到专业文章的写作上，因为现行的考评体系只认专业期刊上发表的论文。但我们也注意到，一些非专业人士，包括有些作家，他们结合自己的阅读体验，从创作角度谈古典文学的写作技巧、人物塑造等问题，对专业研究反而会有启发。当时恰好有一些作家陆续发表了一些文章。比如王蒙先生写了一些关于李商隐、《红楼梦》的文章，李国文先生写了像《金圣叹之死》等关于中国古代文人非正常死亡问题的文章，刘心武先生也发表了一些关于《红楼梦》、《金瓶梅》的随笔。注意到这个现象后，我们就请他们将已发表的文章各编一本书，王蒙先生的书名叫《心有灵犀》、李国文先生的叫《中国文人的非正常死亡》、刘心武先生的叫《春梦随云散》。

稿子交来后，我觉得刘心武先生的思路、方法跟另两位的很不一样。他不是从文学感受或经验出发来写作，而是做起了考证，这令我比较意外。他后来的路数，基本是过去的延续，甚至有过之而无不及。

这几年由于工作的关系，我接触过各式各样关于《红楼梦》研究方面的来稿，也结识了许多喜欢《红楼梦》——或者试图对《红楼梦》重新进行解读的人，我对他们的努力和热情虽然很尊重，却不能把他们写的东西当研究成果看。从出版的角度讲，人文社作为一家严肃的出版社，对学术稿件一直有较高的要求，因此，好多谈红学的稿子都没被接纳。在对这些作者表示尊重的前提下，我很委婉地讲了我的意见，认为学术的大众化不是一个正常现象。这并不是说学术应该只由少数人来垄断，而是因为学术的基本规范、学术所要求的专业知识、基本的文史训练，是从事这项工作所不可或缺的。我们曾出过一本《红楼梦研究稀见资料汇编》，是由中国艺术研究院红楼梦研究所和人民文学出版社两家合编的。《汇编》出版以后，我很有感触，曾在《人民日报》（海外版）上发过一篇书评（即《二十世纪上半叶的〈红楼梦〉阅读》），其中也提到了这个问题。在学术大众化的背后，其实隐含着一个风险，就是学术规则、学术方法的丧失。因为从事一门学术研究，仅凭兴趣是远远不够的。与学术的大众化相伴随的，往往是学理的匮乏和规则的丧失，而这正是学术研究的生命所在。据《红楼梦研究稀见资料汇编》的统计，从1906年到1949年之间，全国各类刊物上发表的有关红学方面的重要文章有300多篇。当时参与《红楼梦》研究的，或者说写这方面文章的，既有大学教授，也有新闻记者和一般的文化人，他们的视野都非常开阔，这些人几乎没有谁一辈子只靠研究红学成名，比如姜亮夫、吴宓、容庚、王昆仑等等，都有很深的文史功底和综合的学术背景。反观今天的许多红学家，一辈子只研究《红楼梦》，视野难免不够开阔，路子明显要窄一点。

我讲这个问题，是有现实的针对性的，主要就是类似刘心武先生这种解读《红楼梦》的路数，我接触得太多了。多年前，霍国玲就曾找到我，想把她在文史出版社出过的《红楼解梦》拿给我们出。我看了她的方法后没有接受，她还写信批评过我。在出版社这些年，我常能接触到这一类的人和稿子，他们有农民，有工人，也有一些干部，虽然结论五花八门，但走的路子基本一样。之所以有这么多未经专业训练的人，乐此不疲地从事《红楼梦》研究，我认为有三个问题必须引起思考：

一是索隐派的方法为什么还有人愿意坚持?《红楼梦》跟别的小说不一样，其本身的魅力在中国古典小说中首屈一指，读者从不同的角度去阅读，各有各的体会，是毋庸置疑的。这些年我接触的《红楼梦》研究者中，有许多是在校的硕士、博士，他们都面临毕业需要发表文章，别的不大容易写，但对《红楼梦》似乎都有话说，至少也可以找个人物分析分析，写篇东西，这样的现象比较普遍。而对于社会大众来讲，历史上通过索隐成名的不在少数，而且索隐不需要成本、不需要代价，也没有什么规矩限制，没有什么具体要求，可以无限联想。举一个简单的例子，霍国玲考证林黛玉是竺香玉，依据就是清宫里的一幅画。因为画中描绘的竺香玉卧室里，到处装饰着竹子图案，而林黛玉又是喜欢竹子的，由此联想，她得出结论，认为林黛玉就是竺香玉。这种思维方式虽然是靠不住的，但它简便易行，让好多人有了一种能介入进去的感觉，这可能是索隐的方法能让这么多人着迷的主要原因。好多人也透过霍国玲、刘心武等的成功，看到了出名机会。也就是说，这种方法让他们找到了一种自我实现的可能途径。

二是当代红学面临的主要问题是什么？我认为最大危机是，传统考证的方法，在资料不足的情况下面临着困境。红学自产生以来，走的都是考证路子。考证有两种，早期是索隐派占主流，后来是胡适的自传说居主导，虽然他们的方法和结论差异很大，但都属于考证类，区别只不过是方法上科学、不科学的问题。就当代红学界而言，最有影响的学者，像冯其庸、刘世德先生等，基本上走的还是考证的路子。考证在红学研究中，仍然是最受重视的方法，但今天它面临的最大问题是新材料不足，或者说新材料的发现很少。

第三，传统红学的考证路子，不论从方法还是思维惯性上，都给后来造成了一些负面的影响，让好多人跳不出这个框子来，由此在小说虚构的文本和考证追求证实的方法之间，就产生了矛盾。对于小说的文本来讲，考证应该是有限的，而不是无限的，但目前的这些做法，是把它无限化了。我曾跟一个作家朋友谈过这个问题，我问他人的记忆有多少是靠得住的，或者说对于他自己经历过的一个场景，如果让他用文字来追述，有多少可以还原？他说完全准确的记忆不会超过20%。因此，当我们今天以小说为依据，来考证曹雪芹的生平问题，有多少是靠得住的？刘心武先生写了很多考证秦可卿的文章，还提出了所谓“秦学”。我觉得作为一个作家，他应该具备这样一个常识，即不管作家在成书以前对作品做过哪些修改，一旦作品完成以后，所有此前被删掉的东西，对这部作品来说，就相当于不存在。对文学的理解，应该主要立足于文本。研究者之所以关注作家做过哪些修改，只是想知道作家的思想是怎么变化的，这些变化可以让我们更好地来理解作品，而不能拿作家自己否定掉的东西，来解释现在的作品。

抛开考证的方法不谈，古典文学研究界，对小说文本的批评，也存在许多问题。从理论上讲，小说研究应该更重视批评，但老一辈学者，很多人的理论准备不足，年轻一辈又更愿意作社会学的分析，用道德评判替代文学研究。这样，不论考证的方法或批评的方法，都面临一定问题，使得红学研究陷入了低水平重复。

当然我们也看到了一些成果，比如关于《红楼梦》叙事问题的研究，既有单篇的文章，也有专著；关于《红楼梦》美学、哲学问题的研究，这几年也出过不少文章。在叙事问题研究方面，印象比较深的是鲁迅文学院王彬先生的《红楼梦叙事》，写得比较细，他的不足是没有把《红楼梦》纳入中国古代小说的叙事传统中论述，所以还应该再深化一点。从理论研究来看，目前还没有出现非常经典的著作。与此相反，各类刊物上发表的《红楼梦》研究文章，重复的话题又实在过多，许多前人已经谈过的问题，今天还有人在津津乐道，至于像关于贾宝玉、林黛玉、薛宝钗的形象、性格等方面的评论文章，几乎经常能看到。

至于说刘心武先生在“百家讲坛”的讲座，所走的路子并没有脱离过去的老套，而且走得更邪乎了一点，他的好多莫须有的考证，完全是把《红楼梦》当评书来讲了。“百家讲坛”这个栏目，央视如果把它定位为娱乐节目，那当然无可厚非，但如果要打学术牌，有些内容是靠不住的，包括刘心武先生的讲座在内。

举一个简单的小例子，他解释“千岁”的时候，公然说：“大家都知道中国只有一个皇帝，皇帝底下只有一个千岁。”这样的常识错误，连我当年教过的一个本科生，都表示不可思议。因为我们知道封建时代不仅娘娘可以称千岁，太子可以称千岁，王爷都可以称千岁，万岁底下这些皇子皇孙其实都可称千岁。这就说明他不具备基本的常识。

因此，媒体介入学术的时候一定要谨慎，至少策划这么一套节目，做这么一个栏目，应该请各个领域比较专业的专家，而不应完全游离于这个范围之外。当然有一个实际情况，就是各领域的专家，未必人人都能把一个话题讲生动。把学术研究中成熟的内容向大众普及，并不是一件容易的事。如何确定人选和话题，如何让专业人士做一些普及性的工作，如何让话题有足够的趣味性，其实并不仅仅是红学界需要解决的问题。学者不是明星，被关注的程度不够，但作家的知名度要高得多，容易有明星效应。另外，长期的专业训练，现行的评价体系，也束缚了一些专家的思路，考虑问题的角度和写作风格比较单一——就这一点来讲，当代学者和 1949 年前的学人相比，是有差距的。最突出的区别是，1949年前好多教授是作家，当代教授成为作家的则很少。人民文学出版社曾经做过一些努力，推出过一套“漫说丛书”，想让学术名家用轻松的笔调写一些普及性的小书，效果并没有预期的好。传统文化的普及，是当代学术和出版界都应认真思考的问题。倒过来说，学术的普及毕竟也是有限的。一般只有常识的东西有普及的可能，非常识的东西是不可以普及的。比如《红楼梦》中关于作家祖籍的考证问题，大众并不关心，大众关心的是文本引发的各种人生经验、社会经验，是能让大众产生共鸣的问题。专家感兴趣的，未必是大众关心的，做普及性写作的人，必须考虑到这个问题。

此外，还有媒体运作与自我评价的问题。媒体需要热点，这和它的性质有关，当年霍国玲的《红楼解梦》出来以后，好多报纸，包括一些学术刊物都热炒过。这其实也反映了媒体从业人员的专业水准。现在好多学术的伪命题和不正常现象，都是由媒体推波助澜炒起来的。我个人觉得，媒体应该有一定的社会责任感，应该分清楚哪些东西是值得炒的，哪些东西是不值得炒的。假如只作为一种文化现象或社会现象来报道，那是媒体的权利；但动辄冠以惊人的标题，把胡说八道当成重大发现或什么了不起的成果来宣传，那是不负责任的。

在刘心武先生解密红学引发热议后，很多文化界的人“挺刘”，还有人提出让红学家和刘心武在百家讲坛比试，让公众用手机短信投票，以决胜负。这种搞笑的提议，折射出了两种心态。一方面，它不代表社会对学术的态度，但体现了大家对于自主发表言论的渴望，还有大众对中国红学会的了解还远远不够。因为目前对刘心武的研究方法提出质疑、从学术立场进行批评的，主要是红学会的人。大众对这类学术社团往往带有怀疑色彩。有些人可能抱着幸灾乐祸的态度，觉得反正是搅浑了一潭水，跟着发泄一番。我们如果以平静的心态看，刘心武先生不过是给整个文化现象增添了一朵花絮。所有从事学术研究的人，都会一笑置之，没人太过当真。但是央视这种强势媒体和刘心武的作家身份，却让他的观点容易影响一批对于红学缺乏常识的人。学术界有责任心的专家，都有权利、有义务从捍卫学术的严肃性、维护学术方法的科学性的角度，站出来发声。另外，我们也希望各种媒体包括出版界，要坚守一定的标准，不能无原则地降低标准，热捧这样的内容。图书是文化产品，文化产品要有文化价值，学术出版物，更要坚持学术标准。所谓学术标准，就是要做到资料充足、方法可靠、结论可信，而不能用想象来代替推理，不能用虚构的故事来代替客观的文献。图书不是一次性消费型产品，出版得保持严肃性，这是出版传媒机构应该承担的社会使命。

总之，刘心武现象持续的时间并不长，他的巅峰时期已经结束了，但是由此而引发的红学热会持续一阵子。这并不是因为刘心武先生的观点有多重要，而是因为《红楼梦》的魅力永不褪色，大众对《红楼梦》的关注经久不衰。至于说刘心武先生的研究究竟会得到怎样的评价，那不是他个人说了算的，大众的支持也不等于学术的认同。大众的同情代表了社会对《红楼梦》的关注，但不等于学术的评判，正如道德的同情与法律的判决不能混为一谈一样。

这个梦，离那个梦有多远？

随着新版电视剧《红楼梦》在一些地方台的开播，关于《红楼梦》的改编问题，一时成了热点话题。媒体对此已有不少报道，网络上的评论更是五花八门，有叫好的，有拍砖的，但是总体看来，似乎批评的声音较占主流。许多人将其与八七版电视剧进行比较，不论从演员的选用，还是服饰的设计、对白的语体风格、音乐的创作等多个方面，都有些质疑。有媒体报道，导演李少红率剧组在东方卫视的节目现场，一度情绪失控，怒斥这些负面的意见对该剧主创不公，并且特意强调她与王扶林导演关系一直友好。这样一来，问题的性质似乎变成了两部电视剧之间的较量，而把更重要的东西忽略了。

从观众的角度来讲，对一部剧作表达好恶，本来无可厚非。作为该剧的主创，这个时候要避免意气用事，也不必和批评者打口水仗，而要尽量对观众的质疑作正面回答。

由于该剧还未在北京播出，笔者不能对其贸然评价，但作为《红楼梦》的读者，我总忍不住想问，现在为什么重拍《红楼梦》？或者，从主创者的角度来说，这次重拍，比八七版那次具备了哪些优势？作为制片方，在决定投资之前，对这些问题是不会不考虑的。那么，把答案亮出来，或许能起到一定的沟通作用。

改编名著难，改编《红楼梦》这样的名著更难。正如北京台的系列宣传节目《一人一个〈红楼梦〉》的标题所示，每一个读者的心目中，都有一部自己所理解的《红楼梦》。那么，电视剧在改编时要想调和众口，几乎难于登天。不过新版电视剧这次有个宣传点，自称是完全忠于中国艺术研究院红研所校注的《红楼梦》。这又引起了另外的问题：电视剧改编要不要完全忠于原著？又怎么保证忠于原著？关键的问题就是，怎样才能把小说这种用文字表现的艺术，不折不扣地搬上荧屏。这不能不令人联想到越剧《红楼梦》的改编。

越剧《红楼梦》改编于1962年，当时阶级斗争说正在大行其道，该剧的主题，如果对照今天红学界的主流观点和任何版本的小说来看，都不能说它“忠于”了原著，但对其改编的成功，却无人敢于否认。即使今天，该剧还在不断上演。所以，对一部名著的改编，关键倒并不在于如何在形式上忠于原著，而是要看改编者有没有自己独特的东西在里边，要看改编者所理解和表现的原著中的核心价值是什么，当然还要看这种改编是否适合所针对的表现形式。越剧的改编重点突出自由爱情遭受压制被摧残的悲剧，情节紧凑，曲辞优美，完全不受小说文字的拘束，给了舞台表现极大的自由。在《黛玉葬花》一出中，贾宝玉的一段唱词极为出色，其中回顾了黛玉来到大观园以后，两人两小无猜，情投意合的成长过程，既浓缩了剧情，又起到了很好的抒情效果。应该说，这样改编是积极的，它凝聚了改编者对原著精髓的把握和对舞台艺术的熟练掌握。相比较而言，电视剧比戏剧更容易再现小说的场景，当然也就更容易在形式上“忠于”原著。但是电视剧如何忠于原著，似乎不应该仅仅局限于剧情和对白等形式方面，而在于人物的表演能否传神，剧情的设计能否触及观众的内心深处。这都和改编者对原著的理解密切相关。

《红楼梦》是迄今为止，中国文学中一座不可逾越的高峰，其内容的丰富，刻画人物的传神，语言的生动，思想境界的博大深刻，都是无人企及的。由于其内容包罗万象，头绪繁多，所以如何把握原著的精神，改编时秉持什么样的原则，对于电视剧改编的成功与否至关重要。统观《红楼梦》全书，它是以宝、黛、钗三者的爱情为主线，以贾府的家庭生活为背景来写作的。在纷繁的现象背后，作者着力写出了人类感情生活中“缘”与“盟”之间难以调和的悲剧冲突。所谓“缘”，就是各种外部条件促成的一种婚姻的可能性；所谓“盟”，则是指男女双方发自本能的一种精神上的相互认同和吸引。在对待两性的态度上，我们每个人的内心深处，既有追求精神自由、性灵飞升的一面，又有渴望家庭和睦、安稳踏实的一面。但是现实永远是不完美的（在《红楼梦》中，完美的对象只存在于太虚幻境中——“兼美”象征的就是这种的理想），“黛玉之灵窍”“宝钗之仙姿”，永远不可能集于一身。林黛玉这一缕诗魂，在现实的人间烟火中很难找到升腾的空间。薛宝钗的温厚贤淑，又多少缺了些纯粹感。小说正是这一点上，触动了我们每个人内心深处的那点不满足感。“空对着，山中高士晶莹雪；终不忘，世外仙姝寂寞林。”贾宝玉的悲哀，其实也代表芸芸众生们普遍的无奈。《红楼梦》由此也上升到了一个哲学的高度，所谓“色空”“盛衰”“真假”“有无”“好了”等等，皆由此引发。但是这些概念都只是在悲剧发生过后，当伤口已经愈合，伤痛得到平复时，才生出的感慨。它是经历了大悲痛以后的冷漠陈述，没有了惊心动魄，而多了些旁观的意味。这些内容，新版《红楼梦》的改编者们能体会得到吗？

第四辑　近观吴宓

中国文化的殉道者：吴宓与顾亭林

吴宓，字雨僧，清光绪二十年（1894）农历7月20日生于陕西泾阳县。出生未满一岁，生母李氏病亡，由祖母杨氏亲任抚养。由于吴氏家道殷实，其父亲与叔父（后为其嗣父）均有较高的文化修养，比较开明，所以他自幼受到了良好的教育。早年曾在陕西宏道高等学堂读书。1911年，以复试第二名的优异成绩考入清华学堂（后改清华大学）。1916年6月，从清华留美预备学校高等科毕业，次年赴美留学。到美后初入弗吉尼亚大学，第二年转入哈佛大学，后随著名的人文主义大师白璧德攻读文学和哲学，获硕士学位。1921年毕业回国，先后执教于东南大学、东北大学。1925年应聘回母校清华大学任教，并受校方委托，负责筹办了清华研究院国学门。1937年抗战爆发后，随清华南迁，执教于西南联大。1944年，因人事原因离开西南联大，入燕京大学（时在成都）。1946年受聘为武汉大学外文系主任。1949年到重庆，进入梁漱溟主办的勉仁文学院。1950 年随该院并入西南师范学院，此后遂定居重庆。在这里他经历了人生晚年的升沉起伏，也谱写了一曲凄凉的悲歌，今天看来令人不胜唏嘘。

一

吴宓是学者也是诗人。他的一生经历了晚清、民国和中华人民共和国三个时代，又经受了东、西两种文明的洗礼。他以研究和教授西洋文化与文学为主要职业，但又志存“保存、发扬中国文化”，“认为中国文化是最好的，而且可以补充西洋文化之缺点”①。今天的人谈到吴宓，说得最多的当属他参与创办、长期负责编辑《学衡》杂志，主持清华研究院的筹办并聘请王国维、梁启超、陈寅恪、赵元任为导师，此外还常提到他在《红楼梦》研究与外语教学方面的种种贡献。这些都是他作为学者的主要表现。作为诗人，吴宓一生饱读中西古典诗歌，坚持旧体诗词创作，早年即出版过《吴宓诗集》②。吴宓曾说：“吾于中国之诗人，所追慕者三家。一曰杜工部，二曰李义山，三曰

① 《吴宓日记续编》1949 年 12 月 19 日“整理者按”所引吴宓在 1966 年 9 月 8 日“文革”中所写交代材料。
② 吴学昭先生曾在其基础上整理出版了《吴宓诗集》和《吴宓诗话》，先后由商务印书馆于 2004 年、2005 年出版。

吴梅村。以天性所近，学之自然而易成。”[1] 从个人天性和创作风格来讲，这个表述是合乎实际的。但值得关注的是，吴宓曾亲手评注过明末清初著名思想家顾炎武的诗集。从《吴宓日记》和《吴宓日记续编》可以看出，在明清诗人中，梅村诗他是自幼熟读，而且终生作为精神寄托的。在1956年12月28日的日记中，他曾有诗说：“吾生最爱梅村诗，老去熟吟涕泪随。”相比之下，接触顾炎武则要晚得多。从他自己的记述可以看出，在上海中华书局1935年出版《吴宓诗集》时，他还没有深入研读过《顾亭林诗集》。那么，吴宓是如何会喜欢上顾炎武，或者说，他对顾炎武的接受是因了怎样的精神需求，就成了一个值得探讨的问题。讨论这个问题，对我们今天研究吴宓的人格、思想、心态与个性，都有极为重要的参考意义。

顾炎武（1613—1682），本名绛，字忠清，入清后，改名炎武，字宁人，号亭林，自署蒋山佣。江苏昆山人。与黄宗羲、王夫之并有清初“三大思想家”之称。明末为诸生，早年发愤研究经世之学。清兵南下时，曾奋起参与抵抗。兵败后，看到恢复无望，遂漫游南北，以保存华夏道统、传承中华文化为己任。曾先后十谒明陵，一边总结明亡的教训，一边努力倡导实学，以求为将来的恢复，做一些实实在在的准备工作。顾炎武天资超拔，学问渊博，

①《吴宓诗集》卷首作者《自识》。

深通经史舆地之学。晚年治学尤重考证和实地勘察，开了清代朴学之先风。一生著有《天下郡国利病书》、《日知录》、《肇域志》、《音学五书》、《亭林诗文集》等多部著作。他以“博学于文”“行己有耻”为治学宗旨，主张学行一致，治学与经世并重。他曾说：“保天下者，匹夫之贱，与有责焉耳矣。”（《日知录》卷十三《正始》）人们将其概括为“天下兴亡，匹夫有责”八个字，以激励后世，从中可以看出顾氏强烈的社会责任感与担当的勇气。

吴宓最初接触顾炎武的诗，是受了著名学者黄节的影响。据他自己说：

宓最先闻碧柳言“顾亭林之诗甚好”，未及读也。一九三四年秋冬，黄晦闻师在北京大学讲顾诗。宓于一九三四年十一月，始在北京东安市场旧书店购得《顾亭林诗集》木刻本二册（平定张穆〔石洲〕刻本）。次年一九三五年一月二日，假得黄师铅印讲义一份，恭录讲义要目于书眉（十六日送还讲义，师已病，不能赐见。二十四日师即逝世）。至（一九三七年——引者按）七月初，学校放暑假，宓乃借取山阳徐嘉（遯庵）注本，逐首细读，并录其要点于书眉。日夜为之，至七月二十二日卒业。[1]

① 王泉根《重庆发现的吴宓佚文》，《多维视野中的吴宓》，重庆出版社，2001年，第531页。

黄节（1873—1935），字晦闻，广东顺德人。为现代著名学者和诗人，曾长期执教于北京大学，著有《汉魏乐府风笺》、《谢康乐诗注》、《鲍参军诗注》、《阮步兵咏怀诗注》、《曹子建诗注》等[①]。黄节论诗，认为“惟诗之教为入人最深”，又说：“余职在说诗，欲使学者由诗以明志，而理其性情，于人之为人，庶有裨也。”[②]吴宓尝云：“黄师以亭林自待，且勖其门人勉效亭林。”[③]其《空轩诗话》之十《黄节注顾亭林诗》，则较为详细地介绍了他受黄节影响而读顾诗的经过：

黄晦闻师在北京大学授毛诗未完，乃于甲戌秋起，改讲顾亭林诗，并依例作笺注。宓昔闻碧柳盛称顾亭林诗，至是乃始研读。本年一月三日，宓谒黄师，续借讲义，归而抄录。师复为阐述亭林事迹，谓其既绝望于恢复，乃矢志于学术。三百年后，中华民族由其所教，卒能颠覆异族，成革命自主之业。今外祸日亟，覆亡恐将不免，吾国士子自待自策当如亭林。是日，师言时，极矜重热诚。宓深感动，觉其甚似耶稣临终告语门弟子“天地可废，吾言不可

① 以上诸集，人民文学出版社在20世纪50年代均曾单独出版过，后于2008年汇为《黄节注汉魏六朝诗六种》再版过一次。
② 见《阮步兵咏怀诗注·自序》。
③ 王泉根《重庆发现的吴宓佚文》。

废”之情景。宓心默诵黄师“束草低根留性在，寸稊寒柳待春分”及“人伦苟不绝，天意必有寄。方冬木尽脱，生机盖下被”之诗，颇以自警。[①]

从以上记载可以看出，吴宓最早接触顾亭林诗是在1935年，但真正认真研读则始于1937年。这也可以从后面所引的日记得到证明。

二

从《吴宓日记》和《吴宓日记续编》所记录的情况看，吴宓对顾亭林诗集的阅读主要集中在两个时段（这一点与读梅村诗的情况不同），即1937年和1956至1958年两年间。

1937年的日记有如下记载：7月8日：“读《顾亭林集》。”7月20日：“仍读《顾亭林集》。”7月21日：“仍读《顾亭林集》。”7月23日：“仍读《顾亭林集》。”7月25日：“读《顾亭林集》。”7月26日：“读《顾亭林集》。”这与他前面所讲的“至七月初，学校放暑假，宓乃借取山阳徐嘉（遯庵）注本，逐首细读，并录其要点于书眉。日

①《吴宓诗话》，商务印书馆，2005年，第190页。

夜为之，至七月二十二日卒业”的情形，是基本相符的。当日读完以后，作者曾写了《读顾亭林诗集》七律二首，该诗题注云：“一九三七年七月二十二日，在清华作。时卢沟桥变起已半月。”当月二十八日，北京抗战即开始。所以，吴宓真正开始认真阅读顾亭林诗，是在国难当头的背景下，从文化救亡的目的出发，试图寻求一种立身行事的准则。这在某种程度上又强化了他对中国文化所持有的自信和认同。他说：“九·一八国难起后，一时名作极多，此诚不幸中之幸。以诗而论，吾中国之人心实未死，而文化尚未亡也。”[①] 在吴宓看来，只要文化不亡，中国就不会亡，文化亡则中国亡。很显然，1914 年 4 月 6 日朋友的一番谈话曾给他留下了深刻的印象，激发他对中国的未来做了深入的文化思考。当日的日记中说：

晚，与锡予谈，言国亡则吾辈将何作？余曰：上则杀身成仁，轰轰烈烈为节义死，下则削发空门遁迹山林，以诗味禅理了此馀生。如是而已。锡予则谓，国亡之后不必死，而有二事可为：其小者，则以武力图恢复；其大者，则肆力学问，以绝大之魄力，用我国五千年之精神文明，创出一种极有势力之新宗教或新学说，使中国之形式虽亡，

① 《常乃悳翁将军歌与论新诗》，《空轩诗话》之四十，《吴宓诗话》，第 239 页。

而中国之精神、之灵魂永久长存宇宙，则中国不幸后之大幸也。

正是秉着这样一种信念，他对当时有人倡导的以汉语拼音化为方向的文字改革，极力痛斥，他说："甚至如最近破灭汉字、斫丧国魂之种种所谓文字改革运动，亦以'国难'为根据，为理由。岂不可愤可伤哉！"这一态度一直持续到中华人民共和国成立以后。在1954年3月24日的日记中，他记道："新华书店观书，见中国文字改革委员会报告，大旨决定废汉字、用拼音，但宜稳慎进行云云。索然气尽，惟祈宓速死，勿及见此事！"1955年3月5日则云："晚萧瑞华来，宓与谈中国文字之优卓，胜过西文之处。近中国文字改革委员会已宣布通行简字，并以拉丁化拼音为最后之目标，则汉字亡，中国文化全亡，已成事实。今后更无挽救之机会，曷胜痛心！"结果反对简化字，在"反右"运动中就成了他的一大罪状。

因为这种为文化守护的责任感，到了中华人民共和国成立以后，随着"极左"思潮的不断加剧，对传统文化的否定日趋升级，让吴宓有了一种触处皆误的忧疑和愤懑。所以，在1956到1958年的日记中，又有了一段集中阅读顾亭林集的记录。1956年，2月16日："晚读《顾亭林诗集》。"2月19日："读《顾亭林诗集》至深夜。"3月20日："下午在史系读民国元年上海古书丛刊（邓实编）中之《顾亭林集外诗》。”1958年，3月21日：“读《亭林诗集》，寝迟。”3月22日：“读《亭林诗集》至中宵，流泪甚多。”3月23日：“宓读《亭林文集》，流泪甚多。”5月18日：“下午及晚，宓醒时读明末佚史如《鹿樵纪闻》、《嘉定屠城记》等，兼及亭林先生诗。”前面说过，吴宓一生经历了三个时代，社会环境和文化气氛的巨大差异，难免让他会有异代之感。而新中国成立之初的思想改造运动、文字改革运动和1958年开展的“大跃进”，都让他有一种惊魂难栖的惶惑和对于中国文化即将灭亡的恐惧。1955年4月30日日记有云：

自解放六年以来，宓每深切感觉，华夏数千年之礼教风俗、衣冠文物，我生所寝馈之中西学术典籍思想文艺，以及吾父吾师吾戚吾友之声音笑貌、风度言谈，昨日尚在者，今日忽尔尽亡。盖从来沧桑之变，未有如近年中国之全且骤者。生乎其间者，岂止寻常新陈代谢之景、风流云散之悲哉！

所以他不禁感慨“藏名避世身同苦，保教存文事益难”[①]。1955年12月2日，他更是愤懑地写道：“往者宓希慕顾亭林，欲留播中国文化种子；今惟求速死耳。”到了1958年，

①《迭前韵寄稚荃》，1950年11月作，见《吴宓诗集》第454页。

随着“大跃进”的开展，吴宓的这种危机感更加深重，本年的6月9日，他写了七律《殉文一首》，前两联云：“殉文有志愧前贤，澳涊馀生尚苟全。为圣者徒何所悔，谓他人母最堪怜。”[1]以此来鼓励自己，同时也表明心迹。

吴宓对顾炎武的接受虽然比较晚，但顾氏“守先待后”“留播中国文化种子”的责任感却对他影响至深，使他不悔“为圣者徒”。这从他自始至终反对文字改革，“文革”末期在“批林批孔”运动中愿意批林而坚决反对批孔，以致为此遭受种种磨难而始终不悔，都可以得到证明。在1951年4月15日的日记中，他有一段自明心志的文字：

委来，再劝宓焚毁宓日记、诗稿，或简择抄存，以免祸云云。澄意亦同。宓虽感其意，而不能遵从。此日记既难割爱焚毁，且仍须续写。理由有三。（1）日记所载，皆宓内心之感想，皆宓自言自语、自为问答之词。日记只供宓自读自阅，从未示人，更无意刊布。而宓所以必作此日记者，以宓为内向之人，处境孤独，愁苦烦郁至深且重，非书写出之，以代倾诉，以资宣泄，则我实不能自聊，无以自慰也。（2）宓只有感想而无行动。日记所述皆宓之真实见解及感触，然却无任何行事之计划及作用。日记之性

①《吴宓诗集》，第499页。

质，无殊历史与小说而已。夫宓苟有实际作为之意，则当早往美国，至迟1949秋冬间应飞往台湾或香港。而乃宓拒却昀、穆之招，甘愿留渝，且不赴京、沪、粤等地，足征宓已死心塌地，甘为人民政府之顺民，早同吴梅村之心情，而异顾亭林之志业矣。又似苏格拉底之愿死于雅典，而不效但丁之终身出亡、沦落异域者矣。是则宓可称为顽固落后，而非反动与特务，其事昭昭甚明。且特务行事务为诡秘，岂有若宓之大书特书，将一己之所思所言所行所遇，不惮详悉，明白写出，以供定谳之材料，又靳靳保留为搜查之罪证书哉?!（3）日记中宓之感想，窃仿顾亭林《日知录》之例，皆论理而不论事，明道而不责人，皆不为今时此地立议陈情，而阐明天下万世文野升降之机、治乱兴衰之故。皆为证明大道，垂示来兹，所谓守先待后，而不图于数十年或百年内得有采用施行之机会，亦不敢望世中一切能稍随吾心而变迁。宓乃一极悲观之人，然宓自有其信仰，如儒教、佛教、希腊哲学人文主义，以及耶教之本旨是。又宓宝爱西洋及中国古来之学术文物礼俗德教，此不容讳，似亦非罪恶。必以此而置宓于罪刑，又奚敢辞？宓已深愧非守道殉节之士，依违唯阿，卑鄙已极。若如此而犹不能苟全偷生，则只有顺时安命，恬然就戮。以上乃宓真实之意思，亦预拟之供状。倘异日发现宓日记而勘问宓时，敬请当局注意此段自白，并参阅1951一月十六日所记一段。

所谓“同吴梅村之心情，而异顾亭林之志业”，并不是说他放弃了自己的文化立场和秉持的理想，只是声明在行动上不会公开对抗新政权。他要把自己的所思所感用日记的形式记下来，以“证明大道，垂示来兹”，虽然“不图于数十年或百年内得有采用施行之机会，亦不敢望世中一切能稍随吾心而变迁”，但最终目的还是“守先待后”，希望有一天能为世所理解。这一点，在同年2月22日给李赋宁的信中，表述得极为清楚：

兹有最重要之二事，乃金石肺腑之言，掬诚嘱告，望弟谨记。此生如竟不获再晤，人事飘忽难知，非故作严肃之语。此事系对平生所最敬爱之学生兼世交，亲如子侄之赋宁之遗言：

1. 目前英国文学与西洋文学不被重视，等于无用；然我辈生平所学得之全部学问，均有价值，应有自信力，应宝爱其所学。他日政府有暇及此，一般人民之文化进步，此等学问仍必见重。故在此绝续转变之际，必须有耐心，守护其所学，更时时求进益，以为他日用我之所学，报效政府与人民之用。

2. 中国旧书，今方以废纸出售，大事销毁。英国文学及西洋文学、哲学、史学旧书籍，亦无人愿存，更无人愿购。然他日一时风气已过去，政府与人民必重视而搜求此类佳书，学者文士，更必珍宝视之。故我等（至少宓与宁）

断不可弃书，断不可卖书，宁受人讥骂，亦必大量细心保存书籍。[①]

吴宓既将留播文化种子作为自己的人生职志而恪守奉行，又要求他最信赖的学生保持必要的清醒和自信，为传承文化、继往续绝尽自己的努力。今天重读这段文字，他的真诚固然令人感动，对未来形势的判断，也让人钦服。事有巧合，顾炎武入清以后也曾告诫自己的学生潘耒说：

今以天下之大，而未有可与适道之人，如炎武者，使在宋、元之间，盖卑卑不足数，而当今之世，友今之人，则已似我者多，而过我者少。俗流失，世坏败，而至于无人如此，则平生一得之愚，亦安得不欲传之其人，而望后人之昌明其业者乎？凡今之所以为学者，为利而已，科举是也。其进于此，而为文辞著书一切可传之事者，为名而已，有明三百年之文人是也。君子之为学也，非利己而已也，有明道淑人之心，有拨乱反正之事，知天下之势之何以流极而至于此，则思起而有以救之。[②]

①《吴宓书信集》，生活·读书·新知三联书店，2011年，第370页。
②《与潘次耕札》，《顾亭林诗文集》，中华书局，1983年，第166页。

在给黄宗羲的信中，他更说：

天下之事，有其识者未必遭其时，而当其时者，或无其识。古之君子所以著书待后，有王者起，得而师之。然而《易》“穷则变，变则通，通则久”。圣人复起，不易吾言，可预信于今日也。[①]

相比较之下，在为后世留播文化种子这一点上，吴宓并未完全异乎“顾亭林之志业”，相反，倒有些与之“风流异代不同时”的味道。

三

吴宓在诗作和日记中屡屡将吴梅村和顾亭林并举。1935 年 12 月，他写了《读顾亭林吴梅村诗集》七律一首：

史可为诗吴祭酒，身能载道顾亭林。殊途壹志忠和爱，隔代相怜古类今。天下兴亡原有责，江山文藻尽哀音。商量出处吾谁与，豹变龙潜看陆沉。[②]

①《与黄太冲书》，《顾亭林诗文集》，第 238 页。
②《吴宓诗集》，第 306 页。

对于这两个易代之际的著名人物，吴宓曾凭个人的体会，做过如下的比较：

顾亭林（1613—1681）：1. 阳刚性。2. 主道。3. 注重政治（兼包军事）斗争，地理，历史。4. 富于责任心：自为英雄，从事复国抗清，以至讲学术、传文化，为天下后世谋。5. 恒觉自己坚强不屈，是守志而成功之人。6. 其道尊，可敬。7. 归宿于宗教（儒教）。8. 是正面人物，精深，博大，雄伟。9. 所作是史诗（寓我之情）。10. 其诗是自传。

吴梅村（1609—1671）：1. 阴柔性。2. 主情。3. 注重社会（特别是爱情）生活，文化，艺术。4. 富于感受力：自觉无用，而了解同情一切人，各种事。5. 恒觉自己软弱，是偷生苟活而失败痛苦之人。6. 其情真，可亲。7. 归宿于文学（诗）。8. 是旁观者，细密，明敏，真挚。9. 所作是情诗（□国之诗）。10. 其诗似小说。①

在 1957 年 8 月 13 日的日记中，他还对吴梅村与顾亭林的

① 见王泉根《重庆发现的吴宓佚文》，《多维视野中的吴宓》，第 529 页。据王泉根描述，这段文字抄录在吴宓自藏之《学衡》杂志 1922 年总第 5 期“述学”栏第 15 页柳诒徵《顾氏学述》一文的空白处。又，据吴宓 1965 年 7 月 10 日日记云：“晚，写宓诗两三首，及顾亭林与吴梅村比较表，夹入《学衡》第五期柳公《顾氏学述》篇中，备交侨、诚读。”

诗也作了一番比较：

晚读吴梅村《长平公主诔》，泪下不止。宓夙爱顾亭林与吴梅村之诗，近年益甚。盖以时势有似，故感情深同耳。比而论之，亭林阳刚，梅村阴柔，各具其美，一也。亭林诗如一篇史诗，叙明之亡；梅村诗如一大部小说，皆合其诗集全部而言之，二也。亭林诗如《书》经，梅村诗如《汉书·外戚传》及唐人小说，三也。亭林诗如《三国演义》，梅村诗如《石头记》，四也。亭林写英雄，而自己即全诗集之主角；梅村写儿女，而深感并细写许多各色人物之离合悲欢，五也。亭林诗，读之使人奋发；梅村诗，读之使人悲痛。亭林之诗正，梅村之诗美，此其大较也。然二人者，其志同，其情同，其迹亦似不同而实同，不得以"亭林遗民、梅村贰臣"为说也。亭林诗，黄师曾注释讲授，碧柳亦早称道之。而能言梅村诗之美者，陈寅恪与宓也。

除了这样的比较外，吴宓曾认为在他的同时代人中，自己似吴梅村[①]，而陈寅恪似顾亭林。1958年8月25日，当他听说刘文典在昆明病故后，校方初疑为自杀，不与开追

① 1952年3月21日日记云："碧柳可比杜甫，宓则吴梅村耳。"

悼会，后查明事实而开会时，却有学生拒绝参加，不禁感叹道：“呜呼，今益服王静安先生 1927 之自沉，不仅为大仁大勇，且亦明智之极，生荣死哀，不屈不辱。我辈殊恨死得太迟，并无陈寅恪兄高抗之气节与深默之智术以自全，其苦其辱乃不知其所极。”对陈寅恪“高抗之气节”的赞赏，更见于 1961 年 8 月 30 日和 31 日日记[①]。陈寅恪在面临政治压力时那种“壁立千仞”的态度，令他联想到了顾亭林。故在 1962 年 10 月 31 日的日记中说：“并世师友名贤中，独陈寅恪兄为能‘不降其志，不辱其身’，有‘天子不得而臣，诸侯不得而友’之气概节操，弥可敬已 !”对于自己，他的评价是：“宓初亦有志（学顾亭林），但自

① 30 日日记有云：“然寅恪兄之思想及主张，毫未改变，即仍遵守昔年‘中学为体，西学为用’之说（中国文化本位论）……在我辈个人如寅恪者，则仍确信中国孔子儒道之正大，有裨于全世界，而佛教亦纯正。我辈本此信仰，故虽危行言殆，但屹立不动，决不从时俗为转移。”31 日日记有云：“是日上午 9:00—11:00 侍寅恪兄谈：专述十二年来身居此校‘威武不能屈’之事实，故能始终不入民主党派，不参加政治学习，不谈马列主义，不经过思想改造，不作‘颂圣’诗，不作白话文，不写简体字，而能自由研究，随意研究，纵有攻诋之者，莫能撼动；然寅恪兄自处与发言亦极审慎，即不谈政治，不论时事，不臧否人物，不接见任何外国客人，尤以病盲，得免与一切周旋，安居自守，乐其所乐，不降志，不辱身，斯诚为人所难及。”1959 年 10 月 31 日日记则云：“‘应制诗’乃顾亭林所断不肯作，吴梅村不得已而偶作，黄晦闻师与碧柳所断不肯作，宓不得已而偶作。”

知甚明：宓只能学梅村。……宓十六年来之行事与心情，固处处不异梅村也！”①

四

吴宓自幼秉承家学，深受传统文化的濡染，其自我修身以儒家的道德为准则，实际上体现了儒家所强调的君子人格。他重义轻利不斤斤于金钱，对人坦诚真率而拒绝奸诈伪饰，做事勤勉尽责而反对敷衍马虎，勇于自省并苛于自待，这都使他在新的社会环境下显得格格不入，甚至迂腐可笑。今天我们回过头来看，不管二十世纪初如陈寅恪、吴宓等所持的文化立场如何，但那部分知识分子身上所体现的人格力量，确是值得后人尊敬的。他们对于传统文化的评价和态度虽然有其值得商榷的地方，但有一点是应该肯定的，那就是从二十世纪五十年代初到“文革”结束前，我们对待传统文化的态度是绝不可取的。吴宓对文字改革的反对，固然有其偏激之处，但不可否认的事实是：汉语拼音化的提法现在已经被完全否决了；简化字的推广虽有助于文字普及，但又在实际上造成了大陆民众对传统典籍的陌生和疏离。如今，我们正极力在全球设立孔子学

① 见王泉根《重庆发现的吴宓佚文》，《多维视野中的吴宓》，第530页。

院，向外推广中国文化，也恰好说明儒学仍“有裨于全世界”。再考虑这一批知识分子大都饱读传统经典，又曾游学欧美，其对中西文化价值和当时中国现实的认识，自有其深透之处。他们所追求的“独立之精神，自由之意志”，使他们不甘违背良知而随世浮沉。

吴宓曾强调自己的人生观是“殉道”“殉情”。在1935年所作的《自题空轩诗话后》绝句中，就有“殉道殉情对帝天”的句子。同年所作的《忏情诗三十八首》之六亦云：“强为儿女又英雄，殉道殉情事两空。”据何兆武先生回忆：“1939年秋，同学们请（吴）先生在昆中北院作过一次公开讲演，先生选的题目是‘我的人生观’。……先生以非常诚恳的语调把自己的人生观归结为四个字：殉情、殉道。”①

吴宓所殉之道，统而言之，就是文化，具体一点，则应指中西古代文化。1955年11月6日，他在日记中写道：

宓近数年之思想，终信吾中国之文化基本精神，即孔孟之儒教，实为政教之圭臬、万世之良药。盖中国古人之宇宙、人生观，皆实事求是，凭经验、重实行，与唯物论

①《回忆吴雨僧师片断》，《追忆吴宓》，社会科学文献出版社，2001年，第98页。

相近。但又“极高明而道中庸”，上达于至高之理想，有唯物论之长而无其短。且唯心唯物，是一是二，并无矛盾，亦不分割。又中国人之道德法律风俗教育，皆情智双融，不畸偏，不过度，而厘然有当于人心。若希腊与印度佛教之过重理智，一方竞事分析，流于繁琐；一方专务诡辩，脱离人事，即马列主义与西洋近世哲学，同犯此病者，在中国固无之。而若西洋近世浪漫主义以下，以感情为煽动，以主观自私为公理定则者，在中国古昔亦无之也。

1958年6月27日则记当日所做思想交代云：

宓之保守主义，乃深知灼见中外古今各时代文明之精华珍宝（精神+物质）之价值，思欲在任何国家、任何时代图保存之，以为世用而有益于人，非为我自己。解放后，此一切被斥为“封建、资产阶级思想”遗物，宓犹有“守先待后”之志；其后乃勉强服从、接受改造。其成绩不佳，半由宓之惰，半由命令布置繁多，无多读细思之暇。另一方面，感情须自动渐改，有时太紧张，无息无乐，无自己精神之食粮，则自己失控制力，易爆发（近事为证）。宓感1952思想改造之轻舒，而1957—1958之紧张，授课之困难及忙碌。今问宓之真实态度：则“愿服从，努力改造”乃最大之努力及让步；必责宓以“尽去旧而革新”又“内外一致”，则实不能，只有伪言以应付耳。如宓之编

《学衡》所谓“知我罪我者，其惟《春秋》乎？”（意谓我愿负责，决不自悔）；今固不敢自以为功，然若以此科宓之罪，则宓只有一语作答：“我在1958年死，或1963死，或1968死，在我看来，皆毫无分别，毫不足重轻也矣！任何刑罚，所甘受已！”

1968年12月24日日记云：

10—12郑凤英来谈，先是十二月十九日下午休息时，郑君与宓留坐学习室，郑遂就宓谈，劝告宓应如何改造思想、认识问题，以求脱罪，宓当即表示感谢。郑言未竟而众入，遂约改日访谈，故今日来。宓述二三事，表明宓在政治、经济等事实方面，决无反共产党之心，且甘愿服从，自矢忠诚，惟宓感情上对中国及西洋旧文化之爱好与系恋，则决难放弃、改变，此宓之实在情形也。

1969年6月11日日记云：

今日下午，轮值宓发言：宓未写具发言提纲或发言稿，惟以坦白之态度、真实之感情，叙述宓数十年来重要之经历及行事，不矫不饰，自觉其每一时期、地域之所为、所言者，皆是自然与合情合理，可谅解、可宽恕：固未早即趋从人民、革命，奔往延安，亦非专意效忠“蒋家王朝”，留恋“白区”，甘与同亡共尽者。至于宓自己之思想感情，爱中国、爱中国文化，不求利、不营私，始终一贯，则实昭然可与世人共见，而人之知我者亦甚多也，云云。

1974年春，全国开展“批林批孔”运动，要求人人表态，吴宓再次“固执”地说：“批林，我没意见；批孔，把我杀了，我也不批。”[①]结果再次被打成了“现行反革命分子”而受到批斗。这些都可以说明他至死不悔所殉的道是什么。因此也不难理解1965年6月2日晚，当饱受运动煎熬的吴宓得知“李约瑟之《中国科学史》已出十二册，而英美人方合译二十四史全部”时，感慨地说：“宓颇悔宓将解放时之不远走高飞，则对中国之文化学术或可稍有贡献也。”虽然吴宓自认“宓只能学梅村之龙潜，而不能希亭林之豹变”[②]，但他还是不能违背自己的信念，不能改变自己的执着，坚持把他的真实感受和想法写在了日记里，甚至在忍无可忍时会当众表达出来，在那个私人权利受到严重侵犯的年代，这些都变成了他被批判的罪证。所以，尽管他一再违心地做着自我批判，但最终还是作了文

①《吴宓日记续编》（第十册），生活·读书·新知三联书店，2006年，第570页。
② 见王泉根《重庆发现的吴宓佚文》，《多维视野中的吴宓》，第530页。

化的殉道者。

另外，吴宓的感情生活一向为人们所艳称，但大家忽略了一个基本事实，那就是在感情世界中，吴宓是把生活当成了诗，而为了追求理想中的爱情，他最终落得孤苦一生。所以在实际上，他也为感情而付出了惨重的代价。只是相较于晚年在政治上受到的伤害来说，这已经显得微不足道了。

五

最后，想再说一说关于《吴宓评注顾亭林诗集》的整理情况。该书所据底本，即作者 1934 年 11 月在北京东安市场旧书店所购的《顾亭林诗集》，为光绪二年湖南书局木刻本，分五卷二册。吴宓的评注工作主要集中在 1937 年 7 月，其所有评注文字均以蝇头小楷书于每首诗的眉端。此后作者流转西南，该书一直带在身边，时常翻阅，中间也数次借给友朋阅读[①]。“文革”中间，吴宓被

① 1965 年 6 月 27 日日记有云：“昨晚刘尊一来借《韵本》，今晨又来商定其《祝党生日诗》，遂以书一包（内有 1. 宓注之《顾亭林诗集》一部二册。2. 石印《亭林文集诗集》一套，四册。3. 铅印钱氏《顾亭林年谱》一册）附柬，托刘尊一今日带至城中，再由宾馆托民革友人转交高梦兰收存。宓另作邮片致建，请往高老处取得该书包及柬送与侨转借给张垂诚研读，云云。”

打成“牛鬼蛇神”，关进“牛棚”批斗，大量日记、文稿、藏书被抄。为了防止自己极为珍视的一些残存的图书再遭洗劫，他把包括这部《顾亭林诗集》在内的部分图书转运到重庆市区的一个熟人处保管。由于没有得到较好的保护，至1973年1月送回时，该书已霉烂严重①。所以从1月23日到24日，作者曾花费两天的时间对其粘补②，才得以保存至今。2008年，吴宓先生的女公子吴学昭老师委托我整理出版该书，看着这两册残损严重、沾洒着墨汁的藏书，我深有感慨。它破旧的外表和书眉上工整的行文（就连涂改的墨钉也画得方方正正、一丝不苟）、书页破损处的精心贴补，都让我从这本书的命运联想到了吴宓本人。这部书仿佛就是他命运的一个缩影。虽然饱受伤害而身体残损，但不改其人格方正和精神之执着。

我的整理工作主要分三步：一是给全书加新式标点；二是核补原书残损处的缺字；三是把吴宓写在每首诗顶头的评注文字，按照古籍整理的体例要求挪到每首诗的末尾，并按顺序加标注码，以便读者阅读。原书的整理工作早已

① 1973年1月9日日记云：“晚，检查荣元月七日送来之（i）《顾亭林诗集》（一部二册）下册最前之二三页已霉烂，成为碎片，无法修补；宓遂取（ii）张尔田先生《遯堪文集》（一册二卷）读之。”

② 这两天的日记对此有记录。

完成，惟缺前言的文字。最初我们想请学昭老师来写，但学昭老师后来还是希望我来写一点东西。恭敬不如从命，我只好勉为冯妇，从头通读了《吴宓日记》、《吴宓日记续编》、《吴宓自编年谱》、《吴宓诗集》、《吴宓诗话》，整个过程耗时甚久。另外由于我的本职工作极为繁巨，不能专心从事，致使这篇文字的写作一拖再拖，辜负了吴学昭老师的期待，在此向其表示歉意。行文的不当之处，则请读者批评指正。

吴宓与二十世纪红学

吴宓（1894—1978），字雨僧，陕西泾阳人。吴氏为泾阳大族，据吴宓自己回忆，他们这一支共有十家，都比较富有，“诸家之富，悉由商业”[①]。因商致富的吴氏，对子弟教育颇为重视。吴宓的生父和嗣父（实为唯一的亲叔父）都受过良好的教育，其嗣父还曾游学过日本。到了吴宓，更是青出于蓝。他于1911年以高分考入清华学堂，1916年毕业。第二年赴美留学，先进入弗吉尼亚大学英国文学系，次年转入哈佛大学比较文学系学习。1921年毕业回国后，先后在东南大学、东北大学任教。1925年应聘回到母校清华大学。1937年抗战爆发后，随校南迁，执教于长沙临时大学、西南联合大学。1946年受聘为武汉大学外文系主任。1949年到重庆，几经辗转，进入西

①《吴宓自编年谱》，生活·读书·新知三联书店，1995年，第5页。

南师范学院，从此长居北碚。

吴宓既是学者、诗人，又是翻译家和教育家，还曾长期主持《学衡》杂志和《大公报·文学副刊》的编辑业务。他精通中、西古典文学，虽以西洋文学为专业，但在文化上又持鲜明的民族立场。这让他在二十世纪风起云涌的中国历史舞台上，成了非常奇特的存在。

作为学者的吴宓，最不能让人忽视的是他在红学领域的影响。甚至可以说，在二十世纪上半叶，对普通大众来说，“吴宓教授”和“著名红学家”一度是完全划等号的。在专业文化圈以外，一般人知道他主要是因为红学。今天要讨论吴宓的红学贡献，必须得把他放到二十世纪红学研究的大背景下来观察，才能有比较客观的评价。

一

吴宓最早接触《红楼梦》，是在虚岁十四岁的时候。据《吴宓自编年谱》记载，1907 年他十四岁的时候：

> 仲旗公（按，指作者嗣父吴建常，时自新疆赴母丧归）带回之行李中，有《增评补图石头记》一部，铅印本，十六册，宓见之大喜，赶即阅读。并于夜间，伏衾中枕上，燃小煤油灯读之。每昼夜可读五回至六回。故得于明年正月中旬（宏道下学期开学前）读毕全书。

“宏道”指陕西宏道高等学堂，吴宓当时在该校读书。时隔六十年后，吴宓在1968年1月29日的日记里，还不忘当时的情景：“六十年前此日，方遭祖母丧，侍父乡居，宓始读《石头记》未至半也。”1908年，宏道高等学堂开学以后，吴宓又“借得前半部木刻《石头记》，课馀恒读之，甚欣快”[①]。从此，他就与《红楼梦》结下了不解之缘，此书不但充当过他人生的精神指引，而且在特定的时候，还成了他情感寄托与宣泄的对象。特别是1949年以后，阅读《红楼梦》更成为他精神生活很重要的一部分。

吴宓对《红楼梦》的热爱持续了一生，他不但反复阅读，而且能熟背120回的回目。1915年9月14日，他在日记里写道：“中国写生之文，以《史记》为最工，小说则推《石头记》为巨擘。”他常常以《红楼梦》为参照，来思考文学与人生中的问题。如1919年8月31日日记中，评论英国作家萨克雷的作品时说：“而Thackeray则酷似《红楼梦》，多叙王公贵人、名媛才子，而社会中各种事物情景，亦莫不遍及，处处合窍。又常用含蓄，褒贬寓于言外，深微婉挚，沉着高华，故上智之人独推尊之。”1938年10月16日日记中说：

①《吴宓自编年谱》，第78页。

二十日得凫公十七日重庆函，述人生公私大小皆相欺相凌。吾辈眼中之弱者，受吾辈之怜爱扶植者，转瞬已变为强者，而欺凌他人矣。宓按宓所见之J、K、王友竹、秦善鋆等，皆属此类。宓回念生平所行所施，能不伤心痛悔也耶！且宓由此更知《石头记》之所以伟大。夫宝玉之于女子，崇拜爱护可谓极矣。顾其梦游太虚幻境时，竟眼见诸多美丽之女子立地化为可怖之魔鬼前来追逐吞噬，宝玉急逃。盖即表现作者类此之观感而已。呜呼，人生如孽海乘筏，惟宗教为一线之光明灯耳。此最真至之人生观也。

类似这样的议论，在《吴宓日记》中几乎随处可见。由于对《红楼梦》极度喜爱，受其影响，吴宓还一度计划仿照它写一部长篇小说《新旧姻缘》，在1940年1月2日的日记中，他写道：

不若专吾力以作成《新旧因缘》小说。上窥《石头记》之宗旨与方法。即以世外人（已出世者）写世中之事。虽材料只限一端，而心目中恒有全体在，所写庶几不至流于卑琐而拘执欤。今后决当于此一事努力。……综上所述，宓今后决以超然离世之态度自处。而专力于《新旧因缘》小说之撰作。以此为宓一生经历之报告，藉完职责，而所成之精粗优劣在所不计。……总之，于实际生活，应力求实际，轻便应付，不动心，不费力。而一切重要深厚之理想与感情，则全于《新旧因缘》小说中发挥之，表现之。如有暇，则勉力多读书。以此为宓本年1940之新年决心（New Year Resolutions）可也。

遗憾的是，这部小说他只开了头，并没能坚持完成。

因为极度喜爱《红楼梦》，他甚至出现过幻觉。1941年5月28日，在给西南联大生物系女助教张尔琼的信中，他写道：

一病三日，今已略愈。但每日仍勉起赴校上1—2 P.M.之课。馀时皆寝。前两日只吃稀饭，今日已进常食，请释念。最不舒适之时，为星期一（前日）晚。热度甚高，昏倦，头痛。几于谵语。恍惚中，似有一位知己朋友来探访。其人似为《石头记》作者曹雪芹先生。

缠绵病榻的吴宓，恍惚中居然觉得曹雪芹来看望他了，这与他长期沉浸于《红楼梦》的艺术世界有很大关系。

1949年之前的吴宓，既是《红楼梦》的忠实读者，又是有影响的红学研究者和受欢迎的红学传播者。他关于《红楼梦》的主要研究成果都是这一时期完成的，并且还做了形式不一的演讲，在大众中普及红学。这些都奠定了他作为著名红学家的地位。此后，由于政治环境和文化生态的改变，作为红学家的吴宓形象在不断褪色[①]，但作为《红楼梦》忠实读者的吴宓却表现得更加执着，阅读《红楼梦》成了他后半生精神生活很重要的一部分。这时候，经历了中国社会天翻地覆的变化，生性敏感的吴宓，面对新环境有种种的不适应，《红楼梦》在给他温暖的同时，也常常触发他的身世之感。

1951 年 7 月 3 日日记写道："又读《石头记》，涕泣不止。" 5 日 "下午卧读《石头记》，涕泣"。1955 年 10 月 5 日说："回舍，倦甚。读《石头记》，弥觉其语语深至，字字精当。" 1956 年 5 月 31 日，拟 1935 年《忏情诗》作《悼亡诗》云："曾赋忏情未悼亡，为君才断死生肠。平生好读《石头记》，冤债偿清好散场。" 同年 7 月 22 日日记："下午读《石头记》宝玉受责（33 等回），忆 1907 在乡宅家中情形，悲哽不止。即至书中及叙情之处，亦皆泪下如绠。" 9 月 9 日："偶翻《石头记》，重读抄家一段，流泪不止。" 1957 年 4 月 16 日："续读《石头记》尤二姐一段，流泪不止。" 6 月 17 日："夕读《石头记》自遣。" 1958 年 8 月 8 日："午饭后，未眠。读《石头记》，觉其中人物乃如父、碧柳、心一、彦等之一样真实；开卷任意读一段，涕泪交流矣。" 1959 年 7 月 5 日、20 日、29 日，日记里

① 此后他不再发表有关红学的文章，也未公开举办红学讲座。

都有读《红楼梦》的记录。1962 年 10 月 13 日："卧读《石头记》散段，直至涕泪横流，觉心情悲苦、清明、安定始已。"1964 年 11 月 4 日："晚，读《石头记》第十七回园景题联，第十八回省亲欢庆，顿觉神怡心安。"

1966 年是新中国历史上一个特别的年份，吴宓承受着巨大的心理压力，为了寻求安慰，释放压力，他更是频繁地阅读《红楼梦》。如，1 月 15 日："晚，久读《石头记》抄家前后若干回……伤心落泪不止。"1 月 21 日："晚读《石头记》四十九、五十回。"2 月 3 日："宓以迁校，不胜悲痛。原望在此安定、熟习、舒适之居宅、环境中，度宓馀生，并赶速编定稿件。退休与否，无之分别。今知不能，至多只可居此两年馀而已。故今必须提前退休，尤须考虑宓退休后，当在何地，依何人以居以殁。……悲痛之馀，乃取《石头记》四十六、七、八回（鸳鸯女誓绝鸳鸯偶……）读之，以资消遣。"2 月 19 日："晚……又读《石头记》八十三至八十七回，深为妙玉及黛玉悲痛，11 时寝。"4 月 2 日："下午 2∶00 至中文系，2∶30 至 5∶30 中文系教学改革学习会，记录粘存。宓在会中，心甚愤懑。回舍，读《石头记》三十七、八回，乃略舒。"8 月 17 日："晚 8—10 上班，宓自默《石头记》回目（失其六），未撰批判稿。"8 月 20 日："4∶30—6∶30 枯坐，休息。默回目，全无误。……晚，读《石头记》，至 11 时浴，寝。"1967 年 3 月 21 日："偶读《石头记》，愈见其‘极真、极惨、极美’，读至林黛玉病深、焚稿等回，直不忍重读，即在平淡闲叙处，亦感其精当细密，叹观止矣。”此后22、26日都读了《石头记》。4月3日：“读《石头记》43—44回，流泪，觉甚舒适（宓此情形，少至老不异）。”接着9、14、15、16、27、28日，5月2日，9月8日，他一直反复读之。1968年9月29日、10月5日、11月30日、12月9日，均有读《红楼梦》的记录。

1972年，吴宓将《增评补图石头记》借与江家骏，使得自己无书可读，乃于4月18日“背诵《石头记》回目（不缺）”。4月22日“默诵《石头记》120回目数过”。5月4日“令荣、富、果、建四人，往设法取来江家骏所据有之宓藏《增评补图石头记》上下二册”，但没有成功。所以5日“晡夕作函致李赋宁北京大学述宓近况，请宁在京代购新印行之《红楼梦》一部，寄至宓处书价及邮费，由宓补偿。为盼”。这年12月2日，吴宓借得新版铅印的一部《红楼梦》（上下二册），遂连续阅读，到19日已读至第七十八回，接着此书被林昭德借走，阅读中断。到1973年2月13日，吴宓才取回被借走的《红楼梦》下册，“自七十八回起，续读”。当年8月1日，年近80的吴宓，半夜醒来，仍能“背诵《石头记》120回目完”。以上列举的，并不是他阅读《红楼梦》的全部记录。

1949年以后，吴宓很少在报刊上公开发表作品，虽然也写过有关红学的文章[①]，却因种种原因没能发表。面对一系列运动所造成的压力，他几乎把《红楼梦》当成了自己的精神伴侣，在孤独、寂寞、伤感、压抑的时候，通过阅读它来寻求慰藉。

二

作为学者，吴宓对红学的贡献主要表现在两个方面：一是撰写文章，论述《红楼梦》的价值和成就，分析作品里的人物；二是举行演讲，推广普及《红楼梦》。他与其他红学专家最大的不同，就是不把自己封闭在书斋中，而经常走近大众，与大家分享他对《红楼梦》的思考[②]。特

① 据日记记录：1953 年 2 月 7 日，作者受西南师范学院中文系主任何剑熏之约，为《西南文艺》小说专号写了《红楼梦是怎样作成的》，共八千多字。2 月 10 日，吴宓将写好的稿子送给何剑熏看，“熏细阅后，云体例不合，恐《西南文艺》不能登载。……熏示宓 1953 年二月之《西南文艺》中载刘又辛等之《儒林外史》研究二篇，皆政治宣传而已”。1972 年 5 月 18 日：“上午撰成《石头记第一回甄士隐与贾雨村解》。下午大晴。撰成该篇之前言、附言及年表。”1972 年 5 月还写了《石头记纪年考》。

② 从日记的记载看，吴宓不仅在昆明的西南联大、遵义的浙江大学、成都的燕京大学、乐山的武汉大学等高等学府，还应邀到川滇铁路公司、昆湖电厂及炼铜厂、云南锡业公司、遵义酒精厂等企业，多次做过关于《红楼梦》的演讲，经常“听者拥塞室内外”“听者甚众”，有时在停电的情况依然“燃小烛”进行，可见其受欢迎的程度。

别值得注意的是，他最初走上红学研究的舞台，也是从一场演讲开始的。

1919 年 3 月 2 日，尚在哈佛留学的吴宓，根据哈佛大学中国学生会的安排，作了一场关于《红楼梦》的演讲[①]，次年他把这次演讲的内容整理后，以《红楼梦新谈》为题，分两期发表在《民心周报》上。这是吴宓正式从事红学研究的开始。据《吴宓自编年谱》记载，为了准备这次演讲，他在当年一月初即写好了讲稿。

1921 年 2 月 28 日，波士顿的中国留学生，为了给国内华北水灾受害者募捐，专门举办了一场晚会，招待当地的富商巨贾。晚会上，女留学生们表演了一场《红楼梦》哑剧，由吴宓负责撰写了英文节目单和哑剧说明。为了扩大宣传，此前数日，吴宓还被派往波士顿星期邮报社，由他口述，对方记录，并选择了"《石头记》书中'最热烈的爱情场面'，逐字逐句直译出原文，而彼写录"[②]，最后发表在该报 2 月 27 日第 40 版。吴宓之所以能担当此任，与他前一年那场讲座的影响分不开。

1921 年回国后，吴宓先后以《学衡》杂志、《大公报·文学副刊》为平台，时常组织发表并亲自撰写有关

①《吴宓自编年谱》，第 185 页。

②《吴宓自编年谱》，第 210 页。

《红楼梦》研究的论文和书评。比如胡适的《红楼梦考证》面世以后，1925 年 2 月《学衡》第三十八期上发表的黄乃秋《评胡适〈红楼梦考证〉》、缪凤林《评胡适〈红楼梦考证〉篇》，至今看来都是很有分量的作品，对胡适考证中的弊端抓得非常准。1928 年 1 月 9 日《大公报 · 文学副刊》第二期上，吴宓撰文介绍了寿鹏飞的《〈红楼梦〉本事辨证》；2 月 27 日，为了介绍亚东图书馆胡适新序的程乙本《红楼梦》，吴宓撰写了《〈红楼梦〉善本之新刊布》；4 月 16 日又发表了《胡适君之〈考证红楼梦的新材料〉》。1929 年 6 月 17 日，他以“馀生”为笔名，在《大公报 · 文学副刊》上发表了《王际真英译节本〈红楼梦〉书评》，对这部译笔流畅的节本做了详细介绍，使人们得以了解《红楼梦》当时在英语世界的传播情况。从学术实践的角度看，这些文字虽不能算有深度的研究成果，但是他关注红学动态，跟进学术发展的证明。

前面说过，吴宓的红学实践有个特点，就是他把专业研究与大众传播始终结合在一起。沈治钧《吴宓红学讲座述略》对此有过论述：

《红楼梦》研究是吴宓学术事业的重要组成部分。于此，红学讲座具有核心的意义。换言之，对吴宓来说，没有讲座便没有研究。讲座是研究的发端，研究是讲座的继续。

一言以蔽之，他的讲座与研究构成了相辅相成的关系。[①]

据沈治钧统计，“自1919年仲春在波士顿（Boston）首开纪录，至1963年暮春在重庆悄然收尾，在四十四年间，吴宓大约开设了七十多场业余性质的红学讲座”。这个数字还不包括因吴宓日记残缺可能被遗漏的讲座次数，以及吴宓在非正式场合给别人讲解《红楼梦》的情况。吴宓举办红学讲座的高峰在抗日战争后期，“即1942年至1945年的四年间，共43场”。与之相应的是，吴宓最重要的红学文章，除了早期的《红楼梦新谈》外，也大都撰写和发表于这一时期：1942年初，他把1939年元旦用英文写成的 *A Praise of the THE DREAM OF THE RED CHAMBER* 翻译成《石头记评赞》，发表在本年2月的《旅行杂志》第16卷第11期；《红楼梦之文学价值》发表于1945年1月《流星月刊》第1卷第1期；《贾宝玉之性格》发表于1945年2月《流星月刊》第1卷第2期；《论紫鹃》发表于1945年3月11日《成都周刊》第1期；《红楼梦之教训》发表于1945年3月《成都周刊》第3期；《红楼梦之人物典型》发表于1945年4月《成都周刊》第4期；《王熙凤之性格》发表于1945年4月《流星月刊》第1卷第

① 《红楼梦学刊》2008年第5期，第213页。以下未标注出处的引文都出自此文。

3、4期合刊。由此，沈治钧指出：“吴宓的大部分红学成果都是同类讲座的延伸。……在抗战胜利的这一年，吴宓发表的红学论文最集中，共计六篇，占其全部已知红学论文的三分之一。那些题目，都是他的《红楼梦》讲座的主要内容。”如果拿《吴宓日记》来进行验证，这个结论是可信的。据沈治钧统计，吴宓举办红学讲座的顶峰期为1944年，全年共14场。这些讲座的内容整理成文后，集中发表在1945年，就不是什么难理解的事了。

抗战时期，作为西南联大教授的吴宓，不但应社会各界之邀四处演讲红学，还与联大喜读《石头记》的师生组织了“石社”，定期围绕《红楼梦》聚会讨论，并把大家研讨的文稿装订成册，题名《红楼梦研究集》，放到图书馆阅览室供人参阅。可惜联大三校复员的时候，吴宓适在成都燕大，将改赴武大任教，这部集子无人关心，不知流落何方，如能保留下来，将是一部重要的红学文献。

1950年以后，吴宓的命运由盛转衰，红学讲座次数锐减至寥寥数场，也未再有文章公开发表。后来他的身份由统战对象变成了“现行反革命分子”，完全失去了公开发表言论的权力，虽然他对红学的研究并未停止，但作为红学家的吴宓，已不再被人认可了。吴宓“著名红学家”的形象，只能定格在了中华民国的学术背景上。

三

吴宓的红学研究，就内容与方法而言，他在 1965 年 4 月的社会主义教育运动中作的自我检查中，有过这样的总结：

> 整个说来，宓讲谈的内容，可分为（i）文学艺术（ii）道德评论两大部分。（i）宓强调了《红楼梦》的艺术性（认为它是反映着十八世纪初年全中国的社会情况〔其中在贾府，更集中在宝、黛、钗三个人身上〕之一部伟大的现实主义小说〔既不是清朝历史的寓言；亦不是曹雪芹的自传〕，而细讲其创造过程及描写方法）……（ii）在评论书中的人物（妙玉、王熙凤、香菱等）时，宓使用了自以为能融合中西古今而造出的一套道德标准，什么“仁智合一，情理兼到”之类。[①]

就事论事地讲，这个交代符合实际，可从学术层面看，却不足以反映吴宓红学研究的特点。要对这一问题做出客观

① 西南大学档案馆所藏吴宓《1965 年 3 月在社会主义教育运动中之自我检查“放下包袱，自觉革命”》，转引自肖太云《吴宓档案中的“红学”资料》（《红楼梦学刊》2020 年第 3 辑，第 148 页）。据《吴宓日记》，该文于 1965 年 4 月方写成。

的评价，必须得把他放到二十世纪中国红学史的大背景上来考察。

纵观二十世纪的中国红学史，既经历了新、旧红学的转型，新红学又经历了“自传说”“阶级斗争说”和所谓“曹学”三个阶段的发展。吴宓的红学研究正处在新、旧转型的关键时刻。抛开表面现象不论，新、旧红学论争的核心其实只有一个，那就是《红楼梦》到底是写什么的。围绕这个问题，旧红学采取索隐的方法，通过比附联想，努力在现实历史中找寻答案；新红学则采取考证的方法，注重用历史文献（包括版本）来证明该书是曹雪芹的自传，其继承者则进而把注意力完全放到曹雪芹家世的研究上，发展出了所谓的“曹学”。就方法而言，他们本质上都是做本事考证，只不过推论的依据有主观和客观的差别。因此，考证的方法在二十世纪红学研究中一直居于主流地位。

吴宓研究《红楼梦》，一开始就坚持文学批评的立场，而且有比较文学的视野。这从《红楼梦新谈》就可以看出来，该文用哈佛大学曼格纳迪尔（G. H. Magnadier）博士分析菲尔丁长篇小说《汤姆·琼斯》时，所归纳的优秀小说应具备的六个方面为理论依据，首次对《红楼梦》的艺术成就作了全面的论述。1967 年 2 月 1 日，他在交代材料中回顾道：“（哈佛演讲）用西洋小说法程（原理、技术）来衡量《红楼梦》，见得处处精上，结论是：《红楼梦》是一部伟大的小说，世界各国文学中未见其比。”他二十世纪前半叶发表的一系列红学文章，都是从比较文学的视野出发，坚持用文学批评的方法写成的。

1928年1月9日，吴宓在《大公报·文学副刊》发表了《红楼梦本事辨证》一文。此时新、旧红学的分野已经形成，但吴宓对索隐派的各种结论和“自传说”都不认同，他坚持将艺术性放在首位来考量：

以吾人之见，《石头记》一书乃中国第一部大小说，其艺术工夫实臻完善。其作成之历史及版本之源流，固应详为考定，然此乃专门学者之业。普通人士，只应当原书作小说读，而批评之者亦应以艺术之眼光从事。即使《红楼梦》作者对于种族、国家心中偶有感慨，其描写人物亦有蓝本，间参一己之经验，然写入书中，必已脱胎换骨，造成一完密透明之幻境，而不留渣滓。寻根觅底，终无所益。是故蔡元培氏之《石头记索隐》，以及此类之书，实由受排满革命思想之影响，而比附太过，近于穿凿。胡适氏之《红楼梦考证》，则受浪漫派表现自我及写实派注重描写实迹之影响，认为曹雪芹之自传，殊属武断。

这段文字在今天看来，仍有振聋发聩的作用。在1945年4月1日《成都周刊》第4期上发表的《红楼梦之人物典型》附语中，他再次申述了这一观点：

吾人不废考据。然若专治考据而不为义理词章，即只务寻求并确定某一琐屑之事实，而不论全部之思想及中植之义理，又不能表现于创作，则未免小大轻重颠倒，而堕于一偏无用及鄙琐。此今日欧美大学中研究文学应考博士之制度办法之通病，吾国近年学术界亦偏于此。吾人对于精确谨严之考证工作，固极敬佩。然尤望国中人士治中国文哲史学者，能博通渊雅，综合一贯，立其大者，而底于至善。夫考据义理词章，三者应合一而不可离，此在中西新旧之文哲史学皆然。吾人研究《红楼梦》，与吾人对一切学问之态度，固完全相同也。

不幸的是，他七十多年前所批评的这种烦琐考证之弊，在当今的学术研究中反而愈演愈烈。

从方法论的角度看，在二十世纪的《红楼梦》研究中，最早采用文本批评方法的是王国维。他 1904 年 6 月在《教育世界》杂志上发表的《红楼梦评论》，首次运用叔本华的哲学理论，对《红楼梦》作了系统评析。只不过他的分析工具是哲学，评论也更侧重于哲学方面[①]。真正从文学批评的角度研究《红楼梦》，开风气的应该是吴宓。

① 舒芜《悲观主义解释不了悲剧——重读王国维〈红楼梦评论〉》对此文有客观的评价。见舒芜《红楼说梦》，人民文学出版社，2004 年，第 353 页。

吴宓虽然在文化选择上倾向古典主义，强调民族立场，其文学研究却具备世界眼光，而且坚持艺术本位。在他之后，王昆仑、蒋和森、舒芜等，都走这条路。1954 年异军突起的“两个小人物”，他们提出的“阶级斗争说”，使用的也是文本批评的方法。与索隐派和自传派相比，他们更关注《红楼梦》作品本身，有其积极的一面，只可惜所用的工具有问题。余英时曾指出：

严格地说，“斗争论”属于历史学——社会史——的范畴，而不在文学研究的领域之内。在这一点上它不但没有矫正胡适的历史考证的偏向，并且还把胡适的偏向推进了一步。[①]

相比较而言，吴宓所选的路径是最值得肯定的。特别是在考证红学已陷入严重危机的今天，我们更应该提倡用文学批评的方法来探讨这部巨著。

四

经过一个世纪的繁荣，红学发展到今天，既取得了很

① 《红楼梦的两个世界》，上海社会科学院出版社，2002 年，第 14 页。

大的成就，也出现了不少问题，学术界已开始对此展开反思。在这样的背景下，重新审视吴宓在二十世纪前半期发表的一些红学观点，我们发现他对很多问题的看法颇具理性。抛开那些见仁见智的艺术分析和人物评论，从红学史的角度看，吴宓有四个方面的观点值得肯定。

第一，吴宓最早注意到《红楼梦》有作者自写的成分，提出了“自况说”。在1919年1月写成的讲稿《红楼梦新谈》中，他说：“贾宝玉者，书中之主人，而亦作者之自况也。”该文1920年3月发表的时候，胡适还没有撰写《红楼梦考证》的打算。据苗怀明《被催逼出来的学术名著——胡适〈红楼梦考证〉撰写始末》考证[①]，在亚东图书馆汪孟邹、汪原放叔侄的反复动员下，胡适到1921年3月才动手写成此文的初稿。遗憾的是，吴宓并没有对他的这一观点进一步展开论述，所以其影响不如胡适在《红楼梦考证》中提出的“自传说”大。从方法论的角度看，胡适重证据的科学考证终结了索隐派的猜谜游戏，确实功不可没。但他的“自传说”把作品中的主人公与作者硬划等号，则将考证红学引向了死胡同。在他之后，以周汝昌为代表的一系列学者，围绕曹雪芹身世、祖籍、故居、墓碑展开的讨论，更让我们见证了这一派末流的种种荒诞。

①参见2006年3月15日《中华读书报》。

其实当《红楼梦考证》作为亚东版《红楼梦》的前言出版以后，学术界就有一些质疑的声音。前举《学衡》杂志上黄乃秋、缪凤林的文章就是证明。吴宓在《王际真英译节本〈红楼梦〉述评》中，也对其提出了批评：

惟从古中西伟大之小说，虽亦本于作者之经验，然其著作成书，绝非以自传为目的及方法者。故谓《红楼梦》一书直为曹雪芹之自传，殊属武断错误。盖不知 Fiction 与 History 之别。又不知 Dichtung 与 Wahrheit 之别。

这实在是见道之言。相比之下，“自况说”的提出充分尊重了小说文本的虚构性特征，又肯定了作者借小说人物表现自我的事实，显得更为圆通、贴切。从学术史的角度看，评判一个人的贡献与成就，既要看实际影响的大小，也要看相近的结论是由谁最先提出来的，谁的观点更合理。面对考证红学今天的种种乱象，我们应该重新认识吴宓“自况说”的价值。

第二，运用古希腊哲学家柏拉图的“一与多”之说分析《红楼梦》的内结构，早于余英时提出了“两个世界”的观点；用该理论分析《红楼梦》中的人物，提出了“典型说”。

柏拉图将同一类事物的本质定义为理念（即“一”），认为现实世界（即“多”）是对理念的具体呈现和模仿，因此理念与现实世界的关系就是“一与多”的关系。在他看来，理念的世界是真实的、本质的，现实的世界是变幻的、表象的。“一与多”的关系其实类似于中国早期哲学里道与万物的关系。

在1940年8月30日的日记里，吴宓说：“按两世界之说，为一切宗教、哲学、文艺之根本固矣。然此两世界者，是一是二，未可划分。” 在《红楼梦之教训》中，他又说：

宇宙人生，本有一与多之二方面。然一即具于多中，而一比多更为重要。故凡人当洞识一多之关系，而处处为一尽力。观念为一，物体为多。价值为一，事实为多。

在《石头记评赞》中，他提出：“《石头记》之义理，可以一切哲学根本之‘一多（One and Many）观念’解之。”并据此将太虚幻境当作“理想（价值）之世界”，将代表人世的贾府、大观园当作“物质（感官经验）之世界”，认为“《石头记》指示人生，乃由幻象以得解脱（From Illusion to Disillusion），即脱离（逃避）世间之种种虚荣及痛苦，以求得出世间之真理与至爱（Truth and Love）也”。吴宓划分的两个世界一个是太虚幻境，一个是大观园。在他看来，太虚幻境代表着“一”（即抽象的理念），而《红楼梦》的作者曹雪芹则代表着“多”（即具体的现实经验），大观园是作者“寓多于一”创造出来的艺术世界。而在《红楼梦之教训》中，他似乎又修订了自己的观点，提出：“《石头记》书中，以太虚幻境示一之世界，以大观园与贾府示多之世界。”

二十世纪七十年代，余英时先生写了《红楼梦的两个世界》一文，也提出了“两个世界”的概念。他认为“曹雪芹在《红楼梦》里创造了两个鲜明而对比的世界。这两个世界，我想分别叫它们作‘乌托邦的世界’和‘现实的世界’。这两个世界，落实到《红楼梦》这部书，便是大观园的世界和大观园以外的世界”[①]。余英时认为大观园是曹雪芹苦心经营的一片理想的净土，以与肮脏的现实世界相对抗。显然，他对“两个世界”的划分与吴宓并不相同。但从《红楼梦》的实际内容来看，真正与大观园构成对比的恰恰是太虚幻境，而不是所谓的“现实世界”，因为相比于太虚幻境来说，大观园就已经是红尘世界了，园内世界与园外世界是相通的，没有本质的区别。相对来说，吴宓所划分的两个世界更能体现《红楼梦》的内结构。

吴宓把“一与多”的观念用到对《红楼梦》人物的分析中，提出了“典型说”。在《红楼梦之人物典型》中，他指出：

① 余英时《红楼梦的两个世界》，第 35 页。

《石头记》书中每人物，各有其个性，而又代表一种典型。寓一于多，乃成奇妙，乃见真实。所谓典型者，不分男女老少，不问职业地位，不别中西古今，综合一切人而观察之，人之性情行事，以及其所以自处所以待人之方法，可根本区为若干类，每一类为一典型。

在《个性虽殊，典型不异》中又说：

盖凡诗与小说中之人物，皆兼具二重性格：既代表人类智愚善恶之一种典型，又专示某年龄某地位某职业之一个人之特性（简曰个性）。个性虽殊，典型不异。

因此，他所谓的典型，其实就是某一类人的共性特征。关于人物典型性的讨论，后来一度成为中国大陆文学理论研究中的重要话题。可以说，在对人物典型性问题的认识上，吴宓是探路者。

第三，在爱情观方面，吴宓强调精神之爱的重要性，认为“木石前盟”代表着爱情之理想，“金玉良缘”代表着现实的境界。在《石头记评赞》中，他写道：

细察《石头记》中所着重描写之爱情，乃富于理想之爱，乃浪漫或骑士式之爱（即斯当达尔《爱情论》中所主张，又即费尔丁及沙克雷等人小说中所表现之爱），而非肉欲之爱（登徒子与《金瓶梅》即是；西书若 Frank Harri 之自传亦是）。

在《红楼梦新谈》中，他进而从“一与多”的观念出发，对“金玉良缘”与“木石前盟”进行定性：

金玉乃实在之境界，木石则情理所应然。而竟不然者，金玉形式璀璨，其价值纯在外表；木石资本平朴，而蕴蓄才德于其中。金玉者人爵，木石者天爵；金玉者尘世之浮荣，木石者圣哲之正道。

“情理所应然”与“实在之境界”，即“一”与“多”的关系。在《红楼梦之教训》中他更明确地指出：“《石头记》中，木石为一，金玉为多。……黛玉之殉情，宝玉之出家，皆守一而离多者。”在吴宓看来，只有通过“守一而离多”，人的生命价值才能得到升华。所以在《石头记评赞》中他提出：

《石头记》具有亚里斯多德所云之庄严性（High-seriousness），可于其人生观见之。……《石头记》乃叙述某一灵魂向上进步之历史，经过生活及爱情之海，率达灵魂完成自己之目的（可与柏拉图《筵话篇》，圣奥古斯丁《忏悔录》，但丁《新生》及《神曲》，歌德《威廉麦斯特传》比较。又可与卢梭《忏悔录》及《富兰克林自传》反比)。此《石头记》之人生观也。世界文学名著，莫不指示人生全部真理，教人于现实中求解脱,《石头记》亦然。

在爱情方面要做到“守一而离多”，吴宓认为出发点必须是无私，也就是要舍己为人。他认为“贾宝玉之于爱情，纯是佛心：无我，为人，忘私，共乐；处处为女子打算，毫无自私之意存”(《石头记评赞》)。这样，他从文学的立场出发，把对《红楼梦》的认识提升到了哲学层面上，应该说具有相当的思想高度。

第四，关于后四十回续书的问题，是由胡适最早提出来的。以高鹗为续书作者，也是胡适考证得出的结论。胡适的主要依据就是俞樾《小浮梅闲话》里的一段考证：

《船山诗草》有《赠高兰墅同年》一首云：“艳情人自说《红楼》。”注云：“《红楼梦》八十回以后，俱兰墅所补。”然则此书非出一手。按乡会试增五言八韵诗，始乾隆朝。而书中叙科场事已有诗，则其为高君所补，可证矣。

这段文字涉及两个关键的问题：一是对张问陶诗注中的“补”字如何理解；二是科场试诗的问题。按，“补”既有续补的意思，也有辑补的意思。而在康熙十八年(1679)

的博学鸿词考试中，就曾考过五言排律《省耕诗》，可见科场试诗在乾隆以前并非没有先例。胡适完全不顾程伟元程本序、高鹗程乙本序和程乙本“引言”所述的事实，也不考虑文学创作的实际，仅顺着俞樾的指引，武断地认为程伟元和高鹗关于后四十回来路的说明是故弄狡狯。吴宓在《石头记评赞》中反驳说：

吾信《石头记》全书一百二十回，必为一人（曹雪芹名，1719—1764，其生平详胡适君之考证）之作。即有后人（高鹗或程伟元等）删改，亦必随处增删，前后俱略改。若谓曹雪芹只作八十回（1—80），而高鹗续成后四十回（81—120）竟能天衣无缝，全体融合如此，吾不信也。欲明此说，须看全书之结构，及气势情韵之逐渐变化，绝非截然两手所能为。若其小处舛错，及矛盾遗漏之处，则寻常小书史乘所不免，况此虚构之巨制哉。

吴宓没有纠缠于前人某些只言片语的记述，而是从文学创作的规律和作品结构的完整性，来判断后四十回的作者问题，可以说抓住了问题的关键。1954 年，中国大陆开展声势浩大的《红楼梦》大批判运动，对胡适的资产阶级唯心论进行了彻底清算，唯独没有对他关于高鹗续后四十回的说法表示过质疑。1955 年 1 月 22 日，吴宓在四川省政协被迫公开检讨了其演讲《红楼梦》的“错误”，同时强调他与胡适对《红楼梦》的见解根本不同，认为自己胜过胡适的有两点："宓主张（1）《红楼梦》是小说，不是‘自传’如胡适所说；（2）《红楼梦》是曹雪芹作成了一百二十回，但小有残缺，又有遗失，后来高鹗、程伟元从事修补，而绝不是如胡适所说，曹雪芹作成了第1—80回，高鹗续作出第81—120回，而衔接的那样好，此事不可能！"1967年，吴宓在交代材料里再次重申了他的第二个观点。

进入二十一世纪，红学界经过冷静反思，认为对当事人程伟元、高鹗的自述不应该轻易否定，而且高鹗续书的证据并不充分——没有任何旁证，张问陶诗注中提到的"补"，应该就是程伟元序中讲到的"截长补短"之意。另外，一部一百二十回的长篇小说，作者不可能已写好了前八十回，还对后四十回没有考虑。因此，中国艺术研究院红楼梦研究所自2008年起，将该所组织专家集体校注的《红楼梦》的作者署名，由原来的"曹雪芹、高鹗著"，改成了"（前八十回）曹雪芹著/（后四十回）无名氏续；程伟元、高鹗整理"。这个改动的进步之处是，尊重了程伟元、高鹗的自述，恢复了他们的整理者身份，同时在缺乏材料支持的情况下，把后四十回作者的位子先空出来，用"无名氏"暂时代替。承担此书出版的人民文学出版社，随后也把该社其他版本《红楼梦》的作者署名，都改成了"曹雪芹著/无名氏续；程伟元、高鹗整理"。对照这种前后变化，我们不能不说吴宓对后四十回的态度有独醒之明。

总体说来，作为学者的吴宓，对中西文学涉猎甚广，他虽曾以红学名家，但注意力并不局限于红学一隅；诗人的天性，让吴宓更习惯于从感性的角度出发思考学术问题，不利于建成严密的理论体系，结论多呈碎片化状态；二十世纪五十年代以后的社会环境，又令以守护传统文化为己任的吴宓感到触处皆误，噤若寒蝉[①]，不再有新的论著发表。这些都极大地影响了他红学观点的传播，也影响了学术界对他在红学史上地位的认识。今天，透过历史的窗口往回看，在二十世纪红学研究的大背景上，我们希望重新审视吴宓的红学研究，对他的贡献做出客观的历史评价。

① 1954 年 11 月 19 日日记中曾说："此次批判检讨，宓自不得不参加，幸宓自解放后，绝口不谈《红楼梦》，此次尚未遭拽出受审，未尝非韬晦之益。"

被误读的吴宓

历史的发展，常有一些令人意料不到的结果。对同一人物和事件，站近了看，有时会觉得荒谬，站远了看，又能发现其特有的价值。特别是在新旧社会变革的时代，这种感觉上的差异会随着时间的推移而明显起来。回顾自“五四”新文化运动以来，我们在文化价值的评判和取向上所发生的种种变化，不能不令人感到历史的吊诡。

新文化运动的旗手们呼吁人们打倒孔家店，对几千年的传统进行彻底批判，以图达到破旧立新的目的。知识分子阵营里的先觉者们所发起的这场运动，在文化界产生了划时代的影响。当激进成为主流以后，以“学衡派”为代表的所谓保守主义者自然显得极为另类。而在这群人当中，吴宓尤其受人关注。

由于吴宓的著作在生前很少刊布，更由于新中国成立以后，他坚持留在西南师院任教，影响所及，限于一隅，所以很长一段时间内，人们对他的学术成就、文化贡献了解甚少，对他后半生的坎坷经历和晚年的不幸遭遇，更是知之不多。有关现代文学史的著作在提到吴宓时，都是以新文化运动反对派面目出现的，自然先有了一种进步与保守的价值判断，大众媒体则更喜欢散布他“浪漫”的传闻。可以说，材料的缺失在一定程度上鼓励了社会的想象，也扭曲了作为学者和诗人的吴宓在大众心目中的形象。

令人欣慰的是，吴宓先生的女公子吴学昭，不顾八十多岁的高龄，抱着与时间赛跑的决心，积二十馀年之力，先后整理出版了《吴宓自编年谱》、《吴宓日记》、《吴宓日记续编》、《吴宓诗集》、《吴宓诗话》、《吴宓评注顾亭林诗集》、《吴宓书信集》等一系列著作，最近又推出了增补本《吴宓与陈寅恪》。她本着求真存真的原则，在整理过程中除了增加必要的注释和说明外，一字未删（包括其尊公日记中对她的批评），终于使吴宓的著作比较系统地展现于世人面前，也让我们得以全面地了解了吴宓的精神世界和人生遭际，对他的人格与思想、学术与文章有了全新的认识。

吴宓一生经历了三个时代，又经受过中西两种文明的洗礼。自幼秉承家学，深受传统文化的濡染，其自我修身以儒家的道德为准则，实际上体现了儒家所强调的君子人格。吴宓早年曾说：“宓欲极力做高伟之人。”在他后来的人生中，我们见证了他的淡泊名利、勤俭自持、重义守信、扶弱济贫、坦诚真率、勇于自省、忠于信仰、勤于职守和不肯随人俯仰、违心做事。今天我们回过头来看，他身上体现的这种人格力量，恰与当下的绝大多数知识分子形成了对比，也成了照亮我们这个时代的一面镜子。吴宓对传统文化的评价和态度固然有其值得商榷的地方，但有一点是应该肯定的，那就是从二十世纪五十年代初到“文革”结束前，我们对待传统文化的态度是绝不可取的。吴宓对文字改革的反对，虽有偏激之处，但不可否认的事实是：汉语拼音化的提法现在已经被完全否决了；简化字的推广虽有助于文字普及，但也在实际上造成了大陆民众对传统典籍的陌生和疏离。如今，我们正极力在全球设立孔子学院，向外推广中国文化，也恰好说明儒学仍“有裨于全世界”（吴宓语）。再考虑吴宓和他的同仁大都饱读传统经典，又曾游学欧美，其对中西文化价值和当时中国现实的认识，自有其深透之处。他们所追求的“独立之精神，自由之意志”，使他们不甘违背良知而随世浮沉。

吴宓曾强调自己的人生观是“殉道”“殉情”。在1935年所作的《自题空轩诗话后》绝句中，就有“殉道殉情对帝天”的句子。

吴宓所殉之道，统而言之，就是文化，特别是古代文化。他对古代文化的信仰，其出发点还是为了民族独立和自强。早在美国留学的时候，他就勤奋苦读，并在日记中说：“宓每念国家危亡荼苦情形，神魂俱碎。非自己每日有所作为，则心不安。”到了抗战爆发，举国悲愤的时候，他更加觉得，只要文化不亡，中国就不会亡。基于自己对中西文化的了解，在对待传统的问题上，一开始他就和新文化运动的倡导者们站到了对立面，反对他们激进的否定态度，而主张昌明国粹，融化新知，强调传统与现代之间的继承性。历史已走过了近一个世纪，总结近百年来的文化变革之路，我们觉得在新文化运动已经势不可挡的时候，吴宓他们更有其冷静的一面。只不过在变革成为当时最迫切的需要时，历史并不欢迎这种冷静。所以吴宓和他的同仁们显得有些不合时宜。只有站在今天的立场上，我们才能更好地理解他们的意义。1955 年 11 月 6 日，他在日记中写道：“宓近数年之思想，终信吾中国之文化基本精神，即孔孟之儒教，实为政教之圭臬、万世之良药。盖中国古人之宇宙、人生观，皆实事求是，凭经验、重实行，与唯物论相近。但又‘极高明而道中庸’，上达于至高之理想，有唯物论之长而无其短。且唯心唯物，是一是二，并无矛盾，亦不分割。又中国人之道德法律风俗教育，皆情智双融，不畸偏，不过度，而厘然有当于人心。”1958 年 6 月 27 日所做的思想交代中又说：“宓之保守主义，乃深知灼见中外古今各时代文明之精华珍宝（精神 + 物质）之价值，思欲在任何国家、任何时代图保存之，以为世用而有益于人，非为我自己。解放后，此一切被斥为‘封建、资产阶级思想’遗物，宓犹有‘守先待后’之志；其后乃勉强服从、接受改造。……今问宓之真实态度：则‘愿服从，努力改造’乃最大之努力及让步；必责宓以‘尽去旧而革新’又‘内外一致’，则实不能，只有伪言以应付耳。”1968年底，他被打为“历史兼现行反革命分子”，在批斗中摔断了腿。1974年春，全国开展“批林批孔”运动，要求人人表态，吴宓再次“固执”地说：“批林，我没意见；批孔，把我杀了，我也不批。”这些都可以说明他至死不悔所殉的道是什么。所以，尽管他一再违心地做着自我批判，但最终还是做了文化的殉道者。

纵观吴宓的一生，他把为学为人当成了一回事，从这些年出版的著作来看，他一生写下了大量的文字，且都有较高的学术、思想价值，但没有一部集中在某一个学术问题上。不论在日记里，还是与友朋的书信里，他都能把自己的所思所感真实地记录下来。在这些不含功利目的的写作中，他的思想表达和感情表达反而更加自然和动人。这也许正是他诗人性格的另一个方面。

至于殉情，这大概是吴宓最被人关注的话题了。吴宓于1921年与发妻陈心一女士结婚，育有三女。1928年，因哈佛好友朱君毅毁约另娶，被其抛弃的毛彦文女士与陈心一原为浙江省立女师同学，吴宓在哈佛时曾从朱君毅处多次读到过毛彦文写给朱的信，故欲取两人通信为小说材料，不料却因同情而生爱意，一时不能自拔。终于在1929年，不顾亲友劝阻，与陈心一离异。同时，则对毛彦文展开了追求，这段恋情曾使他深受折磨。毛彦文于1929年8月赴美留学，此后两人一直保持着通信。1930年到1931年，吴宓带薪休假，赴欧洲游学，期间曾与毛彦文密集地通信和发电报，谈论结婚的问题。经过艰苦的劝说，毛彦文已经允婚，并赶到法国与之相会，但吴宓的热情却因种种原因冷了下来，显得三心二意，犹豫不决，这令毛大为失望。1935年，毛彦文突然与熊希龄结婚，让本来以为胜券在握的吴宓大感意外，也后悔终生。

吴宓的第二次婚姻发生在1953年，女方邹兰芳系四川万源人，为重庆大学法律系学生，因父亲在土改中被镇压，两个哥哥曾为国民党军官，起义后因密谋叛乱被政府处决。毕业前为了免于被分配到边疆，同时也可能为了有条件帮助两个嫂嫂和侄子们，她苦苦追求嫁给吴宓。这曾给吴宓带来过很大的道德压力和精神负担，年龄的悬殊和教育背景的不同，都让他对这桩婚姻大为犹豫。最后，还是同情心占了主导。邹兰芳原本身患结核，婚后一直生病，加上家中连遭变故，亲人一半为鬼，心情悲苦。婚后的日子里，并没有给吴宓带来多少欢愉。缠绵病榻不到三年，邹兰芳病故，吴宓则一直负担着援助其两个嫂子及侄子的义务。

吴宓的感情生活一向为人所艳称，但大家忽略了一个基本事实，那就是他实际上孤苦地度过了一生。考其原因，还得从他成长的环境和个人性格说起。他自幼家道殷实，出生不到一岁，生母即去世，祖母杨氏对其疼爱有加。为了使其免遭继母之虐，杨氏擅自做主将其过继给了当时尚未成家的次子为嗣。祖母的宠爱，加上家庭的不完整，一方面造就了他冲动、固执的个性，另一方面也使他对家庭生活世俗、伦常的一面缺乏感性的认识。这些缺位的经验他后来是通过文学阅读来补充的。这难免会让他把文学和现实人生搞混了。所以在两性关系上，他始终是以诗的标准来期待对方。他希望婚姻生活像诗一样美满，任何世俗的东西都会令其不快。与陈心一女士的离异，固然与当初允婚时的过于草率有关，更主要的还在于他不能接受婚后的常态生活。对毛彦文态度的反复变化，也在于他的期待太高和过度挑剔。晚年的毛彦文女士在回忆文章中是这样评价他的："吴脑子中似乎有一幻想的女子，这个女子要像他一样中英文俱佳；又要有很深的文学造诣；能与他唱和诗词，还要善于辞令；能在他的朋友、同事间周旋；能在他们当中谈古说今。"当然她也承认"吴君是一位文人学者，心地善良，为人拘谨，有正义感，有浓厚的书生气质而兼有几分浪漫气息，他离婚后对于前妻仍倍加关切……他绝不是一个薄情者"（《往事·有关吴宓先生的一件往事》）。

以殉情自期的吴宓，结果一语成谶，为感情付出了惨重的代价。好在陈心一女士不计前嫌，在他历经磨难的晚年，一直给他提供着安慰和帮助。所以在吴宓孤独的内心深处，始终能感到北京有个家在。1970 年在给陈心一的信中，他不无愧疚地说："宓昔年离婚，实一生最大之错误。其事不但良友莫不责备，宓老年益悔痛。"当然有时夜半醒来，他也会想起毛彦文来，回首往事，潸然洒泪。每年的除夕，他都如例拜祭邹兰芳。

吴宓不是薄情者，但感情生活终究是他自己的事。今天的人更应重视他对自己信仰的坚守、对其志业的不懈追求和人格的屹立不倒，这是他作为文化人的真正价值所在。

第五辑　译事漫谈

蒲隆《岁月》中译本前言

《岁月》是弗吉尼亚·吴尔夫于1937年完成的一部编年史小说。1931年1月，吴尔夫曾给妇女服务协会作过一次演讲，这次演讲使她情绪激动，随后她决定写一系列探讨社会问题的随笔。于是，从1932年起，她开始写一部“随笔—小说”，决定让随笔中的论辩性文字和小说中的场景性描述相互阐发。但是随笔部分后来被放弃了，小说部分则继续写下去，就成了现在的这部《岁月》。小说写成之前，吴尔夫曾担心它会失败，这一度几乎使她的精神陷于崩溃。但是等到该书出版以后，人们给予了它较高的评价，才让她感到担心纯属多馀。

《岁月》是吴尔夫的第八部长篇小说，也是她的倒数第二部小说。实际上，她的最后一部小说《幕间》写成后还没修改完，她就投水自尽了。因此，《岁月》这部经过她反复修改的作品，在她的长篇小说创作中便具有了非同一般的地位，它不仅体现了吴尔夫后期在小说理念上的成熟，也是她在长篇小说写作上不断创新、不断突破的成功实践之一。以时间为背景，捕捉人的瞬时经验和表现人的心理状态，一直是她所苦苦追求的。吴尔夫在阐述她的创作观点的重要论文《论现代小说》中这样说："如果我们是作家的话，能够表达我们想要表达的内容的任何方式，都是对的。"而在小说中采取编年史的形式，对她来说正是为了接近她心目中"生活的本来面目"。吴尔夫从很早的时候就对历史产生了兴趣，并且形成了自己对历史的一种独特的理解。对她来说，历史并不仅仅是由重大的事件（如战争、灾难和特殊的庆典等）构成的，人们对历史的关注不应该只集中在一些重要的人物和他们的活动方面，相反，为数众多的普通人的日常生活和他们的所思所想，同样是构成历史必不可少的一部分。基于这样的认识，她更强调关注历史本身的连续性，而主张将突发性事件置于历史记录的边缘。但是毫无疑问，构成这种连续性的必然是具有建设性的家庭生活，和通常不为人们所注意的普通人的日常生活。同样是在《论现代小说》中，吴尔夫又说："把一个普普通通的人物在普普通通的一天中的内心活动考察一下吧。心灵接纳了成千上万个印象——琐屑的、奇异的、倏忽即逝的或者用锋利的钢刀深深地铭刻在心头的印象。它们来自四面八方，就像不计其数的原子在不停地簇射；当这些原子坠落下来，构成了星期一或星期二的生活，其侧重点就和以往有所不同；重要的瞬间不在于此而在于彼。因此，如果作家是个自由人而不是奴隶，如果他能随心所欲而不是墨守成规，如果他能够以个人的感受而不是以因袭的传统作为他工作的依据，那么，就不会有约定俗成的那种情节、喜剧、悲剧、爱情的欢乐或灾难……把这种变化多端、不可名状、难以界说的内在精神——不论它可能显得多么反常和复杂——用文字表达出来，并且尽可能少羼入一些外部的杂质，这难道不是小说家的任务吗？”所以打破传统的框架，避开习惯性的概念，顺着意识的层面去捕捉构成人们日常生活的重要的瞬间，就成了吴尔夫后期创作所极力追求的东西。正是这种追求赋予了她这些作品一种现代特征，同时也成就了她的意识流小说大师的地位。

在《岁月》中，吴尔夫没有像过去的作家那样以某个人物或事件作为叙述的中心。编年史的结构形式决定了时间是小说的基本主题，它不但把帕吉特家族的三代人串联了起来，又通过家族的连续性把维多利亚时代和现代英国生活联系了起来，充分反映了作者对历史连续性的理解。这样既避免了传统叙事中中心人物和中心事件过分挤占篇幅，影响作家对生活细节的展现和人物内在精神的捕捉；同时真实的时间场景（从小说开始的 1880 年到结束的 20 世纪 30 年代），又可以免去对历史背景做过多的交代，使注意力充分放在对众多的人物（而非某一个中心人物）

生命瞬间的把握上。在自我角色的定位上，吴尔夫拒绝做道德准则的代言人，也不愿意充当精神的向导。作为一个作家，她更愿意与作品中的人物一起对话，一起思考。这样，当生命的瞬间不断闪现的时候，作品背后的意义却变得模糊了。所以作为读者，我们就不能期待按某种固定的模式去理解它。

一

如果说生命就是每个人在现实世界中所拥有的一段时间的话，那么吴尔夫在《岁月》中想引起我们思考的主要问题就是：生命的历程应该有怎样的形态？

小说的故事开始于1880年春天的一天，它从埃布尔·帕吉特上校的家庭写起，一直写到20世纪30年代，最后通过一场家族晚会给故事划上了句号。作者从一开始就把时间的概念提到了一个高度上，在对变化莫测的天气和匆促奔忙的人群做了概括性的描写以后，她用对时光流逝的感慨拉开了故事的序幕："日轮月转，岁岁年年，犹如探照灯的光，连连掠过天空。"类似的慨叹在后面的叙述中还会反复出现，特别是当故事中的时间出现了跳跃的时候，这样的表述几乎成了一种提示时间连续的语言标记。比如1910年的开头几句就是这样写的："在乡下，这是极其平常的一天，流年似水，日月如梭，把翠绿变成橙黄；把青草变为收获，这就是悠悠岁月中的一天。”而与时光的持续形成对比的则是人的变化。埃布尔家的七个孩子纷纷长大，各自都选择了截然不同的生活方式。他们的叔叔和姨妈家的孩子们也各自走着和他们不同的道路。小说精心地描绘了一系列场景，在其中人们你来我往，会面聊天，思考梦想，并在岁月的磨砺中日渐衰老。他们各自都确定了自己的角色，都形成了自己固定的姿态。爱德华成了教授，还当上了学院院长，功成名就，但终生未婚；莫里斯如愿以偿，当了律师，并且有两个孩子（佩吉和诺思）；马丁本来一心想当建筑师，但被送去当了兵；埃莉诺为了照顾年迈的父亲和弟弟妹妹，牺牲了自己的青春和幸福，却从未放弃对幸福生活的追求；吉蒂曾经对农业感兴趣，但最终在父母关于上流社会妇女的虚假观念的禁锢下，还是违背自己的天性和爱好，做了贵妇人；米莉和玛吉均结婚生子，沉溺在家庭生活中；迪莉娅和萝丝最具反抗精神，前者倾向于支持爱尔兰的民族运动，后者曾因参与政治暴动而进过监狱。对此，伍尔夫并没有做任何评判，她只是利用小说中的人物，让他们站在各自的立场上来相互质疑，相互否定，以充分地展示各人的心态，从而勾画出一个特定阶级的青年在特定时代中对生命形态的选择过程。但是，伍尔夫并不满足于一味的冷眼旁观。在小说结尾的时候，她借曾在战场上经受过死亡的考验，并在非洲经营过农场的诺思的视角，最终对这个伦敦上层社会家庭圈子里的生活观提出了质疑。在这里，人们谈论的不是金钱就是政治，要不就是不切实际的空话，或者无聊的奉承和挖苦。在觉得“礼仪可疑，宗教死亡”的诺思的心目中，伦敦的生活与他格格不入。他一心想弄明白在自己的生活中，“在别人的生活中，什么是坚固的，什么是真实的”。在经历了战场上的厮杀和农场生活的艰苦以后，他觉得听晚会上的年轻人谈政治，“就像听一所私立小学的小孩子乱弹琴”。他对他们所谓的正义与自由的含义也表示怀疑，“如果他们想改造世界，他想，干吗不从原处，从中心，从自身做起？”在这里，两代人的观念出现了裂痕。甚至也可以说，历史在认识的层面上发生了断裂。这在一定程度上表明维多利亚时代已成为过去，从维多利亚时代以来所形成的中产阶级的价值观开始变得靠不住了。在诺思的眼里，晚会上的“埃莉诺和爱德华都自得其所，手下有果实，显得宽容、自信”。他觉得对他的长辈们来说，这是没有问题的，因为“他们已经辉煌过一时，但对他来说，对他这一代人来说”，则需要过“另一种生活，一种截然不同的生活。不是歌舞杂耍场，不是震天响的传声筒；不是成群结伙、穿戴整齐、跟在领导屁股后面亦步亦趋，循规蹈矩。不是，从内心做起，让外表形式见鬼去吧”。从这里，我们看到了另一种生命形态的影子。它关注的不再是自我的家庭生活和不切实际的幻想，它把注意力放到了公众生活和社会问题上。这从诺思对晚会气氛的反抗（在晚会上，他觉得压抑、沉闷），对这种家族聚会的质疑（“这里只有‘大学学人’和‘公爵夫人’，还有什么‘人’字号的名堂呢?”）和对两位姑姑（米莉和玛吉）谈话内容的否定（他们“感兴趣的只是他们自己的孩子；自己的财产；自己的血肉，他们需要用原始泥沼裸露的爪子加以保护……那我们怎么能变文明呢?”）中，就可以反映出来。当然，人们对事物的看法也并不完全是绝对的，过去的生活在佩吉的眼里就显得“是那么有趣，那么安全，那么虚幻——八十年代的过去；对她来说，它的虚幻美妙无比”。但埃莉诺则对她说：“你们的生活比我们有趣得多。”这同样暗示着两个时代的距离。

生活本来就是一条没有航标的河流，每个人的生命历程都是无规则可言的。所以，在小说中，埃莉诺就曾自思：“事物不可能勇往直前……事物一晃而过，事物千变万化……而我欲往何方？何方？何方?”而在战争的夜晚，在玛吉家的地下室里，她又再一次向尼古拉斯问道：“我们怎样才能改进自己……生活得更加……生活得更自然……更美满?”这里所涉及的问题就是，人们从生活中所能期望得到的最大限度的东西是什么？对于此类问题，吴尔夫似乎只是设法提出，她并没有打算做出具体的回答。她在《论现代小说》中有一段分析俄国小说的文字，能充分地说明这种态度：“其实，我们可以更精确地说：俄国人的思想并无明确的结论。他们给人一种没有答案的感觉；如果诚实地观察一下人生，那么生活提出了一个接一个问题，这些问题是不可能得到答案的，而只是一个接一个地在耳边反复回响着，直到故事结束了，那没有希望得到解答的疑问，使我们充满了深深的，最后甚至可能是愤怒的绝望。也许他们是正确的。毫无疑问，他们看得比我们远，而且没有我们那种遮蔽视线的巨大障碍物。”这种态度决定了她在小说中采取了一种隐匿的立场，造成人物的言行举止和思绪常常出乎我们的意料之外，不受任何控制。人物的意识和思维完全是呈散射状发展的。这允许他们对生命问题展开多角度的思考。

二

吴尔夫虽然不愿意对一些问题做出正面回答，但这并不意味着她放弃了批判的立场。在小说中，她对维多利亚时代妇女的美德和精神气质表示了肯定，但同时又对这一时期的妇女观进行了深刻的批评。这可以以埃莉诺为例加以说明。吴尔夫对她做了最为详细的描写。在小说中，她精明能干，多才多艺，喜欢冒险，有同情心和奉献精神，具备维多利亚时代贵族妇女的诸多优点。1880 年埃莉诺第一次出场的时候，我们就知道她是帕吉特家的长女，“二十二岁左右，不是大美人，但长得健康，尽管这会儿很累，却生性快乐”。这时她的母亲即将死亡，父亲已经年迈，弟弟妹妹们大都年幼，所以她主动承担起了照顾父亲、管理家庭的责任。然后随着岁月的推移，我们只见证了她日渐衰老的过程。而时间回报她的却不仅仅是衰老，还有那种被历史抛弃、因错失了人生车程所引起的迷惘感。1917年，在一个有空袭发生的夜晚，她去看望堂妹玛吉，因感受了玛吉的家庭生活，在回家的路上，“她怨恨起时光的流逝和人生的无常，因为它们把她扫地出门了——从这种种机遇中清除了”。多年以后，在回顾自己的一生时，这种感觉得到了加强：“我的生活一直就是别人的生活……我父亲的生活，莫里斯的生活；朋友的生活；尼古拉斯的生活……”从这儿开始，吴尔夫对维多利亚时代对于妇女的这种理想化要求提出了批评。埃莉诺给我们展现的是一个缺乏自我和没有真实生命的女性形象。虽然她一直试图从维多利亚时代的起居室中挣脱出来，并不断地在寻求生活的意义，但也没能挽救自己的生命被虚耗。除了对这种理想化的虚幻生命进行否定外，小说中还揭示了维多利亚时代上层社会的姑娘们所受的禁锢之深。这种禁锢既源自家庭生活的沉闷，也因为女孩子们被剥夺了接受教育的机会，而缺乏正式的职业更加深了这种灾难。小说透过埃布尔家的几个女儿，揭示了缺少职业使这一阶层的女孩子们变得琐碎浅薄，而封闭的家庭生活又使他们陷于狭隘和嫉妒。在小说中，吴尔夫还揭示了封闭的生活怎样使女孩子被诱导着放弃了自己的立场（比如吉蒂），或者变得愚昧无知（比如米莉和玛吉），或者习惯性地隐匿自己的真实情感（比如埃莉诺和萝丝）。

除了对维多利亚时代妇女生活的关注外，吴尔夫还对这一时期的男性价值观进行了批评。这种批评主要集中在男性的自我中心主义、自命不凡和夸夸其谈等方面。小说塑造了在牛津大学读书的性格受到扭曲的青年男子爱德华的形象。他所受的教育，使他把对表妹吉蒂·马隆的自然感情强压在心中，并试图通过顽强的工作和学习来转移它，这样发展的结果，最终使他变成了一个对女人缺乏吸引力的感伤的理想主义者。当爱德华在读书的时候，眼前浮现出的表妹的形象中，甚至都羼和着书本中的安提戈涅的影子，而不是一个真正有血有肉的女人。他这种因训练而形成的感情特征在本质上是自我反射、自我崇拜的。所以，若干年以后，当他功成名就地出现在迪莉娅主办的家族晚会上时，侄子诺思却觉得“他有副身子已被吃掉、只剩下翅膀和外壳的甲虫的神情”。他的表情，他说话的语气，他的每一个动作，都是经过训练形成的，没有一样代表着他自己。“他把头一扬，活像一匹马在咬马嚼子；但他是一匹老马，一匹蓝眼睛的马，他的嚼子不再给他带来苦恼了。他的动作是习惯使然，并非由感情左右。”他虽然和晚会上的其他人不同，不谈政治和金钱，但他“身上有种终极性的东西……有种密封起来、确定了的东西”，这使他的生命不再具有活力。同时他所受的教育和所获得的成就感，把他变成了“一个有了固定态势的人，他再也不能从中脱身，放松放松”了。这种生活使他变得虚荣、敏感，只要有别人的赞扬、教授的头衔和院长的职位，就足以补偿他长期单调乏味的辛苦劳作了。

除此之外，吴尔夫还对维多利亚时代的社会生活仪式进行了批评。小说对生活仪式的描写态度十分暧昧，在吴尔夫看来，它既是生活的内容，又是生活的表象，带有一种不真实的感觉，真实的似乎只是人们的感受。所以小说中经常会出现人们对岁月艰难的感叹：在1908年，当成年后的萝丝向她的哥哥马丁回忆起自己少年时期一次割腕的经历以后，马丁便感慨道：“孩子们过的生活多么可怕！”同样，在1891年，当他们的父亲埃布尔探望他们的婶婶欧仁妮时，欧仁妮也曾对他说：“人们好苦啊！”这才是生活本身的滋味。在小说结尾的时候，佩吉在晚会上的一段心理活动很有深意：“她听到伦敦的夜声从远处传来；一个喇叭在嘟嘟地叫，一声汽笛在河上哀鸣，那些遥远的声音，它们引起的对这个世界漠然置之的其他世界的暗示，对黑夜里在黑暗的中心劳苦的人们的暗示，使她把埃莉诺的话重复了一遍，在这个世界上很快乐，与活人在一起很快乐。但在一个充满苦难的世界上，她问自己，一个人怎么能‘快乐’呢？每个街头的每一张海报上都是死亡，或者更有甚者——专制；残暴；折磨；文明的没落；自由的终结。我们在这里，她想，只不过靠一片叶子庇护，它也难逃毁灭的厄运。”这多少动摇了我们对生活仪式的看法。

那么，在分析了上面的这些质疑和批评以后，我们不禁要问，生活本身到底有没有一个理想的模式呢？小说中尼古拉斯的几句话也许就是我们唯一的答案：“各人有各人的蜗居，各人有各人的十字架或圣经；各人有各人的炉火，各人的老婆……”这使我们不由得联想起了《红楼梦》中贾宝玉对袭人说过的一句话：“从此以后，只是各人各得眼泪罢了。”所以人生是没有固定的套路的，我们只能像吉蒂一样，抓住一些实在的东西。这才是我们从《岁月》应该读到的内容。

关于《四世同堂》的英译与回译

几年前，由于工作关系，我注意到了老舍先生与最早的《金瓶梅》英译本《金莲》一书的特殊渊源。该书的译者克莱门特·厄杰顿（Clement Egerton），在扉页上写了一行文字："献给我的朋友舒庆春。"老舍先生在他的一篇散文里记录了他们曾经的友谊。在该书的翻译过程中，他给译者提供过不少帮助。我为此收集了一些资料，准备就《金莲》的翻译问题写篇文章。这段经历，使我对2016年底关于《四世同堂》第三部英文全译稿被发现的消息，产生了兴趣。

《四世同堂》在老舍先生生前一直没有完整地出版过。按照他自序里的计划，此书共分三部，"第一部容纳三十四段，二部三部各三十三段，共百段"。其中第一部《惶惑》和第二部《偷生》，在解放前均出过单行本。但第三部《饥荒》，解放后只在上海《小说》月刊连载了前二十段，即因故中止（中止的具体原因虽然不详，但有一点是应该引起注意的，即小说快要结束时，代表中国接受日本投降的是国民政府，而抗战胜利的标志性事件，是北京城里到处升起了青天白日旗。这与新中国成立之初，在舆论宣传方面，对退守台湾的国民党政府所持的完全否定立场，是不相符的）。“文革”中被抄家后，作者手稿丢失，此书遂成残璧。1982年，马小弥根据美国哈考特·布拉斯出版社1951年出的《四世同堂》节译本《黄色风暴》（*The Yellow Storm*，英文题下还署了另一中文名“风吹草动”），回译了该书最后的十三段，补足了原来残缺的故事。目前大陆市面上流行的两个主要《四世同堂》版本，人民文学出版社版（以下简称“人文版”）和十月文艺出版社版（以下简称“十月版”），后面都收了马小弥译的这十三段。人文版《四世同堂》在第八十八段下注明了这一情由，十月版则在书后的“出版说明”里作了统一介绍。

赵武平先生发现《四世同堂》第三部全译稿的消息一出，立即引起了媒体的高度兴奋，许多出版社对此也十分关注。笔者虽对现代文学素乏研究，但对《四世同堂》的英文翻译问题却颇多好奇。即辗转向舒济老师借了她珍藏的英文节译本《黄色风暴》，并通过她的关系从施莱辛格图书馆找到了未经删改的浦爱德（Ida Pruitt）译文原稿。然后将《黄色风暴》译文与《四世同堂》中文原文、马小弥的译文与《黄色风暴》后十三章英文原文、《黄色风暴》后十三章英文与浦爱德译稿原文，进行了逐字逐句的比对，终于弄清了期间的许多变化与关系。

《四世同堂》的英文翻译工作，是1946年老舍先生应美国国务院之请，赴美讲学期间完成的。胡絜青、舒乙母子在《破镜重圆——记〈四世同堂〉结尾的丢失和英文缩写本的复译》一文，引用浦爱德1977年2月22日给费正清夫人的信，提供了一些翻译和出版过程的细节："《黄色风暴》并不是由《四世同堂》逐字翻译过来的，甚至不是逐句的。老舍念给我听，我则用英文把它在打字机上打出来。他有时省略两三句，有时则省略相当大的段。最后一部的中文版当时还没有印刷，他向我念的是手稿。Harcourt Brace 出版社的编辑们做了某些删节，他们完整地删掉了一个角色，而他是我所特别喜欢的。他们认为有必要减少一些字数，以便压缩一下书的块头。对结尾没有做变动。"（见十月版《四世同堂》附录）1978年10月20日，浦爱德致信杨宪益夫人戴乃迭说："老舍知道，美国人不喜欢篇幅太大的长篇小说，所以我们一起工作时候，他对原书作了较大的删节。不幸，出版社删得更多，一个完整的人物被删去，——虽非主要人物，却是我最喜爱的人物之一，就是那个照应坟地的种地人。"（赵武平《〈四世同堂〉英译全稿的发现和〈饥荒〉的回译》，《收获》2017年第1期）

经过翻译过程的压缩和编辑环节的删节，原来100段的文字，到英译本《黄色风暴》正式出版时，只剩下了77节。具体说来：

第一部由34段压成了25节，开头的5段英文与中文完全一致，基本一字未删。第15、21、22、26、27段被整体删除。第6/7段、16/17段、18/19段、32/33段被两两合并。其馀16段都有不同程度的删节，其中第28段还把一段描写瑞丰的文字挪动了位置。

第二部由33段压成了25节。其中第55、61段被整体删除。第35/36段、38/39/40段、56/57段、59/60段、66/67段被按组合并。其馀21段都有不同程度的删节，其中改变幅度最大的是第50段。56段仅留了开头一句，60段只留了末尾三句，虽然是合并，其实等于整段删除。

第三部已经发表过的前20段被压缩成了14节。其中第74、80段被整体删除。第76/77段、78/79段、83/84段、86/87段被两两合并。其馀10段均有不同程度的删节。马小弥据以回译的《黄色风暴》后13节，与现存的浦爱德原稿相比，也有较大的删节。浦爱德译的第三部总共35章，比老舍原计划的33章多了两章。前20章就是在《小说》月刊上发表过的部分，与《四世同堂》第68到87段吻合。从第21到第35章共15章的内容，在《黄色风暴》中被压缩成了13节。其中第27章被完整保留，

第 36 章被删除，第 23、24 章被合并，其馀 12 章有不同程度的删节。

总体看来，被整章删除的主要是故事性相对较弱，以人物心理和情景描写为主的部分。如第 15 段写看坟人常二爷来访和祁老太爷过生日的冷清，常二爷就是浦爱德所说的她最喜欢的那个“照应坟地的种地人”；第 21、22 段写为钱默吟延医疗伤和瑞宣内心的苦恼；第 26 段写学生被逼去天安门打降旗和小崔遭遇假鬼子；第 55 段写蓝东阳与胖菊子成婚；第 61 段写天佑出殡；第 74、80 段写日本人对普通市民的盘剥和北平缺粮的艰难，等等。其馀各段的删节，也基本遵循这一原则，对于过渡性的叙述、描写和人物对话与心理，都做了大幅度的删削。

浦爱德 1888 年出生于山东黄县，其父母皆为中国北方浸礼会传教士。她从小在中国长大，后回美国接受了高等教育，于 1921 年被洛克菲勒基金会委派到新成立的北平协和医院组建社会服务部，前后任主任 18 年，为中国培养了第一代社会工作者。1939 年合同结束后，她回到美国，参加了由埃德加·斯诺等人发起的中国工业合作运动，建立了工合美国促进会委员会，通过募集捐款，积极援助中国抗战。浦爱德对中国感情很深，曾为促进中美文化交流做出过重要贡献。她于 1985 年去世，享年 96 岁。曾著有《韩家女儿》(*Daughter of Han: The Autobiography of a Chinese Working Woman*)、《殷老太》(*Old Madame*

Yin: A Memoir of Peking Life）和《中国古代传说》（*Tales of Old China*）等。

浦爱德虽然长期在中国生活，汉语口语很流利，却不能阅读。这就有了她给费正清夫人信中描述的，老舍在旁边念，自己边听边译的工作方式，多少有点类似林纾翻译西洋小说的过程。不同的是，林纾不懂外文，需要有人把外语翻成中文讲给他听，他边听边组织文字，转写成小说。而老舍与浦爱德则对彼此的母语都比较熟悉，只是掌握程度互有差异。

虽然浦爱德说老舍在给她读《四世同堂》的时候有意省略了一些段落，但从第三部译文原稿和最终出版的《黄色风暴》看，出版社编辑的改动量是惊人的。《黄色风暴》对原作的改动很值得注意。老舍先生原来拟定的三部分名字分别是"惶惑""偷生"和"饥荒"，到《黄色风暴》里则成了"小羊圈"（The Little Sheep Fold）、"与虎为伴"（In The Company of the Tiger）和"以德报怨"（There Is No Retribution，这个标题的原意是"没有报复"，意思是指日本投降后，小羊圈胡同里的中国人，未对居住在这里的日本人进行报复。译成"以德报怨"虽然差强人意，但十月版将其译作"事在人为"，则让人有些不知所云）。人物姓名的翻译也有些改动，如瑞全被译成了"瑞堂"（Rey Tang），金三爷被译成了"王三爷"（Wang the Third）等等。这样的改变是基于怎样的考虑，又是由谁决定的，虽然曾有人撰文披露过一些细节，但并不全面，似乎还值得进一步研究。《四世同堂》第50段，对应着《黄色风暴》第二部第13节，译文中有很大一段文字几乎被重写。对译文作了大幅度删节以后，为了保持文意通顺，必然要增加一些过渡性的语句进行串接，拿《黄色风暴》和《四世同堂》仔细比对，这样的痕迹还是不难发现。

下面再谈谈中文回译的问题。

2017年之前，由于老舍先生的著作尚在版权保护期内，人民文学出版社一直拥有着《四世同堂》的专有出版权，十月文艺出版社为了规避版权纠纷，即以《黄色风暴》为依据，对《四世同堂》前87段进行删节压缩，最后也补配了马小弥翻译的那13节文字，就成了现在77节的规模，虽然书名也叫《四世同堂》，但已经不是老舍原著的模样了。这也造成了该书与人文版《四世同堂》在篇幅与定价上的差异。

马小弥的译文，总体上看，比较忠实于英文原文。但由于时代与观念的影响，在翻译时也做了一些主观的改动。比如第88段（《黄色风暴》第三部第15节），写祁瑞全为了消灭汉奸冠招弟，假意带她去北海玩。接下来有一段译文是：

一碰到她的胳臂，瑞全马上警惕起来："留神！留神！"稍微一不留神，就许上当。

她拿身子挤他。“这几年你上哪儿找乐子去了?”她的口气很随便，漫不经心。

他又看了看她的脸，不由得起心里直恶心。“我吗?你还不知道?”如今他是地下工作者，面对着个女特务，得拿出点儿机灵劲儿来。

——（人文版第 948 页）

这段译文依据的英文原文是：

When he touched her arm Rey Tang felt a lightness and exhilaration. Immediately he gave himself a warning, “Be careful, be careful.” He moved closer to her but his heart lost that lightness and exhilaration. He was arm in arm with a prostitute, a spy, an enemy. If he let himself be moved by her he was a lost dog.

She leaned on him. “Where have you been amusing yourself these last few years?” she asked in a casual manner as though it did not matter whether she asked or not.

He looked at her face again and in his heart he spat. If he had the slightest desire to love her it would be low and shameful. He was a good Son of Han who had traveled to the south and to the north; he should regard as valuable his dignity as a Son of Han. “Who, me? Don't you know?” He must show some of his cunning; he was an underground worker dealing with a member of the secret service.

——（*The Yellow Storm* 第 465 页）

一比较就可以看出，马小弥把一些表现瑞全思想斗争的心理描写删去了。英文保留了老舍对人物心理的细腻把握和描写。当瑞全面对昔日恋人、今日之敌时，在肌肤相触的一刹那，他有过一些微妙的心理活动。第一段"一碰到她的胳臂，瑞全马上警惕起来"，英文原意是"一碰到她的胳臂，瑞全（感到有点飘然和激动）。（他）马上警惕起来，'留神！留神！'（他贴得更近了一点，但心里不再飘然和激动。他和一个妓女、间谍、敌人手挽着手。如果让她给打动了，他就成了不分是非的败类）"。括号里的文字翻译时被删掉了。第三段"他又看了看她的脸，不由得起心里直恶心"后面，英文有三句也被删去了，翻译过来应该是："如果他还有一丁点要爱她的意思，那就下贱又无耻。他是走南闯北的优秀中华儿女，他应该把中华儿女的尊严看得无比珍贵。"

在第 88 段接下来还有一处，也删去了一些文字：

她亲了他一下。

然后，她拖着长腔，柔声柔气地说……

——（人文版第 949 页）

在《黄色风暴》中，上下两段中间还有一段文字：

He could not help but hold her more closely. She was no longer soiled, nor low, nor dangerous. She was his once-loved. Her face and body were fragrant.

——（*The Yellow Storm* 第 466 页）

这段文字生动地表现了瑞全面对招弟的勾引时内心无比纠结。翻译过来意思是："他情不自禁地把她搂得更紧了。她不再肮脏、下贱、危险了。她是他昔日的心上人。她的脸和身体有一种芳香。"

人文版第 949 页"老三晓得……她是个出卖肉体的婊子，是日本人的狗特务"一段文字后面，英文还有这样几句：

Old Three warned himself, "Forget that she is Meydee, forget that she is a prostitute, remember only that she is an agent of the Japanese secret service."

——（*The Yellow Storm* 第 466 页）

这段文字翻译过来意思是："老三警告自己：'忘了她就是招弟，忘了她是个婊子，只记着她是日本特务。'"

在进入白塔脚下的山洞时，招弟因为洞内较黑，紧紧抓住了瑞全的手。有一段描写瑞全动手前心理矛盾的文字，也被删掉了。这段文字翻译过来意思是："她的手很热乎，瑞全开始喘气了。她不是婊子，也不是秘密警察的成员，而是他的意中人。"

马小弥翻译这部分内容的时候，中国刚刚结束"文革"。可能受此前的思想影响，觉得这些心理活动的存在，会削弱瑞全作为抗日斗士的形象，让他显得优柔寡断，不符合当时所倡导的典型形象。能明显看出，这样删节是有针对性的，而且主要都集中在第 88 段。具体的例子其实并不止以上几条。

现在再说英文全稿的回译问题。赵武平先生的译文已在《收获》2017 年第 1 期发表，相信还会有其他的译本陆续面世。关于译文质量的问题，不是本文讨论的重点。笔者关心的重点是，被《黄色风暴》整篇删除的浦爱德译文的最后一章，即第 36 章的文体问题。这一章通篇是钱默吟写的"悔罪书"（英文标题为：Mr. Chien's Confession）。按照小说的描写，钱默吟是个能诗善画的传统文人。他的这篇"悔罪书"其实是一篇反战檄文。以他的学养与做派，这篇文章应用文言书写才合乎逻辑，文字也会显得简练、犀利。由于缺乏故事性，浦爱德的这章译文读起来让人感到冗长拖沓，无法与前面的叙事形成紧凑的联系。这可能是《黄色风暴》决定删除它的原因。我觉得，这篇文字是对所有译者的最大考验。翻译汉学著作时，中文文献的还原，常常成为译者头疼的问题。但还原文献，只要找对路径，查到原书，是有可能实现的。而钱默吟的“悔罪书”，老舍先生当时究竟是用何种文体书写的，文字的风格如何，如今都成了无解的谜题。面对这样的现实，所有译者只能照着英文独自揣摩了。

克莱门特的《金瓶梅》翻译（上）

1939 年，英语世界同时出版了两部《金瓶梅》译本，一是克莱门特·埃杰顿（Clement Egerton）从中文翻译的全译本，一是伯纳德·米艾尔（Bernard Miall）从弗兰兹·库恩（Franz Kuhn）的德译本转译的节译本[①]。克莱门特的译本名《金莲》（*The Golden Lotus*），分四册，由伦敦的劳特里奇与基干·帕维尔出版社（Routledge & Kegan Paul）出版。米艾尔的译本名《金瓶梅：西门庆和他六个妻子的历险史》（*Chin P' ing Mei: The Adventurous History of Hsi Mên and His Six Wives*），此书仅一册，由宝德利·海德出版社（The Bodley Head）出版。

1940 年 7 月，英国《皇家亚洲学会杂志》（*Journal of the Royal Asiatic Society*）发表了汉学家翟林奈（Lionel

① Franz Kuhn, *Kin Ping Meh: oder, Die abenteuerliche Geschichte von Hsi Men und seinen sechs Frauen* , Insel-Verlag, 1930.

Giles, 1875—1958）的书评，介绍了这两个译本。翟林奈对两部书都没全读，只挑一些段落抽查了一下翻译的质量。他说："比较这两个译本，我们发现它们的差别很大。埃杰顿上校的目标是，在不省略麻烦的段落的前提下，译成流畅的英文，并且还想保留中文的神貌。他相当认真，虽然努力，但还是漏掉了原著中的不少东西，译文也不能说没有错误。另一本书准确性更差。当然，我们必须记住，它不是直译，所以对中文文本的巨大偏离，几乎是不可避免的。其中有很多意译和不必要的修饰，虽然经常会省略，但经过巧妙的设计，丝毫不伤及故事线。"翟林奈对克莱门特的译文，评价明显高于伯纳德的。

由于《金莲》是英语世界里第一部从中文翻译的全译本，出版后一版再版，影响明显超过了《金瓶梅：西门庆和他六个妻子的历险史》，在美国汉学家芮效卫（David Tod Roy, 1933—2016）的《金瓶梅词话》全译本（*The Plum in the Golden Vase*）出现前，它一直是最权威的英译本。

关于克莱门特的生平背景，我们现在知道得很少，主要的信息，都来自老舍的回忆。他在《我的几个房东》一文中回忆了自己在伦敦的生活，其中特别写到了克莱门特。严格地说，克莱门特并不算他的房东，他们是合租关系。老舍与他是在伦敦大学东方学院认识的，那时老舍在该校任中文讲师："我在东方学院见了他，他到那里学华语：不知他怎么弄到手几镑钱，便出了这个主意。见到我，他说彼此交换知识，我多教他些中文，他教我些英文，岂不甚好？为学习的方便，顶好是住在一处，假若我出房钱，他就供给我饭食。我点了头。他便找了房。”他们租的房子在伦敦西部。

克莱门特的父亲是乡村牧师，他自己也当过牧师，但老舍说他并不信宗教。“当他很年轻的时候，他和一个女子由家中逃出来，在伦敦结了婚，生了三个小孩①。他有相当的聪明，好读书。专就文字方面上说，他会拉丁文、希腊文、德文、法文，程度都不坏。英文，他写得非常漂亮。他做过一两本讲教育的书，即使内容上不怎样，他的文字之美是公认的事实。”②第一次世界大战时，克莱门特报名参军，做到了陆军上校。战后回到伦敦，在牛津的补

① 美国汉学家何谷理（Robert. E. Hegel）在 Tuttle 版《金莲》的序言里说，克莱门特与前妻有四个孩子。Robert E. Hegel, “General Introduction”, *The Golden Lotus*, Tuttle Publishing, 2011, pp.15.

② 据 Anne Witchard《老舍在伦敦》介绍，克莱门特 1909 年出版了《教堂音乐手册》（*A Handbook of Church Music*），1914 年出版了《教育的未来》（*The Future of Education*）。老舍所指的就是这两本。Anne 还提到：“在 1930 年代，他将出版他在葡属西非和法属喀麦隆的游记。”从我们能查找到的信息看，他此后出版的著作共有三部，也并不都在 30 年代。它们是：《非洲王权：法属喀麦隆班冈泰王宫避难录》（*African Majesty: a Record of Refuge at the Court of the King of Bangangte in the French Cameroons*, 1939）、《萨拉查，葡萄牙的重建者》（*Salazar, Rebuilder of Portugal*, 1943）、《透视安哥拉：葡属西非的努力与成就》（*Angola in Perspective: Endeavour and Achievement in Portuguese West Africa*, 1957）。

习学校教书。因为与一个美国女子发生恋爱[1]，被妻子告发，因此丢了工作。老舍遇到他，正是他离婚再婚后最为狼狈的时候。

老舍和克莱门特夫妇在同一栋房子里住了三年，他也“一直闲了三年”，主要靠新婚的美国妻子挣钱养活前后两个家。三年租期一到，房东要加租，他们不得不分开，各人另找居所。

在《我的几个房东》中，老舍回忆了他和克莱门特夫妇一起生活的一些细节，但对他们相互帮助学习外语的事儿，却只字未及。关于克莱门特翻译《金瓶梅》的情况，他仅在《中国现代小说》（*The Modern Chinese Novel*）中提了一句：“明朝最出名的是《金瓶梅》，曾由英国人克利门·艾支顿译成英文，译名为《金莲》。”[2] 倒是克莱门特在该书的扉页和译者注中，对老舍表达了由衷的感谢，也透露了一些信息。在该书的扉页上，埃杰顿特意致谢说：“献给我的朋友舒庆春。”（To C. C. SHU My Friend）在《译者声明》中，他说：“要是没有舒庆春先生不懈而慷慨

① 何谷理的序言里说，克莱门特1923年与第二任妻子凯斯琳·阿斯宾沃尔·郝芝（Katherine Aspinwall Hodge）结婚。凯斯琳是纽约人，生于1896年，曾任美国驻伦敦领事馆秘书。

② 原文用英文写成，发表在纽约《学术建国丛刊》（*National Reconstruction Journal*, China Institute in America, July 1946）第七卷第一期。《老舍全集》第17册收有马小弥的译文。

的帮助，我根本不敢承担这项任务，我翻译这部小说初稿时，他是东方学院的汉语讲师。我将永远感谢他。”①

老舍为什么不愿提这件事？《老舍在伦敦》的作者安妮·维查德（Anne Witchard）解释说：“从老舍的角度说，他不可能承认自己在埃杰顿的翻译中所起的作用。因为在新中国，《金瓶梅》被视为十恶不赦的色情作品，是旧中国封建文化堕落的典型。”② 这个解释听起来多少有些勉强。

由于没有更多的材料支持，我们无法准确判断老舍在克莱门特的翻译工作中具体扮演了什么角色，但从常理推断，他发挥的作用应该不会小。克莱门特对他的感激之情应该是发自内心的。

美国汉学家何谷理，在给塔特尔出版社（Tuttle Publishing）2011 年新版《金莲》写序时推断：“很可能他的汉语老师舒庆春先翻译了个初稿，然后由埃杰顿花数年时间将其打磨成了现在的样子。”何谷理的理由是：“鉴于《金瓶梅》研究中不同的观点纷繁复杂，当代文献浩如烟海，一个外国人仅学了几年汉语，几乎不可能翻译得了这部书，就算他是语言天才，也不太可能（埃杰顿据说能阅读拉丁语、希腊语、德语和法语）。”他接着说：“埃杰

① Clement Egerton, “Translator’s Note”, *The Golden Lotus*, pp. xi.
② Anne Witchard, *Lao She in London*, 香港大学出版社，2012 年，第 73 页。

顿抱怨这部小说用的是‘电报式文体’，这很可能是因为老舍的英文欠佳所致，而非那位明代小说家自己的语言特点本就如此。”他援引翟林奈那篇书评里的例子，来支持自己的推测。翟林奈发现，克莱门特把第七十九回开篇词倒数第二句中的“竹篱”译成了“竹扇”。何谷理认为：“‘扇’（fans）与‘篱’（fences）毫不相似，但初学英语的中国人很可能把这两个词的发音弄混了。”他进而认为，老舍之所以不肯承认自己曾参与过这部书的翻译，是因为他担心自己的译文错误较多，感到有些难为情[①]。真相到底如何，我们无法判定。

不管怎么说，克莱门特能在较短的时间里将《金瓶梅》译成英文，的确是个奇迹。据他自己说，他大概是从1924开始翻译这本书的，翻译用了5年，对译稿打磨修订和处理校样则耗了近10年时间[②]。关于翻译这本书的缘起，他在前言里是这么说的：“第一次世界大战后，有段时间，我对心理学某现代流派的社会应用产生了兴趣。我觉得应该在我们之外的发达文明中，去研究它的应用情况。于是就开始学习汉语，并查找文献材料。这部小说是不能忽略的调查对象。……为了当初的目的，我选《金瓶

① Robert Hegel, “General Introduction”, *The Golden Lotus,* Tuttle, pp.18.

② 在1939年的出版前言里他说：“从我开始翻译《金瓶梅》到现在，已经十五年了，到准备付印估计也快十年了。”

梅》作为合用的小说，多少有些偶然。我在高第（Cordier）的《汉学文库》（*Bibliotheca Sinica*）中[①]，首次发现了它。……从这些观点看，《金瓶梅》显然是心理学和文化素材当之无愧的宝藏。于是就开始翻译它。”但是很快，他就被《金瓶梅》的艺术成就所吸引，心理学研究的兴趣则逐渐消退了。

关于此书翻译的具体过程，他略而未提，只就一些原则性问题做了点解释。他说：“我并没打算搞出个‘学术性的’译本，但要将原著简洁的单音节文字译成流畅的英文，还想保留汉语的神貌，并非易事。毫无疑问，如果删除一些相关的段落，可以回避有些困难，但我不愿这样做；即是偶尔有些段落在我看来有点沉闷，也绝不删减。我尽了最大的努力去处理它们。不过对其中的诗词来说，情况就不完全相同了。我想，没有人会断言这些诗词是中国诗歌的杰作，有些诗词如果译成英文，读来会莫名其妙。对它们，我自作主张地删去了很多。说到底，它们只是故事的程式化装饰，我对之没有良心上的不安。至于其馀部分，我要声明连校样都没看过。”对照原文来看，他的这个声明基本属实。在翻译过程中，他尽量做到了忠实于原文，但对原作中的诗、词、曲、韵文和对句，确实能删则

① 该书的法文副标题为“*Dictiongnaire Bibliographique des Ouvrages Relatifs a L' empire Chinois*”，即“中华帝国书目词典”。

删。克莱门特依据的崇祯本，总共有100首开篇诗或开篇词（其中诗51首，词49首），英文本只翻译了47首（诗27首，词20首）。篇尾诗44首（其中诗43首，词1首），英文本只翻译了4首诗。至于原作中大量的诗、词、曲、韵文和对句，则只翻译了极少的诗、词、曲和韵文，对句基本都省略了。

1939年的初版本，有一个现象值得注意，就是书中大量的色情描写被处理成了拉丁文。克莱门特对此的解释是："他（作者）冷漠客观地讲述了在中国官场极度腐败的年代，一个特定家庭的暴发过程和后来的败落。他没有遗漏腐败的任何细节，不论是在公共生活还是私生活中。他显然认为这类细节对他的故事是必不可少的。如果他是个英语作家，就会完全回避一些内容，巧妙地避开风险，用模糊的语词把特殊的情节遮掩起来。但他不肯这样做，不许自己有任何保留。无论说什么，他都用最直白的语言。这当然常常让译者深觉难堪。我再次觉得，这部书如果一定要出，就必须出完整了。但它的内容又不能全都译成英语，读者大概会因时或能碰到大段的拉丁文而光火。我为此感到抱歉，却别无选择。"英语世界对文学作品中的色情描写，有个逐渐接受的过程。克莱门特当初之所以说该书有些内容不能全译成英文，是因为1857年颁布的《淫秽出版物法案》（*Obscene Publications Act*）在20世纪初依然有效，该法案规定，凡出版淫秽作品，作者、出版者、发行者和印刷者同罪。借助澳大利亚莫那什大学（Monash University）齐林涛先生的研究，我们总算知道了该书出版过程中的一些细节。

齐林涛先生在英国雷丁大学，发现了劳特里奇与基干·帕维尔出版社当年的出版档案，其中就有关于《金莲》的材料。这批档案向世人证明，克莱门特当初把全书都译成了英文，初版本中的拉丁文是后来补译的，而且不是出自他本人之手。有意思的是，他在该书的前言里，只轻描淡写地表达了对书中有些段落不得不使用拉丁文的无奈。辅以老舍对他语言天分的赞赏，很容易让人误以为这些拉丁译文都是他的劳动成果。尤其令人奇怪的是，在书前的《译者声明》中，他感谢了很多人，除了老舍，还有给他答疑解惑的瓦尔特·西门（Walter Simon）博士、通读校样的 A. S. B. 格劳沃（A. S. B. Glover）、核校人名的 L. M. 彻夫德维尔（L. M. Chefdeville）、负责改错的赛瑟尔·弗兰克林（Cecil Franklin），唯独对拉丁文的译者只字未提。

其实，齐林涛从档案中发现，这些拉丁文（据统计共有 71 处）是一个名叫 F. A. 莱特（F. A. Wright）的拉丁文教授，根据克莱门特的译文二次翻译的结果。委托莱特进行拉丁文翻译的是劳特里奇与基干·帕维尔出版社，而非克莱门特本人。为了规避法律风险，出版社和印刷厂都找人对译文中的色情内容进行了审查，负责通读校样的

A. S. B. 格劳沃，在审读报告中对之有详细记录。这些被挑拣出来的内容，都由 F. A. 莱特译成了拉丁文。20 世纪初的印刷技术还处在铅印时代，劳特里奇与基干·帕维尔出版社把排好的校样送给莱特，为了防止因倒版而增加排版成本，他们要求莱特在翻译时用等量的拉丁文字符替换原来的英文，这无疑给其翻译增加了难度。在严格的字符数限定下，面对这些被集中挑选出来的关于淫乱场面的描写，莱特想必感到很头大。他曾写信向出版社抱怨："我想这活儿得三个天才来干才行。等不到完工我都快讨厌死西门的老二了。"[1] 莱特的郁闷还有一层原因，除了翻译，出版社还让他校对了一遍拉丁译文，他不得不二次忍受这种折磨。

克莱门特对莱特避而不提，多少有些耐人寻味。但把出版物中的色情内容翻译成拉丁语，却是西方世界长久以来的通行做法。这样既保证了作品文本的完整，又避免了不必要的法律风险。出版社对外可以宣称它是足本，但不懂拉丁文的读者，只能拿它当洁本来读。

另一个值得注意的现象是，克莱门特在翻译时对书中的人名采取了不同的处理办法。凡是男性角色的名字，基本用威妥玛拼音方式进行了音译。比如"西门庆"译

① 转引自：Lintao Qi, *Agents of Latin: An archival research on Clement Egerton's English translation of Jin Ping Mei*, Target 28:1（2016）.

作“Hsi-mên Ch’ing”，“花子虚”译作“Hua Tzŭ -hsü”，“应伯爵”译作“Ying Po-chüeh”等，就连男性童仆的名字，都用同样的方法处理。但对女性角色的名字，他却采取了意译和另拟新名两种不同的处理办法。对几个主要角色的名字，基本采取了意译。如“吴月娘”译作“Moon Lady”，“李娇儿”译作“Picture of Grace”，“孟玉楼”译作“Tower of Jade”，“孙雪娥”译作“Beauty of the Snow”，“潘金莲”译作“Golden Lotus”，“庞春梅”译作“Plum Blossom”等，都是根据汉语名字的意思进行的意译。但对另外一些较次要的角色，译者完全抛开其本名，另外给取了英文名。如“西门大姐”被译作“Orchid”（兰花），“宋惠莲”被译作“Wistaria”（紫藤），“王六儿”被译作“Porphyry”（斑岩），王六儿的女儿“韩爱姐”被译作“Wild Rose”（野玫瑰）等，包括那些青楼女子的名字，翻译时都很随心所欲。对此，何谷理的解释是：“在整个19世纪和20世纪上半叶，中国小说的英语翻译者，通常都用罗马字母拼男性角色的名字，却对所有女性角色的名字都加以翻译，目的是让对中国作品译本不熟的读者容易辨别。”克莱门特的这种处理方式，看来是当时通行的做法。为了防止出现混乱，他在前面还附了一份主要角色表，对每个人物都作了极简单的介绍。但不幸的是，错误还是没能避免。《金瓶梅》第二十四回的回目是：“敬济元夜戏娇姿，惠祥怒詈来旺妇。”来旺的媳妇宋惠莲是这一回的主要描写对象。按照克莱门特的译法，宋惠莲在英文版中拟定的名字是 Wistaria。但该书第二册第 335 页第 7 行，第 336 页第 9 行，有两处把 Wistaria 错译成了 Orchid（西门大姐）。“蕙莲抠起裙子来与玉楼看。看见他穿着两双红鞋在脚上，用纱绿线带儿扎着裤腿，一声儿也不言语。”就被译成了：“When Orchid pulled up her skirt，Tower of Jade saw that she was indeed wearing two pairs of red shoes，bound to her ankles by green laces. She said no more.”“那春梅、玉箫并蕙莲，都前边瞧了一遍，又到临街楼上，推开窗看了一遍。”被译成了：“Plum Blossom，Flute of Jade and Orchid went upstairs to look out over the street.”这样的疏忽，给读者造成的困惑应该不小——老实本分的西门大姐，突然间变得做张做致，实在令人有些费解。好在此类错误不算太多。

《金莲》于 1939 年出版后，曾在 1953 年、1955 年、1957 年与 1964 年不断重印。1960 年，企鹅出版社因出版《查特莱夫人的情人》而遭到起诉，理由是该书违反了新修订的《淫秽出版物法案》，但判决的结果是出版社无罪，此事在当时引起了巨大的震动。此后，英国社会对文学作品中的涉性描写，逐渐变得宽容了起来。到 1972 年，劳特里奇与基干·帕维尔出版社又把初版中的拉丁文段落全部改成了英文，至此，该书才成了真正意义上的“全译”本（被删的诗词可以忽略）。关于这次由拉丁文向英文的回译，出版社表述得很含糊，只在原来《译者声明》之后的空白处，加了一段《出版声明》，全文仅有几句话："这一版中，埃杰顿上校原来译本中出现的拉丁文段落，被译成了英文。我们要感谢 J. M. 富兰克林（J. M. Franklin）为此提供的帮助。"这次由拉丁文向英文的回译，到底是谁实施的，声明中并没有交代，但富兰克林显非其人。从回译的情况来看，采取的也是用等量的英文字符替换拉丁文的办法，对原来的版面未做任何改动，出版社显然不想因此对该书重排重校，增加编校成本。这次回译也有一个遗漏——在第 2 册第 213 页倒数第 2 段——没处理干净，笔者于 2008 年编《大中华文库 · 汉英对照金瓶梅》时首次发现了这个疏忽。合理的推测是，1972 年这一版，出版社只是恢复了克莱门特原来的英文翻译，而废除了莱特此前费心费力翻译的拉丁文。2011 年，塔特尔出版社又将这个译本中的人名，统一用汉语拼音重新音译了一遍，承担这次翻译任务的是鲁米亚娜 · 克拉科娃博士（Dr. Rumyana Cholakova）。据何谷理介绍，她在处理的过程中，还顺手改正了克莱门特对个别小人物姓名的张冠李戴。遗憾的是，我前面提到的对宋惠莲名字的两处误译，她只改正了第一处，后一处可能因为不太明显被忽略了。

据何谷理统计，截至 2011 年，克莱门特翻译的《金莲》，已经在伦敦、纽约、新加坡、东京和北京出了 25 个版本，总印次达 366 次，其影响力足见一斑。近年来，虽然中国学界有人指责这个译本不够全（主要是因为它删除了大量诗、词、曲和个别隐语）、译文不够完美[①]，但我们并不能因此否认它在《金瓶梅》传播史上已经和正在发挥的作用。单从文学阅读的角度来说，崇祯本的结构明显比词话本要紧凑，语言也更为简练，作为普通的读者，没有谁愿意在《金瓶梅》的开头重复读一遍《水浒传》里的情节，也没有谁能否认崇祯本的艺术性总体上比词话本高。克莱门特选择崇祯本作底本，实属明智之举。另外，从译文的质量看，除了对原文的个别细节有时理解不准，克莱门特对原作整体风格的把握是比较到位的，他把市井生活中活色生香的内容，用轻松的笔调来传达，英文表达自然流畅——老舍对他英文写作能力的肯定看来并非虚誉，这使其译本具有很强的可读性。即使有了芮效卫翻译的词话本，《金莲》作为《金瓶梅》英文通俗读本的地位还是无法被取代。芮效卫的译本，相信学术圈子的人会感兴趣。

① 洪涛《对外文化工程与〈金瓶梅〉英译本的评价问题》，《金瓶梅研究》第11辑，复旦大学出版社，2015年，第291—310页。

克莱门特的《金瓶梅》翻译（下）

十九世纪末，严复（1854—1921）翻译赫胥黎的《天演论》时，在“译例言”中说：“译事三难：信、达、雅。求其信已大难矣，顾信矣不达，虽译犹不译也，则达尚焉。”[①] 此后，“信、达、雅”的原则被翻译界奉为圭臬。虽然近年来有些研究翻译理论的人，对此偶有异议，但翻译终究是一门实践性很强的事业，理论上较的劲，在实践中能否行之有效，译的东西是否受人欢迎，都不是主观可以左右的。挑剔的评论家，往往无视翻译者处在一仆二主（杨绛先生语）的状况下，左右为难的情形。严复所提的三原则，恰好给手忙脚乱的译者提了个醒，让他冷静下来，分出事情的轻重缓急。也就是说，准确地理解原文的意

① （英）赫胥黎著，严复译《天演论》，商务印书馆，1981 年，第 11 页。

思（即“信”）是前提，清楚地用目标语言表述出来（即“达”）是基础，通过修辞增强译文的韵味（即“雅”）属于更高层次的要求。严复似乎更强调前两者。因为在翻译作品中，只有“信”和“达”这两条可以依据原文进行检验，“雅”则属于见仁见智的问题，不大容易形成共识。

钱锺书先生在《林纾的翻译》一文中提出：“文学翻译的最高标准是‘化’。把作品从一国文字转变成另一国文字，既能不因语文习惯的差异而露出生硬牵强的痕迹，又能完全保存原有的风味，那就算得入于‘化境’。”[①] 钱先生的“化境”与严复的“信、达、雅”本质上讲的是同一个问题。从理论上说，严格地按照“信、达、雅”的标准从事文学翻译，如果一点也不打折扣的话，译出的作品就能入于“化境”。但钱先生深知译事的艰难和译者的不易，他说“化境”是“文学翻译的最高标准”，其实等于说这是很难达到的标准。因为“一国文字和另一国文字之间必然有距离，译者的理解和文风跟原作品的内容和形式之间也不会没有距离，而且译者的体会和自己的表达能力之间还时常有距离……因此，译文总有失真和走样的地方，在意义或口吻上违背或不很贴合原文”[②]。所以对翻译来

① 钱锺书《七缀集》，生活·读书·新知三联书店，2002 年，第 77 页。

② 钱锺书《七缀集》，第 78 页。

讲，实际的情况通常是："彻底和全部的'化'是不可实现的理想，某些方面、某种程度的'讹'又是不能避免的毛病。"[①] 钱先生这种务实的态度，提醒我们要客观理性地对待翻译这项工作。

克莱门特翻译的《金莲》出版后，西方汉学界对它的评价主要有两种声音。翟林奈 1940 年写评论说它"漏掉了原著中的不少东西，译文也不能说没有错误"。夏志清 1968 年在《中国古典小说》中说："克莱门特·埃杰顿的译本总共四册，题名《金莲》(1939)，工程艰巨，但完成得很漂亮。译者用的底本是崇祯本而非更早、更完备的万历本，他把韵文做了削减或删除，工作饱含热情，译文很少严重错误。"[②] 翟林奈的书评发表得很早，后来的人估计不大容易看到，夏志清的书则多次重印，身为华人学者，他的评价影响应该更大。他们一个对《金莲》中的"讹"有所提醒，一个则基本否认。真相到底如何？大概只有对

① 钱锺书《七缀集》，第 79 页。

② C. T. Hsia, *The Classic Chinese Novel, A Critical Introduction*, previously published by Columbia University Press, 1968, pp.165. Reprinted by Cornell University's East Asia Program, 1996. 按，夏志清原书第五章专论《金瓶梅》。徐朔方编选校阅的《金瓶梅西方论文集》（上海古籍出版社，1987 年，第 137—173 页），曾收了何欣 1984 年 10 月在台北《知识分子》上发表的该章译文，题为《〈金瓶梅〉新论》。

译文做一次全面的审核，才能得出令人信服的结论。

如今重读这个译本，我们不得不承认，《金莲》在英语世界的长销不衰，除了因为它在很长一段时期内是唯一的“全”（当然要打点折扣）译本外，还与其文字流畅、可读性强有密切关系。芮效卫曾评价说：“在伊格尔顿（按，为 Egerton 的不同译法）的译本里，他的翻译语言是非常一致的。汉语的句子非常复杂，他把句子简化成浅显的英文。在我的译本里，我觉得要尽力让英文读者感受到原文复杂的结构和繁复的修辞。”[①] 说《金瓶梅》的句子复杂（芮效卫所谓的复杂，可能更多地保留在诗词曲赋里，这部分内容大都被克莱门特删去了），可能是有些外国人的感觉，我们只感受到了克莱门特强调的那种“直白”。用“浅显”的英语来传递汉语的“直白”，在风格上是不是也体现了严复提倡的“信”？或者钱锺书先生所谓的“能完全保存原有的风味”？公道地说，在克莱门特笔下，弥漫在原著中的市井烟火气，还是得到了很好的再现。如果拿它和芮效卫的译本相比，区别是明显的。

① 石剑锋《美国汉学家耗 30 年翻译〈金瓶梅〉坚持“完整呈现”》，《东方早报》2013 年 12 月 17 日。按：该文主体为芝加哥大学 2013 年春夏之际对芮效卫的采访记录，发表在芝加哥大学人文学院出版的校园半年刊 *Tableau* 上。石剑锋翻译后加了编者按，发表在《东方早报》。

但是，整体风格上的“信”，不等于译文就“甚少错误”（即“讹”）。恰恰相反，《金莲》在不少地方存在对原文的误读和误解。为了准确了解整部书的翻译质量，笔者对照原著通校了一遍译文。这样做的目的并不纯粹是想给译者挑错，更不是为了卖弄高明，而是想确切地知道他在哪些地方出错了，搞清致误的原因是什么。

在谈论《金莲》的翻译质量之前，有个问题得先予澄清，那就是克莱门特当时面临的资料条件和学术界对《金瓶梅》的研究状况。二十世纪二十年代，《金瓶梅》研究的基础还很薄弱。该书最早的标点本出版于 1935 年 10 月，系上海杂志公司出版的施蛰存校点的《金瓶梅词话》。1981 年，台北增你智文化事业有限公司出版了魏子云整理的《金瓶梅词话注释》，应该是最早的注释本。1985 年，人民文学出版社出版了戴鸿森校注的《金瓶梅词话》，是中国大陆首部标点注释本。此后，《金瓶梅》研究逐渐趋热，语言学研究成就尤为突出，为准确理解文本扫除了很多障碍。本文并不打算总结《金瓶梅》的研究史，列举这些事实只想证明，克莱门特 1924 年开始翻译该书的时候，既没有现成的标点本可依据，也很少有相关的著作可参考。这意味着，他只能用没标点的刻本作底本，先从句读开始，克服语言上的重重障碍，想办法读懂原著，然后再考虑如何翻译。在语言学的相关研究还没有开展前，对一个学习汉语时间不长的外国人来说，所面临的困难可想而知[①]。明白了这一点，我们对他所犯的有些错误，就比较容易理解了。

很显然，《金莲》中有些错误，系译者认字不清所致。这当然跟他的汉语水平有关——也不排除底本有模糊的地方。克莱门特有两处把“狠”译成了“狼”，初见之时，有些奇怪，以为他是用狼来形容“狠”的。第十二回，潘金莲托玳安捎给西门庆的帖儿上，写了首《落梅风》，其中的“狠心硬”，被他译成了“那颗心像狼一样狠”（that heart is unrelenting, like a wolf's）。但当第二次看到他把“姐夫好狠心”，译成“你真有狼一样的心”（you must have a heart like a wolf's）时，才意识到他认错了字。接下来，再看到他把“也不差什么”译作“也没啥好害羞的”（we have nothing to be ashamed of）时，就多了份警惕。其他的例子如“梦攘魂劳”被译成“委梦于尘土”（her dreams were dashed to the ground），则是把“攘”（扰攘、不宁）认成了“壤”。而把“怪攮刀子”译成“你这滑稽的袋装小刀”（you funny little pocket-knife），就是把“攮”认成了“囊”，“攮刀子”相当于说“挨刀子的”或“该杀的”，“攮”是“戳”的意思，与“囊”（口

① 1985年，戴鸿森整理的《金瓶梅词话》由人民文学出版社出版后，学术界曾发表过多篇纠错文章，就说明准确地理解原文并非易事。

袋）无关。“撰钱”意同“赚钱”，是《金瓶梅》里习惯的写法，绝大多数时候，克莱门特都能正确地翻译这个词（make money），但在第二十五回，却意外地译成了“换钱”（change money）。其他如把“柑子”译作“杯子”（cup），“爱钱”译作“丢钱”（lose money），“醋”（嫉妒）译作“犯错”（to make the same mistake a second time），把两个人名“斡离不”译成“幹离不”（Kan Li-pu）、“刘延庆”译成“刘廷庆”（Liu T'ing-ch'ing）等，都应该是认字不准造成的。但把“六娘”（即李瓶儿）译成“大娘”（the Great Lady, 即吴月娘），“三姑”译成“二姑”（Second Aunt）、“三十多人”译成“二十多人”（twenty guests or more）、“三十日”译成“二十日”（the twentieth），估计应是看走了眼——或底本不清楚。这样的错误统计下来，全书有二十多处。

没有标点本作参考，克莱门特当然要克服很多断句的困难，看惯了横排的西文，竖排的汉字肯定让他很不习惯，无形中会增加犯错的可能。第二回把“天色却早申牌时分，武大挑着担儿，大雪里归来。”译作：“It was still early, about the hour of the Monkey, when Wu Ta came back, carrying his baskets over the snow.”就是断句错误造成的。他显然把第一句断成了“天色却早，申牌时分”。申时是下午三点到五点时分，是古人吃晚饭的时候，冬天黑得早，这时也不算早了。原文中的“早”只表示时间过得快，译成英文的“already”比较恰当。第六回火化了武大以后，“王婆一力撺掇，拿出一吊钱来与何九，打发众火家去”。被译作：“The Old woman Wang asked Ho Ⅸ to give his men a thousand cash between them.”（王婆撺掇何九拿出一千现钞给他的人）“撺掇”在这里是“张罗”（arrange）的意思，译者断句不准，将其理解成了“怂恿”（ask）。第二十三回，写正月十六孟玉楼、潘金莲、李瓶儿三人带着一簇男女上街，“女婿陈敬济踹着马，台放烟火花炮，与众妇人瞧”。译作：“Ching-chi set off several fireworks on the mounting-stone.”这句译文令人莫名其妙。所谓“踹着马”，就是骑着马的意思。“台”乃“抬”的意思。译者可能把“马台”当成了一个词，望文生义地理解成了“上马石”。所以英文的意思就是“敬济在上马石上放了几个烟花”。此句或许可以译成：“Ching-chi rode a horse, carrying fireworks to set off for the ladies.”第四十四回，夏花儿偷金镯子被抓住以后，西门庆将其怒打了一顿，并叫李娇儿找人马上卖掉。“西门庆道罢，把金子交与月娘收了，就往前边李瓶儿房里去了。”译作：“‘Stop!’Hsi-mên Ch’ing said. He gave the piece of gold to the Moon Lady and went to the apartments of the Lady of the Vase.”“道罢”是说完话的意思，译者理解成了“西门庆道：‘罢。’”（“Stop!”Hsi-mên Ch’ing said.）第四十五回，谢希大问书童会多少南曲，他回答说：“小的也记不多几个曲子，胡乱答应爹们罢了。”译者把“应爹”当成了一个词，理解成了“应伯爵”（Uncle Ying）。最后一句就译成了：“I have sung for the amusement of Uncle Ying and yourself.”（我会几首让应爹和您开心的曲子）第七十八回，贲四老婆和西门庆有染以后，怕人说闲话，玳安给她出主意说：“这初九日，是俺五娘生日，你再送些礼去，梯己再送一盒瓜子与俺五娘。管情就掩住许多口嘴。”译文作：“On the ninth, it will be the Fifth Lady's birthday. Take her some little presents and I will give her a box of melon seeds for you. That will stop their mouths.”按：“梯己”是私下的意思，玳安的意思是贲四老婆除了明着送生日礼之外，还应私下给潘金莲送点瓜子过去。因为他知道西门庆的妻妾中只有潘金莲比较咬嘴，这样做可以堵住她的嘴。译者不明白“梯己”的意思，只知道“己”是自己（指玳安），就把这句译成了“我再替你给她送一盒瓜子”（I will give her a box of melon seeds for you）。虽然有这样一些断句不准的例子，但总体上看，克莱门特还是较好地理解了原著。没有标点的拘束，他反而享有了一定的自由。比如书中有很多地方明明是对话，却被他偷工减料地译成了叙述性文字，省却了好多麻烦。相反的情况则很少发生，只在第一百回有一处，把两句叙述性文字当成了对话，还是因为把“他”字看成“你”引起的误会。“良久，孝哥儿醒了。月娘问他：‘如今你跟了师父出家。’在佛前与他剃头，摩顶受记。可怜月娘，扯住恸哭了一场。”译作：“After a while the boy woke up. ‘You are going to stay here,’ his mother said to him, ‘and become the disciple of this holy teacher. He will cut off your hair and give you orders in the name of Buddha.’ The Moon Lady took the lad in her arms and cried bitterly.”这是把“在佛前与他剃头，摩顶受记”当成了吴月娘的话，且把“与他剃头”译成了“给你剃头”。

真正对他构成挑战的，是含义丰富的汉语词汇。这些貌似熟悉的单字一旦组合在一起，有时就成了令他不知所云的东西。如“杩桶”“杩子”，如果译成“chamber pot”“commode”都可以，克莱门特两次却都译成了“喂马用的桶”（the pails used for the horses）。“更衣”本来是“如厕”的委婉说法，他每次都老老实实地译成了“换衣服”（change his clothes）。另一个与此意思相近的词是“净手”，他也全都成了“洗手”（wash hands）。“摆”字在方言里有“下毒”的意思，在对话中涉及潘金莲“摆死”武大的地方，都含糊地译成了“谋杀”（murder）。这明显是根据上下文意分析的结果，而不是对原文的翻译。“姑娘”在《金瓶梅》里指姑姑，是方言词汇，译者不明其意，第三十二回李桂姐要认作吴月娘的义女，“进来先向月娘笑嘻嘻拜了四双八拜，然后才与他姑娘和西门庆磕头”。译文作：“She went in smiling, and kotowed four times to the Moon Lady, then to her and Hsi-mên Ch’ing together.”英文里漏掉了关键词“姑娘”，令句子读不通。译者不明白“姑娘”的意思，以为是指吴月娘，所以用了个“her”。其实按妓院里的辈分，李桂姐是李娇儿的侄女，所以她在拜吴月娘为干娘时，也给李娇儿和西门庆行了个礼。接下来的唱曲活动中，小说特意写了一笔：“月娘和李娇儿对面坐着。”再如“纸盆”，原是放在死者灵前供人烧纸用的瓦盆，一般在起灵时，要由孝子将其摔破。西门庆出殡前，“陈敬济摔破纸盆，棺材起身”，被译成了“Then Ch'ên Ching-chi broke a paper bowl and the coffin was taken out”。译者不懂这个习俗，把“纸盆”直译成了“纸糊的盆子”（a paper bowl）。

有些误解，与原文对照，颇有滑稽的意味。第五回武大郎捉奸前，郓哥劝他：“若捉他不着，反吃他一顿好拳。”竟然被译成“他会把拳头塞在你的嘴里”（you'll find his fist in your mouth）。克莱门特大概不知道“吃”有“挨”和“受”的意思，照基本意思理解了原文。但拳头塞在嘴里，终究不合逻辑，难道就不觉得别扭吗？第八回西门庆向潘金莲发誓：“我若负了你，生碗来大疔疮。”被他译作“我要负了你，身子就缩成饭碗那么大”（If I have forgotten you...may my body become the size of a bowl of rice）。第七回孟玉楼改嫁时，杨家的舅舅张四阻拦箱笼出门，已被西门庆收买的杨氏姑姑出面同张四对骂。张四骂她：“你这嚼舌头老淫妇！挣将钱来焦尾靶！怪不得您无儿无女！”译作：“You garrulous old whore, you want the money yourself to put a little warmth under your tail. No wander you never had any children!”“焦尾巴（靶）”在汉语里有特定意思，骂人没有孩子。译文的“给你尾巴下面一点温暖”（put a little warmth under your tail），完全是望文生义。第四十一回，潘金莲听说西门庆在李瓶儿房里，醋意大发，回到房里拿秋菊撒气，骂道：“党太尉吃匾食，他也学人照样儿欺负我。”译作：“She is like Grand Marshal Tang eating a tablet. She thinks she will put on airs and annoy me.”“匾食”即“扁食”，就是饺子。译者不理解，译成了“匾牌”（tablet），于情于理，都令人难解。第七十六回，西门庆送走侯巡抚、宋御史等众官，教人“抬出梅花来，放在两边桌上，赏梅饮酒”。这“梅花”是七十二回安老爹送的，该句被莫名其妙译成了：“Then he sent for Plum Blossom to decorate the hall, that he might enjoy the beauty of the flowers while he was drinking.”（派人叫庞春梅来装饰大厅，好让他赏花喝酒）表明他把“梅花”误当成“春梅”了。类似的情况，都可以看出译者面对原著的细节，有时吃不太准。

这种情况的另一种表现是，对有些反复出现的词，前后的译法不一致，时对时错。这可能是他一开始理解不准，到后来因为该词反复出现，根据上下文猜出了它的意思，但忘了改正前面的译文。比如“卸腿”这个词，小说人物在责骂仆婢时经常用。第十一回，写潘金莲激打孙雪娥时，见秋菊催饭不来，让春梅去找。“春梅有几分不顺，使性子走到厨下，只见秋菊在那里等着哩，便骂道：‘贼奴才！娘要卸你那腿哩！……’”译作“‘You thievish slave,’ she cried, ‘mother is going to take your trousers down. Why have you been all this time?...’”“卸腿”的意思是“把腿打断”，而不是“脱掉裤子”（to take your trousers down）。第三十五回，书童向西门庆告状，说平安欺负他，“西门庆听了，心中大怒，说道：‘我若不把奴才腿卸下来，也不算！’”译作：“Hsi-mên Ch'ing was very angry. ‘If I do not pull that slave's trousers down,’ he said, ‘I am not fit to be called a man.’”还是译成了“我若不把那奴才的裤子脱下来”。到该回的后半部分，平安被打以后，“西门庆骂道：‘我把你这贼奴才！你说你在大门首，想说要人家钱儿，在外边坏我的事，休吹到我耳朵内，把你这奴才腿卸下来！’”译作：“‘You rascally slave,’ Hsi-mên said, ‘you said you were at the gate. It is my belief that you are always trying to get money out of people and so spoiling my good name. Let me hear not so much as a whisper of anything of the sort. If I do, you shall lose your legs.’”只有这里把“卸腿”才译对了。再比如“五短身材”。第九回介绍西门庆妻妾时，说孙雪娥“生的五短身材，有姿色”，译作“fairly tall and not bad-looking”（个子高挑且有

点姿色）。第十三回写李瓶儿皮肤白净，“五短身材”，又译作“rather short”（很矮）。第十七回写蒋竹山“其人年不上三十，生的五短身材”，则译作“...not very tall”（不是很高）。第四十三回写“众堂客簇拥着乔五太太进来，生的五短身材”，也译作“...She was not very tall”（她个子不是很高）。第八十四回，吴月娘在碧霞宫见到一个庙祝道士，“约四十年纪，生的五短身材”。译作“He was a short man”（他是矮个子）。很显然，第九回把“五短身材”译为“个子高挑”，意思完全反了。克莱门特后来意识到了这个问题，但忘了修正前面的错误。还有“刑法”本来指乐器。第三十二回，应伯爵不让郑爱香和吴银儿唱曲，拉她们到席上递酒，“教玳安：‘过来，你替他把刑法多拿了。’一手拉着一个，都拉到席上，教他递酒。”译文为：“Come here, Tai An: bring the thumbscrews, and let them have a taste. Then they may serve the wine.”竟然将其译成了作为刑具的“拶指”（thumbscrews）。同回紧接着另一处：应伯爵与李桂姐笑骂时说：“且休教他递酒，倒便益了他。拿过刑法来，且教他唱一套与俺每听着。他后边躲了这会滑儿也勾了。”译文为：“Then he added: ‘Don't let her pass the wine. It is too good a job for her. Let us have the musical instruments and she shall sing a song for us. She has spent quite long enough in the inner court.’”这里又把“刑法”准确地译成了“乐器”（the musical instruments）。

《金瓶梅》中使用了大量的方言、俗语、歇后语和谐音词，其中有些虽经过语言学界的多方考释，至今仍没有确解。面对原著中的方言、俗语、歇后语和谐音词，当克莱门特不能理解的时候，他基本采取了三种处理办法：

一是照字面意思直译。例如第三回王婆对潘金莲说："便是因老身十病九痛，怕一时有些山高水低，我儿子又不在家。"译文为："'I am always suffering from something or another,' the old woman said, 'One of these days I shall find myself as high as the mountains and as deep as the ocean. And my son is not at home.'""山高水低"比喻自己有个"什么意外"，是指身体出现大的问题。克莱门特的直译令人不知所云。对这句话，芮效卫后来也采取了直译，但他最后做了点补充说明，使意思比较清楚。"'It's just because I seem to be suffering from all: Ten aches and nine pains,' said Dame Wang, 'I'm afraid I could end up: High as the hills or deep as the sea, at any moment, and my son isn't even here to take care of things if anything should happen to me.'"（The Plum in the Golden Vase. Vol Ⅰ. pp. 69）第三十九回，把"成精捣鼓"译为"You look like a spiritual drum-stick"（你像个成了精的鼓槌）。"成精捣鼓"其实是"作怪"的意思。同回还把"千金小姐"译作"the Virgin of a Thousand Pieces of Gold"。第四十回把"人不知，鬼不觉"译作"in absolute secrecy, so that no evil spirit may interfere”（在绝对保密的状态下，恶鬼就不会来打扰）。第五十一、五十二回，把“白酒”都译作“white wine”，其实应该是“spirit”。第五十八回，西门庆约定要聘文秀才，临别时对他说：“学生每月奉上束脩，以备菽水之需。”译作：“Every month I shall offer a small sum for your beans and water. ”“菽水”表面意思是豆子和水，但其实是形容清贫的生活，照字面直译，会让人感到糊涂。再如第三十五回，平安骂白赉光：“贼雌饭吃花子合的。”译作：“he shows his teeth and gobbles down our food. It was a beggar got him.”“雌饭”是“蹭饭”的意思，而不是“龇着牙吞饭”（shows his teeth and gobbles down our food）。

二是对有些难以理解的内容，译者有时会大而化之，糊涂了事。第六回写潘金莲和王婆互相调侃：“妇人笑道：‘干娘来得正好，请陪俺娘且吃个进门盏儿，到明日养个好娃娃！’婆子笑道：‘老身又没有老伴儿，那里得养出来？你年小少壮，正好养哩！’妇人道：‘常言小花儿不结，老花儿结。’婆子便看着潘妈妈嘈道：‘你看你女儿，这等伤我，说我是老化子。到明日还用着我老化子哩！’”译作：“‘The young tree bears no fruit; but the old tree bears well.’ Golden Lotus said, quoting an old saying. ‘Do you hear your daughter making fun of me?’ the old woman said, turning to Madam P’an. ‘She calls me “Old Beggar”, but she'll be glad enough of her "old beggar" one of these days.' "“老花儿”谐音“老化子”，译者没译出来，也没有加注释，让人不明所以。第二十回，潘金莲骂春梅：“卖萝葡的跟着盐担子走——好个闲嘈心的小肉儿!”译作：“Why should Plum Blossom take this upon herself? She is a meddlesome young hussy.”萝卜吃多了会嘈心（谐音操心），盐表示咸（闲）。所以这个歇后语的意思是“闲操心”。翻译时把歇后语省了。第四十二回，韩玉钏和应伯爵斗嘴，说他是“好女又十撇儿”。“女又十撇儿”是“奴才”两字拆开的偏旁，译者不理解，译成了“我喜欢你的无礼”（I like your impertinence），和下文应伯爵说“我猜我就是奴才”（I suppose it is I who am the slave）没有了照应。最典型的莫过于第五十九回，官哥病情严重，乔大户家推举了一个专擅儿科的鲍太医来看，他说：“这个变成天吊、客忤，治不得了。”译者不知“天吊、客忤”怎么翻译，干脆说“他用个长名字称呼了这个病”（he called the illness by a long name）。其实“天吊”“客忤”是两种病，天吊是小儿抽搐，客忤是陌生人带来的病毒或细菌感染。

三是根据上下文意猜测着翻译。第十九回，蒋竹山被打以后，苦求李瓶儿给他银子还给鲁华，李瓶儿骂道：“我早知你这忘八砍了头是个债桩。”译作“I've known for a long time, you turtle, that you're nothing but a braggart and a sponger”。“砍了头是个债桩”是说他是个该死的债主。但英文译成了“我早知道你这忘八是个吹牛吃白饭的。”第二十八回，潘金莲丢了鞋，秋菊没有找到，春梅骂她“王妈妈卖了磨——推不的了。”译作：“You're as bad as old Goody Wang buying a mill. What's the good of it? ”译者既把“卖”认成了“买”，也没把“推”（推卸责任）的意思译出来。照英文的意思，就变成了：“糟糕得像王妈妈买了个磨子，有啥好处?”完全背离了原意。第三十八回提到的“挽手儿”本来指马鞭（whip），但英文却译成了“提酒坛的网兜”（the net for the wine-jar）。第三十九回，当西门庆在玉皇庙给官哥寄名后，吴道官给其取名为吴应元，孟玉楼给孩子穿上庙里送来的小道服，说：“穿着这衣服，就是个小道士儿。”金莲接过来说道：“甚么小道士儿，倒好相个小太乙儿！”“小太乙”谐音“小太医”，潘金莲居心不善，怀疑这孩子是蒋竹山（曾任太医）的。所以吴月娘听了很不满，批评了她。译者完全没有理解这层意思，只译出了它的字面意思“太乙天尊”（the Great Omnipotent）。第六十回，官哥死后，潘金莲又说李瓶儿是“王婆子卖了磨——推不的了”。同一个歇后语，这里的“推不的”，意思是没有靠头，没有指望。这次的译文却是：“You are another old woman Wang, who sold her corn and can never have it again to grind.” 直接把“磨”（stone mill）译为“玉米”（corn），不知何意。第七十六回，孟玉楼劝吴月娘别和潘金莲一般见识，说：

“娘，你是个当家人，恶水缸儿，不恁大量些，却怎样儿的……”译作：“Mother, you are the mistress here. You are the source from which we draw our water, and you must not be ungenerous....”“恶水缸”就是泔水缸，意思是什么都能装，比喻胸怀宽广，气量大。译者将其翻成“你是我们的取水之源”（You are the source from which we draw our water），明显是猜测的意思了。

尽管克莱门特在译者前言里声称自己没有删减除诗词曲之外的原文段落，但为了翻译上省事，他经常会省略一些不易处理或他认为无关紧要的细节，对繁复的场面描写、作者插入的评论、书中人物对一些事件的复述、算命和打牌的术语等，他都尽量从略。在有些时候，为了让场面更平衡，逻辑更严密，他又会自作主张地添加一点细节。如第二回，武大因依从了武松的话，每天卖炊饼晚出早归，“那妇人气生气死，和他合了几场气。落后闹惯了，自此夫人约莫武大归来时分，先自去收拾帘子，关上大门”。他可能觉得这样忍气吞声不符合潘金莲的性格，故在“关上大门”之后，译文又添补了两句：“...thinking that so she would annoy him, but instead of making him angry. ”（ 觉着这样会让他烦，又不至于把他惹恼）第十九回，李瓶儿嫁进门后，西门庆问她自己和蒋竹山比谁强。李瓶儿说：“你是个天，他是块砖；你在三十三天之上，他在九十九地之下。”译作：“You are like the heavens，and he is nought but a piece of clay. It was such a man as you who set the tiles upon the palace of the Jade King in the thirty-third heaven, and he is fit only to dig coal for the King of Hell in the ninety-ninth abode beneath the earth."这段译文有意思的是，原文只说一个在三十三天之上，一个在九十九地之下。译者可能觉得这种差别还不够明显，临时给他们还安排了新角色。说西门庆"在三十三天玉皇大帝宫殿上安瓦"，蒋竹山"在九十九重阎罗地狱里挖煤"，表示地位悬殊的数字差别，被赋予了工种的实际含义。

另外，在人名、人称和数字方面，译者偶有张冠李戴和看走眼的地方，有时会造成叙事上的混乱。第八十二回，潘金莲约了陈敬济当晚来会，先让春梅拔了凤仙花来染指甲，给秋菊喝了几盅酒，打发她在厨房先睡了，然后躺在天井内纳凉等待。英文的表述是："潘金莲给春梅喝了几杯酒，让她当晚在厨房睡了。然后在灯下染了纤指，让丫鬟搬了条凳子和枕簟放到院子里。"（Golden Lotus gave Plum Blossom a few cups of wine and told her to sleep that night in the kitchen. Then, by the light of the candles, she stained her delicate fingers, while the maid, at her direction, took a bench into the courtyard, with a mattress and some pillows.）潘金莲既然让庞春梅去约陈敬济，就不会防着她，也用不着把她灌醉，其实她要提防的是丫鬟秋菊。接下来的故事说明，坏事的正是秋菊。译文前一句说："那丫头拿了花回来，让秋菊去处理。"（At last the maid returned with the flowers and told Chrysanthemum what to do with them.）对应的中文原文是："只见春梅拔了几颗凤仙花来，整叫秋菊捣了半日。"其中的"the maid"当然指春梅，但在春梅喝了酒被打发到厨下睡觉后，又出现了个"the maid"，这次似乎又是指秋菊了，指称显得非常混乱。第八十一回，来保和韩道国从扬州回来，韩道国拐了银子跑了。来保依仗自己做买卖有经验，拿话压陈敬济，要他低价出货，说："姐夫，你不知买卖甘苦。"译者把来保谈话的对象当成了吴月娘，故译作："'Your son in law is not sufficiently experienced.' Lai Pao said to the Moon Lady."乃把"姐夫"（brother）当成了"女婿"（son in law），为了逻辑上顺溜，又加了个"你的"（your）。

最奇怪的是，第八十回"月娘这里请了乔大户、吴大舅、应伯爵来陪待，李铭、吴惠两个小优儿弹唱，卷棚管待去了。俱不必细说。到晚夕，念经送亡。月娘分付把李瓶儿灵床连影抬出去，一把火烧了。将箱笼都搬到上房内堆放。奶子如意儿并迎春收在后边答应，把绣春与了李娇儿房内使唤。将李瓶儿那边房门，一把锁锁了"这一段的译文，与原文完全对不上，仿佛不是翻译，而是创作。译文的意思是："没人出来阻拦，他们打扮得像一伙猴子，焚了香磕了头。陈敬济回了礼，酒足饭饱后就走了。吴月娘心里最清楚，所有认识西门庆的人，不论官员、朋友还是奴仆，没人不在考虑自己的后路。她谁也信不过。但她相信书童比较老实可靠，就派他去照顾孙雪娥，并把李瓶儿房里的钥匙交给了他。”（There was nobody to stop them and, dressed up like a lot of monkeys, they burned incense and kotowed. Ch'ên Ching-chi made a reverence to them in return. They were entertained and then went away. The Moon Lady knew only too well that, of all the people who knew Hsi-mên Ch'ing, officers, friends, and servants alike, there were very few who were not seeking their own ends. She could trust none of them. But she believed Shu T'ung to be honest and reliable, and appointed him to attend upon Picture of Grace, giving him the keys of the Sixth Lady's rooms.）还有，第四十六回的开篇词原来是一首《浪淘沙》，译者没有翻译，却把该回正文中描写元宵盛况的一段韵文（“户户鸣锣击鼓……凤城佳节赏元宵”）翻译了放在回前代替开篇诗，不知是出于何种考虑。这两处乃整部书在翻译上对原著改动最大的地方（已经提到的删节和省略除外）。

也许是由于文化上的差异，克莱门特对汉语中形容时间飞逝的“光阴似箭”“日月如梭”“白驹过隙”这几个成语，似乎特别感兴趣，每次都不厌其烦地加以详细翻译。如第二回的“白驹过隙，日月如梭”（The sun's bright horses galloped past the window, and the sun and moon raced liked a weaver's shuttles）。第六回的“光阴迅速，日月如梭”（The days passed quickly, the sun and moon crossed and recrossed like a weaver's shuttles）。第八回的“光阴似箭，岁月如梭”（Time sped like an arrow in flight. The sun and moon crossed and recrossed like a weaver's shuttles）。第三十三回的“光阴迅速，日月如梭”（The time passed quickly. The sun and moon crossed and recrossed like the shuttles of a weaver）。我们中国人看到这些成语，一般脑子里绝不会清晰地浮现出弓箭、梭子和白马的形象。这类成语若照字面直译，既啰嗦冗长，又让人费解。按照克莱门特的简洁文风，也许直接译成“time passes quickly”或“time flies”会更好。相反，对于原著中许多表示叙事转折的提示语，如“话休叙烦”“……不题”等，他就一点都不客气地省略掉了。“当夜（晚）无话”这个常用语，在原著第五回出现了两次：第一次是武大与郓哥定计捉奸后回到家里，“那妇人便安排晚饭与他吃了。当晚无话。次日饭后，武大只做三两扇炊饼，安在担儿上”。第二次是武大被打以后，王婆和潘金莲“两个上下肩搀着，便从后门归到家中楼上去，安排他睡了。当夜无话”。同样是叙事过渡的提示语，第二个“当夜无话”被省略了，第一个“当晚无话”却译成了“他仍是不说话”（but still he did not offer to speak），味道就完全变了。

虽然有不少细节上的不足，克莱门特的译文也有精彩的地方。比如第一回对“摇席破座”（to disturb the party, or to be the cause of its breaking up）的理解就很准确。第二回，武松因反感潘金莲的勾引，要从武大家搬出，武大问其缘故，武松道：“哥哥不要问，说起来装你的幌子，只由我自去便了。”这句译作：“‘Ask no questions,’ Wu Sung answered, ‘If I tell the truth, your good name will be ruined. Let me go.’”对“装幌子”（败坏别人的名声）译得也很到位。特别是第二回西门庆为求王婆给他与潘金莲牵针引线，两人对话中以“梅”谐“媒”，译文的处理很有创造性。克莱门特选择用英文的“damson”译“梅”，用“damsel”（指未婚少女，系旧时用法）译“媒”，用两个谐音词来对应汉语的双关语，非常巧妙。这个处理办法，也被芮效卫沿用了。再比如第四回，西门庆来到王婆茶馆，王婆要出去买酒，让潘金莲陪坐，“妇人口里说‘不用了’，坐着却不动身”。被译作：“With her lips Golden Lotus said she did not wish to drink, but her body told another story.”都特别传神。类似的例子在这个译本中能找出很多。

以上的举例或许能证明，在准确理解了原著（即“信”）的前提下，克莱门特的译笔是能够传神（即做到“达”和“雅”）的。《金莲》中的“讹”，主要体现在细节上，除非对照原著仔细检查，一般读者并不容易注意到这些问题。译者对有些细节的省略，会让译文显得更加紧凑，这种偷懒的处理，即省了自己的力气，也在一定的程度上讨好了不知情的读者。应该承认，克莱门特还算是个尽职尽责的译者，受自身汉语水平和《金瓶梅》参考文献不足的限制，在力所不逮的情况下，他有时难免会耍个滑头，两头糊弄，对此我们必须要公正地看待。就客观条件来论，芮效卫后来翻译《金瓶梅》要比克莱门更有优势。他自幼在中国长大，除了良好的汉语基础，在他动手翻译的时候，中国学界关于该书的整理和研究也有了足量的成果可参考。尽管如此，他的译文也并非无懈可击。比如，对“王婆子卖了磨——推不的了”这个歇后语，芮效卫在 *The Plum in the Golden Vase* 第二卷第 153 页译作 : “Dame Wang who sold her grindstone: you’ve no way to grind your axe.” 就把“磨”（stone mill）理解成了“磨刀石”（grindstone），所以下句说“没处磨斧子了”。而这个歇后语的关键点得落实到“推”字上。这在在说明，译事不易，译《金瓶梅》尤其不易。其实若离开标点和注释，就是中国读者阅读原著也一样会有困难。

遗憾的是，《金莲》自问世后，虽然经历了两次大的修订，主要针对的都是形式上的问题（如拉丁文向英文的回译、人名的拼音化），这些深层的问题始终没有被人关注。如果把这类问题做一彻底修订，对普通读者来说，它仍不失为优秀的英文读本。

凤凰枝文丛

三升斋随笔	荣新江　著
八里桥畔论唐诗	薛天纬　著
跂予望之	刘跃进　著
潮打石城	程章灿　著
会心不远	高克勤　著
硬石岭曝言	王小盾　著
云鹿居漫笔	朱玉麒　著
老营房手记	孟宪实　著
读史杂评	孟彦弘　著
古典学术观澜集	刘　宁　著
龙沙论道集	刘　屹　著
春明卜邻集	史　睿　著
仰顾山房文稿	俞国林　著
马丁堂读书散记	姚崇新　著
远去的书香	苗怀明　著
汗室读书散记	王子今　著
西明堂散记	周伟洲　著
优游随笔	孙家洲　著
考古杂采	张庆捷　著
江安漫笔	霍　巍　著
简牍楼札记	张德芳　著
他乡甘露	沈卫荣　著
释名翼雅集	胡阿祥　著

壶兰轩杂录	游自勇 著
己亥随笔	顾 农 著
茗花斋杂俎	王星琦 著
远去的星光	李 庆 著
梦雨轩随笔	曹 旭 著
半江楼随笔	张宏生 著
燕园师恩录	王景琳 著
鼓箧斋学术随笔	范子烨 著
纸上春台	潘建国 著
友于书斋漫录	王华宝 著
五库斋清史存识	何龄修 著
蜗室古今谈	丰家骅 著
平坡遵道集	李华瑞 著
竹外集	朱天曙 著
海外嫏嬛录	卞东波 著
耕读经史	顾 涛 著
南山杂谭	陈 峰 著
听雨集	周绚隆 著
帘卷西风	顾 钧 著
宁钝斋随笔	莫砺锋 著
湖畔仰浪集	罗时进 著
闽海漫录	陈庆元 著
书味自知	谢 欢 著
三余书屋话唐录	查屏球 著
酿雪斋丛稿	陈才智 著